카페 가는 길

카페 가는 길

초판 1쇄 발행 2025년 4월 7일

저자 김옥래
펴낸이 장현수
펴낸곳 메이킹북스
출판등록 제 2019-000010호

디자인 최선화
편집 최선화
교정 안지은
마케팅 김소형

주소 서울특별시 구로구 경인로 661, 핀포인트타워 912-914호
전화 02-2135-5086
팩스 02-2135-5087
이메일 making_books@naver.com
홈페이지 www.makingbooks.co.kr

ISBN 979-11-6791-691-4(03810)
값 16,800원

ⓒ 김옥래 2025 Printed in Korea

잘못된 책은 구입하신 곳에서 바꾸어 드립니다.
이 책의 전부 또는 일부 내용을 재사용하려면 사전에 저작권자와 펴낸곳의 동의를 받아야 합니다.

홈페이지 바로가기

메이킹북스는 저자님의 소중한 투고 원고를 기다립니다.
출간에 대한 관심이 있으신 분은 making_books@naver.com으로 보내 주세요.

나는 왜 내 카페로 가고 있는가

카페 가는 길

김욱래 장편소설

메이킹북스

차 례

007	01. 승마장 가는 길
011	02. 문학관
015	03. 산속의 다방
025	04. 카페 만들기
037	05. 이름 없는 새
044	06. 희망에 속아서
059	07. 남을 수 있는 것들
073	08. 산성(山城)
079	09. 그깟 커피
096	10. 그렇다면 더욱 문학적으로
107	11. 숲속의 적막
113	12. 첫눈 오는 날
116	13. 고양이 테이블

128	**14.** 총 맞은 것처럼
138	**15.** 겨울 샹그릴라
146	**16.** 아침에 나는 기운
155	**17.** 나의 투쟁
168	**18.** 프로메테우스의 간
180	**19.** 세상을 비켜서
191	**20.** 목숨을 걸고
205	**21.** 재앙은 공평하다
224	**22.** 좌판
238	**23.** 지옥에서
252	**24.** 카페 전쟁
263	**25.** 마군들
272	**26.** 행복한 아침
284	감사의 인사

1
승마장 가는 길

젊었을 적까지는 나는 내가 신(神)이거나 적어도 신과 같다고 여겼다. 언젠가는 늙고 약해져 죽으리라고는 일체 생각해 본 적이 없었다. 심장은 계속 들끓었고 온몸에 기운이 뻗쳐 어떨 때는 견디기 어려울 정도였다. 진종일 중노동을 해야 하는 날에도 나는 신처럼 몸을 움직였고, 그렇게 몸을 혹사한 날도 새벽녘까지 좀체 잠이 오지 않았다. 어떻게 조금 눈을 붙였다가 뜨면 다시 몸에 기력이 충만해졌다.

세월은 흘렀다. 나이 스물여섯에 어쩌다가 다친 다음 허리 왼쪽으로 통증이 오기 시작했는데 그 다리에 힘이 가지를 않았다. 40세가 되었나 싶더니 마흔다섯 살도 넘어버렸다. 내일모레면 쉰 살인데 무슨 일로 급격한 동작 중에 왼 발목이 돌아갔고—그것도 난 생처음 겪는 일이었다—통증이 끔찍했다. 반깁스하고 난 다음부터는 오래 걷거나 계속 서 있기 힘들게끔 되었다. 발목은 아직 부은 채로 승마장에 일하러 다닐 때였다. 아침 7시 30분, 늦어도 40분에는 집을 나서야 했다. 내 집은 유럽의 성을 닮은 4층 건물인데도 그 시절은 그 성을 누려볼 수가 없었다.

승마장 가는 길에 나는 때때로 불행했다. 그쪽에서 '말 일'이라고 하는 승마장 노역은 과도하게 피로했다. 나는 승마 교관—다른 호칭으로는 코치—이었으나 마필관리사를 두지 않아 내가 마방(馬房)도 매일같이 열두 개에서 열여섯 개까지를 치워야 했다. 헤라클레스의 12가지 고역 중 다섯 번째 난사가 30년간 3,000마리의 가축이 싸놓은 아우게아스 왕의 마구간을 치우는 일이었다.

제 월급을 받는 노동력의 마지막 땀 한 방울까지 다 쥐어짜 내겠다는 심보의 승마장 대표가 패악질을 벌일 때마다 나는 속으로 이렇게 되뇌었다.

'내 이름은 막시무스 데시무스 메리디우스. 북부군 총사령관이자 펠릭스 군단의 군단장이었으며……'*

빚은 2,000만 원이었다. 그 빚은 '생활비'란 것으로 썼는데, 꼭 돈이 없으면 먹고 싶은 것이 더 많아지는지 닭튀김 몇 번 시킨 것 같은데 다 없어져 버렸다. 가능한 한 빠르게 빚을 갚아야 했다. 승마장 급여로는 돈을 모을 수가 없었다. 역시 '생활비'로 다 나갔고, 그것으로도 항상 모자랐다.

---

* 2000년 영화 〈글래디에이터 *Gladiator*〉 중의 대사.

언제 신춘문예 건을 들여다보다가 그 2,000만 원을 준다는 신문이 있었다. 다른 신문들은 중편소설 부문이 없었고 그 신문의 중편소설에만 상금을 준다는 것이어서 그 2,000만 원은 딱 내 돈이었고 정확히 빚진 만치였다. 나는 열심히 써 두고 다시 승마장에 들어온 터였다. 마방 치울 때는 분진 때문에 마스크를 껴야 한다. 이때부터 나는 마스크 착용이 얼굴에 익게끔 되었다.

한 손에 망치 들고 건설하면서
한 손에 총칼 들고 나가 싸우자.

일하면서 글 쓰고 글 쓰면서 일할 것이다. 그렇다. 내 집을 지켜야 한다. 돈을 벌어야 한다. 날은 점점 추워지는데 나는 고달픈 삭신을 움직이며 자주 이 노래를 흥얼거렸다. 예비군에 민방위대까지 아주 오래전에 다 지난 나이로.

내 강토 지키세 이 목숨 다해
일하며 싸우고 싸우며 일하세.

이제 내일이면 해가 바뀌는 데도 전화는 오지 않았다. 내 작품은 여섯 편이 오른 본심에도 껴있지 않았다. 이럴 수는 없었다. 나머지 다섯 편은 본문을 볼 수 없어서 어떨는지 몰라도 그 2,000만 원을 받아 간 당선작은 가관이었다. 시류에 맞춘 소재주의로 커밍아웃 얘기였다. 그 지저분한 당선작의 내용은 더 이상 말하고 싶지 않다.

여전히 계속 마방들을 치워야 했다. 헤라클레스의 열두 가지 과제에는 끝이 있었으나 나는 자고 나면 다시 승마장이었다. 저녁마다 몸이 녹초가 되었다. 목욕탕 더운물에 몸을 담그고 있어도 여간해서는 땀도 잘 나지 않았다. 이러다가는 아무것도 못 하고 노동만 하다가 죽을 것 같았다. 피곤의 독(毒). 그것은 죽음에 근접한 것이었다.

그 가을도 거의 지나가는 것 같았다. 이른 시각이었다. 10여 미터 앞이 잘 보이지 않는 두텁고 차가운 안갯속에 누런 것들이 한꺼번에 둔탁하게 떨어지고 있었다. 차를 세우고 내렸더니 은행잎들이었다. 인도와 차도에 동전처럼 쌓이는 그 은행잎들을 빼고는 일순 시간은 정지한 듯했다. 그 적막한 길을 나와 돌자 나는 깜짝 놀랐다. 그 이르고 시뿌연 시각에 나 말고도 또다시 그날 치의 고역을 치르러 가는 차들이 끝 모르게 꼬리를 물고 있었다. 차들은 서로 꽁무니를 밀듯 조금씩 조금씩 진행했다. 무의미한 진행. 희망 없는 대열……. 나는 나 자신을 포함하여 그 고역의 행렬 전체가 참담했다.

2
문학관

나는 종교가 없었다. 그러니까 나 자신 이외는 의지하지 않고 살았었다. 하지만 나이 마흔이 채 못 되어 내 사업은 내리막길만 탔고 지금 이렇게까지 되었던 것이다. 노력이든 능력이든 인력으로는 안 되는 것이 있다는 것을 알게 되면 인간은 자연스레 신앙심이 생기는 모양이다. 그때 나는 약사여래에 대해 알게 되었다.

불교의 세계관에서는 석가모니 외에도 부처가 여럿이다. 그들 중 약사여래*는 약왕(藥王)이라는 이름의 보살로 수행할 때 열두 가지의 큰 원(願)을 세웠다고 한다. 그중에는 이런 항목들도 있다.

- **중생으로 하여금 욕망에 만족하여 결핍하지 않게 하려는 원.**
- **일체의 불구자로 하여금 모든 기관을 완전하게 하려는 원.**

---

* 약사유리광여래(藥師瑠璃光如來) 또는 대의왕불(大醫王佛)이라고도 한다.

· 나쁜 왕이나 강도 등의 고난으로부터 일체중생을 구제하려는 원.
· 일체중생의 기갈을 면하게 하고 배부르게 하려는 원.
· 가난하여 의복이 없는 이에게 훌륭한 옷을 갖게 하려는 원.

나에게는 경제적 곤궁에서 벗어나게 해 주고, 질병을 낫게 하고, 온갖 재난으로부터 보호하는 등 한량없는 중생의 고통을 없애준다는 바로 이러한 부처만이 필요했다. 나는 황동 주물의 조그만 약사여래 상을 구해 내 사업장 집무실의 서가 한 단에 얹어두고 가끔가다 시선을 보내면서 그 명호를 속으로 외웠다.

내가 애초에 말을 탈 때는 제일 즐거운 곳이었는데 이제는 가장 고단한, 괴로운 곳이 된 승마장. 희망 없는 나날. 현실이 힘들면 옛 추억이라도 떠올려야 하는데—곱씹으면 잠시일지언정 단맛을 머금게 하는 추억이 있다—그럴 겨를도 없는 이른 안갯속의 노동하러 가는 길. 온종일 일하며 살면서는, 완성된다면 두 권 분량인 소설을 이어 써 갈 가망이 없었다. 노동 시간이 짧고, 되든지 말든지 별로 관계없다는 마음으로 그 일 자체와 거리가 있어야 글을 쓸 수 있는 것이다. 해 떨어질 때 돌아와 애써 책장을 펴 보아도 문장 하나씩도 도무지 해독되지를 않았다. 몸이 피곤하면 머리까지 전연 기능을 하지 못하는 듯했다. 누가 나더러 인적 없는 곳에 들어가 지키고만 있어도 한 달에 100만 원씩만 준다고 하면 그 돈을 집에 보내고 글을 쓸 수 있으련만…….

승마장은 일주일에 하루씩만 쉬었다. 쉬는 날은 차를 가지고 먼 데까지 다녀오거나 역에서 먼저 들어오는 아무 기차나 타고 앉아 있기도 했다. 피곤하다고 집에 있어 보아야 종일 누워있다가 낮잠이나 자고 난 다음의 허무한 저녁, 그러니까 다음날 새벽같이 일 나가야 할 그런 처지에 놓일 뿐이었다. 언제는 영주에서 기차를 내려 부석사나 한 번 들러보려고 시내버스를 탔다. 작은 시가지를 벗어나서 얼마쯤 되었는데 수풀 속에 촌락들이 드문드문 지나갔다. 얼마 뒤면 스러질 듯한 썩은 집들이 여태도 남아 있었다. 그렇게 불행은 도처에 깔려있었다.

차를 몰고 보통 아주 멀리는 말고 너무 늦게 돌아오지 않을 거리의 문학관들을 찾아다녔다. 이 나라, 사회가 문학적 성취나 그 자료들에 별 관심이나 있다던가. 그러함에도 여러 지방자치단체는 자꾸 문학관들을 번듯번듯하게 세우고 있는 것이었다. 사람 없는—거의 나뿐인—그런 시설들에는 필히 공무원이거나 그런 지방자치단체의 직원들이 배치되어 적막하고 무료한 시간을 날이면 날마다 죽이면서 앉아 있다. 지방자치단체들이 아직 살아있는 유명 작가를 내걸고 만들어놓은 문학관들도 꽤 여럿이었는데, 그중 세 개의 지방자치단체는 각기 한 늙은 소설가의 문학관을 하나씩 세워놓았다. 그 소설가의 전시품목은 상당히 많았으나 세상을 떠난 작가들의 문학관 대개는 생전에 경제적으로 어려웠던 탓인지 값나가는 유품이 없었고 다른 소품들도 몇 개 되지가 않았다.

내 저작은 달랑 두 권뿐이어서 내가 인생의 대부분을 보낸 여기

지방자치단체가 내 생전에 내 문학관을 세우게끔 하려면 일단 더 써야 했다. 문학이나 사상은 그 저자가 태어나 자란 지역과 관계가 깊다고 했다. 특히 나는 이 소도시 이곳저곳에 담긴 이야기들을 풀어낼 터라 다른 곳의 문학관들 정도는, 아니 그 이상의 타당한 의미와 가치가 있을 것이었다. 내 문학관에는 비록 비싸지 않은 것들이라 해도 내 문학의 흔적을 다양하게 전시해 놓고 싶었다. 나중에 여기 소도시는 내 이름을 건 문학기행도 유치할 수 있을 터였다. 하지만 일주일에 엿새씩 꼬박꼬박해야 하는 일로는 내 창작은 요원했다. 반드시 나는 소설을 이어가야만 했다. 그것이 내 일생의 목적이었다.

"아니, 마방 열두 개를 무슨 수로 아홉 시까지 다 치웁니까?"

"그럼 일곱 시에 나오면 되잖아."

내가 소리쳤다.

"내가 노옙니까?"

며칠 뒤 나는 그 열악한 승마장을 때려치웠다.

3
산속의 다방

　이 나이에 내가 이렇게 될 줄은 몰랐다. 지금 무엇이 되어있어야 했을까? 국회의원? 장관? 아니면 군대에 있다가 장군? 고위공직자? 장발장처럼 시장? ……나는 여태까지 헛살았던 것은 아닐까? 학교 다닐 때 나는 공부를 열심히 하지 않았다. 그러기에는 그때 나는 원기가 과도했다. 그래서 이 꼴이 된 것일까? 나는 무엇을 하며 살아왔던가.
　물론 내가 열심히 살지 않은 것은 아니었다. 그러나 인생을 그렇게 열심히 사는 것이 아니었다. 서른 살 적부터 근 15년. 한 가지 일을 열심히 하면서 살다 보니 추억 하나 만들지 못하고 세월만 휙 지나가 문득 나이 50을 코앞에 두고 있었다. 나는 열심히 살았던 것을 후회한다. 돈도 조금만큼도 남지 않았다.
　다른 것은 차치하고라도 나는 경제문제가 너무나 힘들었다. 지방

세는 매번 체납되어 승용차 번호판을 숱하게 떼갔고, 겨울만 지나면 보일러를 켜는 심야 전기가 단전되었으며 무슨 무슨 요금이며 각종 공과금에 청구서들……. 나는 그저 가만히 있고 싶은데 제자리에서라도 계속 헤엄을 치지 않으면 빠져 죽을 수밖에 없는 것이었다.

내게 무엇이 남았던가. 그랬다. 그래도 내 마술(馬術)의 기량이 이 소도시에서는 제일 높은 것은 사실이나 50이 넘은 나이에 여자들 레깅스 같은 쫄쫄이바지나 입고 목소리는 가느다랗게 해서

"회원님. 더 앉아야 해요. 그렇죠. 발끝! 발끝! 좋아요."

계속 이러면서 살기도 난감했다. 그 일은 나이 많은 여자들이 좋다고 할 20대 코치들에게나 넘겨주는 것이 옳을 듯했다. 그렇다. 다른 아무 일이나 하면서 살아도 글만 쓰면 되는 것이다.

예전에 계속 글을 쓸 때, 몸이 처져서 서재에서는 작업이 잘 안 될 때가 있었다. 집에서 걸어갈 수 있는 근방에 한때 이 나라에서 가장 점포 수가 많았고 약간 비웃듯 일명 '별 다방(브랜드 로고에 별이 들어가 있다.)'이라 불리는 '에이허브(Ahab) 커피'에 상대되어 '콩 다방'이 된 '카페 빈(cafe bean)'이 있었는데, 그럴 때는 따듯한 카페라테 한 잔 사서 그 매장 2층에 앉아 노트북 작업을 하고는 했었다. 한동안 쓰다 보면 반쯤 남은 그 음료는 다 식었는데 거의 그것을 남기고 나왔던 것 같다.

군 입대 전 한 시절 서울 생활을 할 때 두서너 곳의 커피숍을 다녀 본 적이 있다. 그중 두 군데는 2층에 있었는데 내가 더 마음

에 들었던 데는 미국 옛 서부의 분위기로 꾸며 놓았었다. (이 글을 쓰고 있자니 마음이 편안해졌던 그 커피숍의 어둑한 분위기가 그립다. 이제는 어디서든 한 번만이라도 그 분위기를 느껴볼 수 없게 되었다. 내가 그 청춘 시대로 다시 돌아갈 스 없는 것처럼.) 그 커피숍들은 모두 자리들 사이에 칸막이가 있었고 한구석에 뮤직박스도 있었던 구조가 떠오른다. 그 시절도 커피값이 상당했을 텐데 항시 가난했던 젊은 날의 나는 무슨 여윳돈으로 그런 곳에서 혼자 앉아 커피를 마시고 있었던가. 심적 여유? 여행자 같은 낭만? 이 정도는 누려도 된다는 자기 위무?

  지갑에 여유가 생기게 된 서른 살 초반에는 차를 몰고 지나가며 바닷가 돌무지 위에 외로이 자리한, 돈깨나 있는 사람들이 그 근방으로 여행차 왔다가 들러서 한때를 보낼 것 같은 하얗고 신비롭게 서 있는, 미국 건축 양식을 흉내 낸 듯한 건물의 커피숍을 몇 개 본 적이 있었다. 한 번쯤 들어가 넓은 창가에 앉아 바로 밖에서 부서지는 파도의 흰 포말을 보고 있었으면 했지만 그러지 못했다. 세월이 많이 지났어도 역시 커피값이 만만치 않을 것 같았기 때문이었다. 그때도 나는 돈이 충분치 않았었던 것 같다. 나에게 카페나 커피숍에 관한 기억은 그런 것들이다. 카페라는 문화를 나는 거의 몰랐었다고 할 수 있다.

  한국은 카페가 넘쳐나는 카페 공화국이다. 아무리 그래도 하필 내가 산속에서 다방이나 하게 될 줄은 몰랐다. 땅에서 넘어진 자, 땅을 짚고 일어선다 하나 그 말은 실제 인생과는 다르다. 인생에서는 한 번 넘어지면 대부분 다시 일어나기 힘든 노릇이다. 텔레비전 드라마 같은 데나 그럴 수 있지 한 번 망하면 재기했다는 사람을 나는 주위에서 본 적이 없다.

한국 사회에서 그런 업종을 요즘은 대체로 '카페'라 하는 것 같다. 그런데 '카페'는 예전에 흔했던 '커피전문점' 혹은 '커피숍'과는 다른 것일까? 그리고 '커피전문점'이나 '커피숍'과 '다방'—혹은 '찻집'—은 별개의 것일까? 그 문제가 가끔 골치를 썩였다.

한국 나이로 나는 이미 51세. 다방 하나 차리려고 그 길고 궂은 세월을 헤쳐왔던가. 그것도 이 같은 시골구석의 산속에다 말이다. 이제는 옛날이 되었지만 내 사업장을 할 때, 이런 시골 산속에 그것이 옮겨와 있는 악몽을 꾸다가 식은땀으로 푹 젖어 깬 적이 몇 번 있었다. 그런데 이제 실제가 된 것이었다. 나는 이미 망한 터였다.

이제 와 시골 산속에 다방 하나 만들어놓고 커피나 파는 것이 굳이 내 존재의 목적인 것일까? 그렇다. 무슨 일을 해서라도 돈은 벌어야 하지만 왜 굳이 다방이어야 하나.

어언 15년간 같은 일을 너무 오래 해서 재미로, 또는 부업 삼아 밤으로는 술집을 하나 해볼까 생각해 본 적은 있었다. '나이트 *Knight*'라는 이름의 그 선술집의 어둑한 내벽에는 검이며 방패, 투구로 장식하고 나는 주인 겸 요리사로서 자기도 기사(騎士) 같은 기분을 내 보는 술손님들을 상대하는 것이다. 하지만 그들은 술김에 행패나 주정을 부릴 수 없다. 나는 진짜 기사에 근접하기 때문이다.

15년 만에 그 일을 접은 다음에는 계속 어려워져서 청국장집을 해볼까, 밤 장사인 양념 돼지껍질 볶음 전문 실내 포장마차 같은 것을 해볼까 따져본 적도 있었다. 내 청국장은 돼지고기와 깍두기를 넣는 조리법인데, 한 끼 잘 먹었다고 하기에는 왠지 부족하고 맹숭맹숭한 일반 청국장찌개와는 달리 맛 자체가 월등하고 속이 꽉 차는 느낌이다. 그러나 시중에 파는 청국장은 쓰기 싫은데 어떻게 장을 띄울 것이며, 김치며 같이 먹기 맞는 간장 고추 장아찌 같은 기본 반찬을 내가 만들 줄 알아야 하지 않겠는가. 따라서 그렇게 어려운 것은 생각 중에서 뺐다. 대신 양념 돼지껍질 볶음은 나만의 조리법도 있고 십수 차례 조리에서 한 번도 성공하지 않은 적이 없어 내가 하든가, 아니면 주위에 형편 어려워진 사람들에게 내가 '레시피'를 알려줄 테니 해보라고 몇 번 권한 적은 있었다. 그 안주의 주재료인 냉동 돼지껍질의 원가가 워낙 싼 데다가 내 조리법대로 하는 그 가게가 잘 되는 것을 보는 보람도 있을 것이었다.

그러나 내가 그런 '나이트'나 실내 포장마차를 하기는 끝내 내키지 않았다. 나는 밤늦게까지 매이는 장사는 질색이었고, 또 그러한 업종은 자주 원치 않을 때도 술을 마셔야 할 성싶었다. 아무튼, 나는 그런 요식업들의 계획은 포기했었다.

업종의 명칭이야 다방이든 커피숍이든 카페든 중요하지 않을 것이다. 그래도 이 이야기의 제목을 '카페 가는 길'로 하였으니 카페로 해 두기로 하자. 우선 나는 이 이야기를 충분히 자고 나서 쓰는 것이다. 몸이 피로해서는 나는 도무지 글을 쓸 수가 없다. 새로운 생각을 해내기는커녕 생각하기 자체가 불가능에 가까운 것이다.

한 해 전 어떤 날 모친이 말했다.

"너도 나이 오십이나 먹었는데 이제부터라도 벌어 먹고살 방도가 있어야 하지 않겠냐?"

그래서 시작된 것이었다.

시내를 벗어나 차로 10분 정도 거리에 모친이 오래 다니는 사찰이 있고 승려는 두 명이다. 그 사찰에서 작게나마 '추모원', 그러니까 봉안당을 같이 하려고 아래쪽의 터를 정리하고 휴게실 겸해서 맞배지붕을 인, 정면 3칸 측면 2칸의 한옥 건물을 지어놓았던 것이었다. 막상 주위를 둘러서 봉안단 공사를 하려는데 그즈음 여기 지방자치단체가 삼림 훼손을 막자는 것인지 묘를 못 쓰게끔 하려고 대규모 시설을 조성해서 염가로 후려치기 시작하는 와중이었다. 결국, 워낙 채산성이 떨어지게 된지라 기약 없이 중단해 놓은 상태였다. 이제 덩그러니 서 있는 한옥 건물을 활용할 방도도 없을뿐더러 두 승려 다 연로해 그 건물을 쓰기 원한다면 거저 사용하는 대신 사찰 전체 경내를 이모저모 관리해 줄 사람을 찾는다는 것이었다. 나는 언뜻 불목하니를 떠올렸으나, 머리를 다 밀고 승복을 입어야 한다고 하더라도 진짜 승려가 되지 않고 소설만 쓸 수 있다면 나는 아무 관계가 없었다. 그런데 승려로서는 왜 소설을 못 쓸 것인가? 쓸 수는 있을 것이다. 하지만 그네들의 글은 잘해도 부처의 가르침으로 귀결될 수밖에 없다. 소설가로서의 광대한 자유가 없는 것이다. 승려가 불교의 가치관 말고 다른 것도 쓸 수 있지 않으냐고? 그럼 그는 이미 승려가 아니다. 내 문학은 제한 없는 정신 작업을 담보하는 것이다.

  아무튼, 나는 그 현장에서 며칠 주변 정리를 하던 중에 무엇 때문에 둘 중 큰스님과 뜻이 안 맞아 언쟁하다가 그냥 나와버렸었다.

  몇 년째 써 오고 있는 그 소설을 써가려면 일을 해서 돈을 벌어야 했고, 가을에 인력사무소의 승합차 기사 자리를 찾을 수 있었다. 대개 음식점에서 일할 여자들을 아침에 태워다 주고 밤에 다시 태워서 개개의 집 앞까지 퇴근시켜 주는 일이었는데, 하루에 출퇴근을 두 번씩 해야 했으나 빈 시간이 확보되어 나는 전술했던 소설 작업을 해나갈 수가 있었다. 소설을 쓰면서 날과 달들이 갔는데 어느덧 한겨울이었다. 다시 밤이 되어 불 꺼진 그 인력사무소에서 차 키를 챙겨 나와 운행을 하던 차였다. 성격이 못되어 먹은 여자들도 많다는 것을 미처 몰랐었다. 그런 여자들은 배우고 못 배우고의 차이가 아닌 듯하다. 그런데 배운 여자들은 조금이라도 생각을 해 본 다음 행동하려나?

  그 여자를 태울 시각이 10여 분 남았었다. 목이 말라 그 식당 근방 편의점에서 음료수를 한 병 사서 차에 올랐을 때였다. 아차! 휴대전화기를 차에 두고 내렸던 것이었다. 같은 전화번호가 두 번 찍혀 있었다. 나는 얼른 그 번호로 전화를 하며 그 식당 앞에 차를 대었다. 그 여자는 조금 일찍 끝난 것이었다. 그 여자는 쌀쌀맞게 차에 탔다.

  "왜 전화를 안 받아요? 몇 번이나 했는데?"

  갓 서른이 넘은 것 같은 새파란 여자였다.

"아이고! 미안해요. 핸드폰을 깜빡 차에 놓고 잠깐 음료수를 한 병 사 오느라고."

"아, 시끄럽고 빨리 가기나 해요."

이 무슨? 이렇게 못 배워 처먹은 계집애가 있나? 살림이 어려워서 나와서 돈 벌려고 궂은일 하는 여자들, 못 살아서 먼 한국에 와서 밑바닥 일을 하는 외국 여자들이 안 되어 보여서 웬만하면 잘 대해주려 노력했었다. 그런데 아무리 제 사정이 그렇다고 해도, 내가 결혼을 좀 일찍 했다면 아비뻘인데 이렇게 막 나가다니. 아무래도 어이가 없는 노릇이었다.

"내가 택시 기사냐? ……네가 시키는 대로는 못 하겠다."

"뭐라고요? 기가 막혀서. 사무실에 전화할 거예요."

정말 못되어 처먹은 여자였다. 나는 차를 출발시키지 않았다.

"전화해라, 해. 그리고 너 같은 애는 안 태워."

어쩌나 룸미러로 보니 한참을 내 뒤통수를 쏘아보던 그 못되어 먹은 여자애는 결국 차 문을 열고 내렸다. 내 참 더러워서. 일을 때려치우더라도 저런 것들은 안 태운다. 아니, 어떻게 저렇게 생겨 먹었을까.

다음날 사무소를 갔더니 역시 그 여자는 전화로 따졌다고 한다.

"기사님. 아무리 그래도 그 여자들 때문에 우리가 먹고사는데……."

일을 시작할 때부터 내가 내는 분위기가 달랐던 것인지 큰 소리를 못 내면서 현장 십장처럼 생긴 늙수그레한 여자 실장이 부탁 조로 말했다.

"아무리 그래도 난 그런 애 못 태워요. 안 태워요. 앞으론 실장님이 태우든지 하세요. 실장님도 코스 돌잖아?"

알고 보니 고등학교 후배인 소장의 사촌 누나라는 대리가 있었다. 무슨 건으로 그녀에게 이의를 제기했다가 바로 나가지 않고 화장실에 앉아 있던 때였다. 사무소 안에 기다리던 사람들이 많아 아마도 내가 그냥 나간 줄로 알았던 것 같다.

"일도 제대로 못 하면서 따지긴 뭘 따져?"

그 여자가 실장에겐가 지껄이는 소리였다. 나는 물을 내리고 화장실에서 나오면서 일부러 곧바로 따졌다.

"아니 왜 사람 돌아서자마자 뒤통수에 대고 험담을 해요?"

언제 자기가 그랬냐고 낯이 벌겋게 달아오르며 그 여자가 항변했다.

"그러는 거 아냐. 앞에만 없으면 남 욕하지? 어디 무서워서 살겠어? 너도 제 일도 똑바로 못해서 툭하면 다른 사람 허탕 치게 만들면서 말이야. 그렇게 살지 마."

이런 일은 언제든 때려치우면 된다. 없는 것들끼리 더 업신여기는 것이다. 직업에 귀천이 없다지만 이런 일을 하는 것들은 저희 스스로 비천한 일로 만드는 것이다.

아무튼, 그때껏 몇 종류의 아르바이트 동안 내가 일하는 방식은 이러했다.

이듬해 봄. 고등학교 후배가 되는 소장은 사무소 사정이 어려워져서 그런다지만 상술한 이유들의 후과였던지 나는 잘렸다. 그러다가 그런 일로는 더는 사람 꼴이 안 될 것 같아 알아보니 그 사찰은 아직 마땅한 사람을 구하지 못했다는 것이었다. 나는 다시 큰스님을 찾아가야 했다.

예전에 그만두고 그토록 싫어했던 업주를 또다시 하기로 했던 것이다. 그런데 그것이 이 카페 공화국의 산골 카페라니…….

다른 사업들을 할 때 내가 망할 줄 몰랐었다. 그러나 망해 보았기에 이 산속에서 카페를 만들기 시작하기 전부터 우선 나는 망할 준비를 했다.

4
카페 만들기

    카페 만들기를 시작하기 전에 바람을 한 번 쐬러 갈 수 있었다. 변호사인 친구가 당일치기의 문학기행 행사에 초청한 것이었는데 내게 3만 원이란 큰돈이 물론 있을 리 없었다. 나는 말로만 응낙한 뒤 그냥 지나가기를 바랐는데 그 친구가 내 참가비까지 내준 것이었다.
    이 지역 문인 협회—이 지방 도시에 소설가는 몇 되지 않는데 나는 전부터 그 단체에 들지 않았다. 입회키 30만 원도 없었거니와 내가 전화로 문의한 회장이란 자는 내 원고를 받으면 심사를 해 본다는 것이었다. 나는 원고가 아니라 낸 책이 이미 있는 사람이라고 하고는 그냥 끊어버렸다—가 주최한 남한산성 및 만해기념관 탐방 일정이었다. 문학에 관심이 지대한 그 변호사 친구는 몇 편의 자작 시를 가지고 있는 것 같으나 시집 한 권 낸 바 없지만,

그 단체 회장의 법률자문을 무료로 해 준 적이 있어 시 분과 정회원이 되었다. 대략 30여 명이 앉아 있는 전세버스에 표를 생각 안 할 수 없는 시장이 올라와 인사를 하고 내려갔다.
"저 여자 진행 조곤조곤하게 잘하는데?"
통로 입구에 서서 그날의 일정이며, 찬조한 인사들 등 차분한 어투로 나긋나긋 이야기를 꾸려가는 벙거지를 쓴 통통한 여자를 내가 칭찬했더니 옆자리의 변호사 친구가 그 문인 협회의 사무국장이라고 했다. 나는 카페를 문학적이게 만들 요량이었기에 저 같은 여자를 알아두면 특히 그 문인 협회 회원들의 내방 등 카페 경영에 크게 도움 되겠다는 기대감이 들었다.
남한산성 둘레길을 따라가다가 삼전도였던 땅을, 그 패배의 역사를 나는 한참 동안 망연히 내려다보았다. 산성 아래 만해기념관에서는 역시 여타 문학관에서처럼 유리 진열장 안에 전시된 물품들을 눈여겨보았지만, 별다르게 관심이 가는 것은 없었다.

하루를 어디 다녀왔으니 뒤풀이가 있어야 할 것이 아닌가. 다들 그냥 흩어지는 눈치였다. 나는 혹시나 그 사무국장이 올 수도 있지 않을까 해서 변호사 친구에게 술자리를 만들게끔 했다. 그 여자는 다른 데를 갔고 엉뚱하게 화가와 조각가―버스가 출발하고 돌아가며 자기소개를 할 때 들었더니 이런 사람들도 몇 끼어 있었다―가 술자리에 앉았다.
"소설은 허구 아니에요?"
화가가 나한테 한 소리였다. 기가 막혀서. 소설은 거짓말이란다.

일반인도 아니고 예술 한다는 인간이 다른 예술 장르를 이따위로 말할 수 있나. 소설은 '뻥'이니까 소설가는 제 밑이다?

"소설은 거짓말이라는 건가요? 물론 그런 저질들도 많지요. 하지만 소설은 핍진성이 있어야 합니다. 소설의 진실성이라 할 수 있는데, 그게 없으면—제대로 된 독자들은—읽질 않아요. ……아니 누가 선생님의 그림도 그렇게 허구라고 정의허 버리면 좋겠나요? 어차피 실재 그대로를 그리는 건 아니잖아요? 그런 식이면 모든 예술은 다 허구인 거죠."

소설은 허구라고? 저런 자가 고작 생각한다는 것은 장르 소설 따위일 것이다. 《이방인》, 《달과 6펜스》, 《적과 흑》, 《개선문》, 《25시》, 《인간 실격》 같은 소설 중에서 어느 한 작품이라도 읽어보지 않은 인간임이 분명하다. 그러면서 저 나이까지 살아왔단 말인가. 그림쟁이 나부랭이라니. 나는 잠재 고객을 잃은 것은 괜찮았으나 좀체 분이 가시지 않았고 술자리는 재미없게 파했다.

커피 장사로 희망이 있는 것일까. 지난해, 그러니까 내가 이 산속에 카페를 만들려고 터를 정리하다가 그냥 나가버렸을 때 즈음, 이 카페 공화국에서 '커피 왕'이라고 불리던 유명한 동갑내기 사내가 목을 매고 자살했다. 나는 그전부터 신문 지면으로 하얀 드레스 셔츠 차림에 의기양양한 자세를 취하고 있는 그의 모습을 몇 번이나 본 적이 있었다. 돈을 긁어모으고 있는, 세상을 다 가진 것 같은, 번듯한 생김새의 남자였다.

하지만, 그랬던 그도 결국 사업 실패로 이혼하고 33㎡짜리 월세

원룸 화장실에서 외로이 자기 목숨을 끊었다.

"……병들어 쓰라린 가슴을 부여안고 나 홀로 재생의 길 찾으며 외로이 살아가네."

살아간다는 것은 끊임없이 죄를 저지르는 일이다. 나는 하루마다 두려웠다. 나는 이 나이까지 쌓은, 허리가 휘는 죄를 짊어진 채 들어와 혼자 일하면서 노래를 웅얼거렸다. 결국, 쉰 한 살에 쓸쓸한 이 산속에 외로이 처박히게 되었구나…….

그래. 글을 쓰려고 들어왔다 생각하자. 여기서 한 달에 100만 원 이상씩만 벌 수 있으면 되지 않나? 그러면 다 집에 가져다주고 나는 글만 쓸 수 있으면 된다.

카페 차리는 데 또 얼마가 들 것인가. 예로 요즘 엄청나게 늘어나고 있는 프랜차이즈 두 군데의 창업 비용 자료를 찾아보았다. 그들 본부 계약금(가맹비, 로열 티, 이행보증금), 시설비(인테리어, 주방, 냉난방기, 전산설비 등), 기타 금액(초도 물품비, 설계·감리비 등)을 합해 저가 커피 브랜드 '흰 다방'이라는 데는 약 40㎡ 기준 9,552만 원이 들고 중저가인 '이데아(idea) 커피'는 약 50㎡ 기준으로 9,925만 원이 든다고 한다. 여기에 추가 공사비가 나갈 수 있고, 권리금과 보증금을 더하면 조그만 매장을 하나 하려도 2억 원은 있어야 하는 것이다. 2억 원!

사람들은 망할 것을 생각하지 않는다. 예전 내 사업장은 신시가지라고 할 만한 지역으로 비싸게 옮겼었다. 창밖의 큰 도로 건너편을 내려다볼 때면, 기억하기로 새로 들어온 지 채 1년 될까 말까

한—심지어는 몇 달 안 지난—프랜차이즈 고깃집이나 간이주점, 식당 같은 가게들이 툭하면 텅텅거리며 처참하게 인테리어가 뜯겨 내다 치워지고 있었다. 그렇게 해 놓았던 인테리어 비용만 못해도 한 점포에 그 당시 돈으로 5,000만 원 이상씩은 버렸을 터였다. 그리고 곧 그 자리에 다른 업종의 인테리어 공사가 탕탕거렸고 개업 화환들이 늘어섰다. 또 반년이나 1년 후면 그 가게는 다시 인테리어를 뜯어 재끼는 것이었다. 일반적으로 한 업주가 그렇게 인테리어를 두 번 뜯게끔 되면 회생할 방법이 있을까? 인테리어로 패가망신하는 것이다……, 볼 때마다 경각심을 가졌었지만, 결국에는 나도 임대보증금을 반이나 뜯기고 돈 들였던 인테리어를 싹 다 뜯어서 원상복구를 해 놓아야 했었다.

커피 내리는 기계는 어떻게 해야 하나? 여느 카페에서 쓰는 에스프레소 머신은 턱없이 비쌀 것이다. 내가 그 비싼 장비를 어떻게 장만한단 말인가. 그렇다! 그것은 값도 얼마 안 할 것 같았고 장사하기도 쉬울 듯했다. 내가 가끔 들러 내려 먹는 편의점의 즉석 원두커피 기계를 생각했다. 돈을 낸 후 종이컵을 받쳐놓고 해당 버튼만 누르면 자동으로 원두가 갈려서 아메리카노며 카페라테(이것은 미리 봉지의 분말을 컵에 준비한 후에 받아야 하지만), 에스프레소가 나오는 부피 작은 장비였다. 좋은 발상이었다. 어차피 커피 내리는 것 배운 적도 없고, 그까짓 것, 나는 돈만 받으면 되고 자기들이 알아서 누르고 뽑아가서 마시면 되는 것이다. 뭐, 뜨거운 아메리카노에 아이스 아메리카노, 카페라테, 에스프레소만 해도 굳이 더 메뉴가 필요 없다고 생각했다.

에스프레소 머신은 그것으로 대신하면 된다고 하고 카운터 테이블 제작에다 테이블이며 의자 등속은 또 얼마나 들 것인가. 처음에 모친이 어떻게 에스프레소 머신 값은 마련해 준다고 했었지만 언제 양친 앞에서 카운터 테이블 시공업체 발주며 테이블과 의자 구비 관련해서 의견을 구하는데 부친이 말을 잘랐다.

"의자는 네가 만들면 되고, 다른 것들은 알아서 해."

나는 내 나이가 창피했다.

이제 내가 해야 할 매장 건물 안에 들어가 텅 빈 나무마루를 밟고 섰을 때, 첫 느낌은 큰 선실의 갑판 같았다. ……지금부터 어떻게 항해해야 할 것인가.

나는 그저 궁금했으므로 카페 하나 하는 데 인테리어 비용이 얼마나 하는지 찾아보았다. 업체에 맡기면 보통 3.305785㎡당 150만 원을 잡는다는데, 내가 할 매장이 바로 옆 동까지 합해 102㎡가 약간 넘으므로 4,650만 원이라는 계산이 나왔다. 물론 장비, 가구, 집기류를 제외한 금액이다. 자기가 자재와 인부―목수 한 명의 하루 노무비는 30만 원, 보조자는 21만 원이었다―를 사서 한다면 일반적으로 3.305785㎡당 100만 원이 든다고 했다. 그러니까 3,100만 원에다 장비, 가구, 집기류에 간판 등의 아웃테리어까지 합친다면…….

아내의 오촌 조카가 시내 변두리 동네에서 조그만 카페를 하고 있다는 것이었다. 나는 어떻게 카운터 테이블 하나라도 알아보려고 한 주말 아내와 함께 그곳을 들렀다. 커피 갓도 볼 겸 해서 일단 따듯한 아메리카노 두 잔을 계산한 다음 허락을 구해서 카운터 테이블 뒤쪽으로 돌아갔다. 싱크대 공장에 한 200만 원 주지 않았느냐 물었더니 아내의 오촌 조카가 그 정도 들었다고 했다. 내 통장에는 200만 원은커녕 20만 원도 없었다.

어차피 건물 본채의 목재 내부에 싱크대 공장에서 만드는 것은 어울리지도 않았다. 나는 현지 주위부터 살펴보았다. 몇 군데에, 오래전에 무슨 공사를 한 뒤 남은 것인지 표면이 꺼멓게 된 굵고 가는 각재들이 쌓여 있었다. 큰스님에게 양해를 구해보았는데, 어차피 썩기만 할 뿐 치우는 겸 가져다 쓰라고 했다. 게다가 한편 창고에 있는 여러 가지 목공 기계들을 보여주며 작업할 때 필요하면 사용해도 좋다는 것이었다.

나는 카운터 테이블부터 짜보기로 했다. 이왕 하는 바에는, 이제는 나중에 망해도 망하는 것이 아니어야 했다. 그렇다! **돈** 놓고 돈 먹기야 누군들 못하랴.

하지만 궁리해 보니 돈을 조금씩은 써야 할 성싶었다. 나는 시내에서 제일 큰 건재상으로 가서 여덟 자짜리 T&G 목재 패널 여덟 장들이 한 단을 샀다. 승용차 트렁크를 열고 스키 스루를 통과하게 밀어 넣으면 딱 한 단 실을 수가 있었다.

목공 일은 거의 해 본 적이 없었지만, 글을 쓰는 일보다 어려운 작업은 없다. 일전에 모친의 한 지인이 그렇게 좋다고 하던 카페를 보고 온 적이 있었다. 커피값이 상당했고 매장은 컸지만, 전반적인 느낌이 무슨 군부대 취사장 같았다. 시내에서 가려면 여기보다도 서너 배 더 떨어져 있는 오지인데도 그렇게 사람들이 몰린다니 취향이 이해 가지 않았다. 나 같으면 두 번 가지 않을 곳이었다. 거기에서 커피 맛을 본 후 내 배꼽을 기준점으로 하여 카운터 테이블 높이를 재어 왔던 터였다.

 상판은 나중에 어떻게 되겠지, 하면서 그 두께를 빼놓고 일단 상자 짜듯이 짰다. 아귀가 맞아떨어지는 것이 재미가 있었다. 앞면은 사 온 T&G 목재 패널을 재단해서 막았다. 이제 상판만 얹으면 되었는데 카운터 테이블 뒷벽에 어울릴 만한 것이 생각났다. 이태 전쯤이었나? 그때까지는 내 집 근방에 쓰레기 분리수거장이 있었다. 나는 지나가다가 멀쩡한데도 내다 버린 물건들을 가끔 주워 놓았었는데, 이를테면 아주 오래전에 보았음직한 벽걸이 목제 욕실 장이라든가 유리도 깨지지 않은 커다란 표구용 액자라든가 하얀 도자 재의 찻주전자 같은 것들이었다. 집에서 실어다가 카운터 테이블 뒷벽에 그 옛날식 욕실 장을 걸었더니 분위기가 그럴싸했다. 그렇게 나무로 만든 욕실 장은 이제는 보기도 귀한데 왜 사람들은 괜찮은 물건은 내다 버리고 합성 목재나 플라스틱의 중국제 저질품을 돈을 주고 새로 들여놓는 것일까. 아무튼, 쓰레기 분리수거장이나 집 장식 집 앞을 지나다 보면 잘 만들어진 예전의 물건들이 뜯겨 버려진 것을 심심치 않게 볼 수 있었다.

 팽개쳐지고 버림받은 물건들을 보노라면 나는 침울해진다. 이렇게 멀쩡한데 함부로 버려져도 되는 것인가. 사람들은 무슨 목적으로 인생을 사는 것일까.

상업적이며 인간미 없는 인테리어도 싫었고, 이렇게 시작할 바에는 팽개쳐지고 버림받은 것들로 매장을 채워서 사람 냄새가 나게 하는 것이 낫겠다고 나는 생각했다. 또 그런 물건들은 내가 언제 망해도 아쉽거나 아깝지 않을 터였다.

나는 카페를 문학적으로 만들기로 했으니 일단 한쪽에 꽂아놓을 책들이 있어야 했다. 내 서재의 내 타액이 묻은 책들은 내 영혼의 증거물이며 또, 필요할 때마다 들춰볼 수 있어야 하기에 안 되었다. 언제부터인가 본가의 부친 방에 무더기로 쌓여 있는 여동생의 책들을 치워주어야겠다고 몇 번 생각했었다. 아니, 결혼할 때 같이 실어갈 일이지, 친정아버지 방에다 부려놓아서 노인네를 거치적거리게 해야 하나? 지금은 책도 너무 널린 세상인 것이다. 혹여 몰라서 나는 전화를 걸었다.

"이제 네 책 좀 가져가지? 집 큰데 네 방 없어? 아버지 불편하신데."

"오빠가 알아서 해."

"아니, 공부 그렇게 오래 한 애가. 네 영혼의 추억이지 않을까?"

"이젠 필요 없어."

"그러면 갖다 버려도 되냐?"

"오빠 마음대로 해."

자기가 읽은 책들은 자신 영혼의 유적일 텐데도 쓰레기처럼 버려버리는 것이다. 그러려면 공부는 왜 그토록 많이 했나. 그렇다면 책 읽기도 학업도 인생의 소비며 낭비다.

여동생이 시집갈 때 버리고 간 책 무더기는 승용차로 날라 왔으나, 취학 전의 딸아이 방에 들여놓았으나 이제는 처치 곤란이 되어 베란다에서 먼지만 덮어쓰고 있던 5단짜리 합성 목재 책장을 옮겨오려면 큰 차가 필요했다. 시내 친구에게 1톤 트럭을 잠깐 빌릴 수 있었다. 집에서 책장을 싣고 오다가 시내의 큰 테마공원으로 차를 돌렸다. 미리 봐 둔 것이 있었다. 그 공원 귀퉁이에 네 다리가 절반씩 부러진 채 폐기물로 보이는 다른 것들과 함께 쌓여 있던 3인용 야외 벤치였다. 그 테마공원의 벤치를 전부 새것들로 교체할 때, 아마 콘크리트 바닥에 박았던 앵커의 볼트가 녹슬어 풀기 힘들었는지 인부가 큰 해머 따위로 그냥 후려쳐서 잘라버린 것 같았다. 인터넷에 똑같은 제품은 없었지만, 나무판이며 장식 주물 등의 재질로 볼 때 그 정도의 벤치는 족히 30만 원은 넘게 줘야 할 것이었다. 나도 잘나가던 시절에는 그 큰 공원에서 시의 크고 작은 행사를 여러 번 맡은 적이 있었다. 그 벤치도 내 세금이 들어간 시설물일진대 함부로 부숴버리고 새로 갈아대면서 또 돈을 내라고 독촉하는 것이다. 나는 다리 네 개가 모두 잘린 그 벤치도 트럭에 실어 왔다.

'찾아라. 그러면 찾을 것이다'? 건물 측면의 키 큰 잡풀들 사이로 상판이 눈비에 삭아 무너진 테이블 다리 두 개도 언제 보았었다. 철제 다리였는데 맨 밑의 원반이 너무 크지 않나 싶었으나—식당용 테이블이었다—돈이 없으므로 일단 만들어서 쓰다가 장사 되는 것을 보아가면서 바꾸든지 하면 될 것이었다. 나무색 유광 유성 페인트 4L들이 한 통과 흑색 래커 스프레이 세 통은 사 와야 했다.

> 사람은 스스로가 만들어 가는 것 이외엔 아무것도 아니다. 이것이 실존주의의 제1원칙이다. — 장 폴 사르트르 Jean Paul Sartre, 《실존주의는 휴머니즘이다 L'existentialisme est un humanisme》

 나는 그 다리 부러진 벤치로 마당 한쪽 가장자리에 야외 석 하나를 만들기로 했다. 찾아보니 무슨 공사를 하고 조금 남아 있던 붉은 벽돌이 있었다. 역시 쓰고 남아 있던 모르타르로 붙이면서 부러진 다리들을 감쌌다. 이를테면, 깁스한 것이었다.
 들뜨고 일어난 처음의 칠을 사포로 밀어내고 페인트를 세 번 칠했다. 무참하게 내던져졌었던 그 벤치는 진짜로 제가 있어야 할 곳에 있게끔 되었다. 아픔을 가린 채. 시내를 돌면서 길가에 내다 버린 것들—불법 폐기물이다—을 잘 살펴보면 그중에 쓸 만한 물건들도 있다. 나는 어딘가 쓸 데가 있을 듯해 몇 차례에 걸쳐, 아마 거실 탁자 상판이었을 두께 8㎜와 10㎜, 지름 65㎝의 원형 유리판 몇 개를 주워다 놓았었다. 본가의 마당 한구석에 예전부터 쓰지 않는 돌절구와의 조합을 생각했다. 나는 얼른 그것을 실으러 가야 했다. 돌절구 위에 유리 상판을 붙여 야외 테이블을 하나 만들었고 그것을 재생된 벤치 앞에 놓았다. 마찬가지로 어디서 주워다 놓았던 나무 의자 두 개를 집에서 옮겨와 벤치와 마주 보게 두었다. 일단 그렇게 최다 5인용 야외 석이 만들어졌다. 나는 이번에는 테이블 두 개를 만들면서—다리의 녹을 갈아내고, 래커 스프레이로 쏘고, 짧아서 못 쓰는 송판을 세 쪽씩 이어 붙인 상판을 박고 하면서—중간중간 그 야외 자리를 흐뭇하게 내려다보았다.

쉽사리 사람들을 불러서 돈으로 일을 시켰던 예전이 떠올랐다. 그 얼마나 방만한 삶이었던가. 그리고 나는 망했던 것이다. 작가는 낱말들을 공짜로 가져다 쓴다. 일단 나는 소설을 쓰듯이 카페를 만들어 가기로 했다.

5
이름 없는 새

저쪽에 올려둔 그의 휴대전화에서 휘파람 비슷하게 자꾸 횟, 횟, 거렸다. 안 봐도 돈 부치라는 문자메시지 소리. 저 짜증 나는 물건! 그 휘파람 소리가 그의 뇌 속을 여자의 긴 손톱과 같이 여러 번 할퀴었다.

내가 1장에서 이야기했던 그 중편소설의 부분인데 몇 년이 지났어도 내 형편은 그대로인 것이다. 자동차세—거기에 붙인 지방교육세라는 것은 또 뭐 하는 것인가. 무슨 교육을 어떻게 한다는 말인가—를 몇 번 내지 못했다고 번호판을 떼러 돌아다닐 것이라는 정보가 있었다. 처음 살 때 세금까지 쳐서 냈고 기름값에 붙여 뜯으면서 도대체 왜 계속 빼앗아 가기만 하는가. 그자들은 새벽에 움직이며 집 앞뿐 아니라 인근 골목골목을 다 뒤져서 귀신같이 떼어간다. 내 집이며 내 차인데도 나는 계속 가난해져야 한다.

좋다. 차를 카페 현장 마당 가의 산기슭에 붙여 세워두고 다니면 되었다. 어디 해 볼 테면 해 보라지. 저 아랫길에서도 보이지 않는 이 산속에 둔 차를 무슨 수로 찾을 것이냐. CCTV 통합관제센터라도 가서 찾아볼 테면 찾아보라. 여기는 그런 감시망이 미치지 못하는 곳이다. 드론을 띄울 테냐.

모든 것은 지나간다. 그자들도 한동안 그러다가 말 것이다. 나중에는 어떻게 되더라도……. 나는 차라리 이곳에서 안도감이 들었다.

무엇을 하고 있는데 전화벨이나 문자메시지 알림음이 들리면 나는 더럭 겁부터 났다. 대개 '휴대전화 이용정지 안내'나 무슨 미납금액 독촉 같은 것들이었다. 또는 아내가 내 명의로 뭘 쓰고서 안 갚았는지 채권추심회사에서도 보내는데 그런 협박 문자를 굳이 볼라치면 소장 송달 예정, 통장 압류, 차량·보험·보증금·유체동산 등 재산조사 착수…… 이따위 식이었다.

아침결에 집에 있는데 아래쪽에서 모터사이클 소리가 울리고 나서 간혹 초인종이 울리면 나는 가슴부터 내려앉았다. 내게 오는 등기우편이란 전부 불안하기만 한 것이었다.

"날 부르지 않는 곳 바로 그곳에서……"

옛 대중가요들에는 그래도 문학적인 구절들이 꽤 많았다. 나는 〈이름 없는 새〉를 부르며 고요한 산속에서 혼자 일했다.

승마장은 옛날의 그 군수지원대와 지대가 닮았다. 2층 베란다에 서면 길게 구비 도는 너른 강물이 내려다보였다. 하나 꾸며주겠다던 원장실은 예전에 잊힌 듯했다. 하긴, 남 회장이 2층 방 하나를 내준대도 나는 들어가 앉아볼 시간 자체가 없을 터였다. 피곤이 겹치다 보니 화장실에서 잠깐씩 집중을 해도 문맥이 잘 들어오지가 않았다.

내 두 번째 책에 있는 내용이다. 내가 닥시무스 데시무스 메리디우스 처지였던 승마장도 시내에서 꽤 떨어져 있는데 처음 인상은 상당히 고즈넉하고 낭만적으로 보였다. 나는 얼마 지나지 않아서 촌구석이 더 시끄럽다는 것을 알게 되었다. 그 승마장은 산비탈을 깎은 과수원에 면해있는데 그 주인이 나와서 일할 때마다 확성기의 트로트 노랫소리가 천지를 찢어대는 것이었다. 촌사람이라 원체 민폐의 개념도 없었다. 또한, 그와 같은 질들이 좋아하는 노래 중에 문학적인 구석은 일절 없다. 그것뿐이랴. 여차하면 이착륙하는 전투기들의 굉음이 하늘을 가르는 것이었다. 어떨 때는 경기가 들릴 지경이었다. 그것들에 더해 그 아래 보조댐에서 방류한다고 오후마다 시끄럽게 방송을 했다.

이 숲속의 터는 정말로 조용했다. 나는 고요히 일했고 하루하루가 저물었다. 얼마 전부터는 산 모기(흰줄숲모기)들이 엉덩이며 허벅지에 붙어 뚫어대는 통에 환장할 지경이 되었다. 그래도 여름에 장사가 괜찮을 텐데 혼자 하는 일이라 진척이 잘되지 않았다.

돌아보면 사람들을 거느리고 하는 일은 내 체질에 맞지 않았다—그것을 나중에야 알게 되었다—. 그네들은 내 전망을 믿고 따라오지 않았다. 그네들을 건사하면서도 어차피 나는 외로웠지만, 외로우면 외로운 대로 그네들을 끝까지 데리고 가야 하는 줄로 알았다.

그 같은 노력은 무의미한 것이었다. 내가 사업을 접은 뒤 그네들과의 관계는 으레 그러하듯 허무하게 되었다. 요컨대 나는 사람들을 다루는 데 실패했던 것이다. 나는 외로운 늑대처럼 홀로 행하는 것이 본성에 맞았다. 혼자 하는 일은 다른 이들 눈치 볼 것 없는 점이 마음 편했다. 오늘 못한 작업은 내일 하면 되는 것이다. 모든 일은 내가 결정하면 그뿐이었다.

나는 작업을 하면서 시간이 하는 고마운 몇 가지 예술을 알게 되었는데, 그중 한 가지는 페인트 작업—니스며, 래커, 오일 스테인 작업도 마찬가지다—이었다. 내가 아무리 정성을 다해 정밀하게 해놓고 나서 조급증을 내 보아야 그 상태로는 소용이 없었다. 시간이 말려서 완성시켜 주는 것이었다. 다른 하나는 실리콘 작업인데 끝날 때까지는 끝난 것이 아니었다. 시간만이 굳혀서 마감해 주었다. 또 하나는 시멘트—모르타르, 콘크리트 포함—작업으로, 해놓은 뒤에는 시간이 완성할 때까지 다른 일을 하면서 기다리면 되었다.

그렇다. 늙을 때까지 기다릴 거 뭐 있나. 나는 카페를 겸해서 당장 내 문학관을 만들기로 했던 것이다. 두 권밖에 내지 않은 이름 없는 소설가의 문학관을 이 지방자치단체에서 세워 줄 리도 만무했고, 죽은 뒤에는 어찌 되든 생전에 누려보겠다는 심사였다. 그리고 전시실에 앉아 커피나 차를 마시고 무엇을 먹으면서 담소를 나눌 수 있는 문학관은 없었다.

《개선문》의 레마르크도 일생에 소설을 여덟 권만 썼다고 한다. 나 또한 제대로 된 작품으로 그쯤이면 될 것 같았다. 인생을 직접 안 살아보고 책상머리에만 붙어 앉아 글만 써서는 제대로 된 작품은 낼 수 없다고 생각한다.

　앞으로 옮겨 올 내 문학적인 흔적 이외에는 공간을 주워 온 쓰레기들로 꾸민대서 무슨 상관이랴. 영원한 것은 없다. 모든 것은 망하게 되어있다. 망하면 깨끗하게 치워주고 나가면 된다. 미련은 없다. 인생도 무엇 있는가. 덧없이 나서 덧없이 살다가 덧없이 가지 않는가. 왜 사는가? 그냥 살아져서 살고 있는가? 중요한 것은 삶의 목적과 의미다.

　나는 얼마 동안은 도시락 꾸러미를 싸 넣은 색 바랜 등산배낭을 메고 시내버스로 오갔다. 원래 이 동네는 황톳길 주변으로 촌가만 드문드문한, 나아질 일 없던 촌락일 뿐이었다는데 버스에서 내려 걸어가면서 왕복 2차선의 아스팔트가 깔린 촌길을 따라 줄지어 늘어선 식당마다 국산 고급 차나 수입차들이 꽉꽉 들어차는 상황을 목도할 수 있었다. 주차장에 복작대는 사람들의 옷차림은 일반적이지 않고 알록달록했으며, 다리에 들러붙는 흰 바지며 여자들의 짧은 치마와 무릎까지 올라오는 양말은 특히 도드라져 보였다. 전혀 다른 종류의 사람들 같은 그네들의 인상은 막 소풍 나온 초등학교 저학년 학생들처럼 대개 들떠 있었다.

　어느 날은 그 길 중간쯤의 한 식당 앞에서 젊은 여자들과 함께 있는 고등학교 후배를 마주쳤다. '서클'의 이년 직속 후배로 20대 때까지는 나와 잦게 어울렸었다. 그도 역시 때 하나 묻지 않은 하얗고 달라붙는 바지에 빨간색 골프 티셔츠 차림이었다.

　"이제 막 밥 먹고 공치러 올라가려고 합니다, 형님."

내 복장의 아래위로 그의 의아한 눈길이 와닿는 것 같았다. 그가 어떤 방식으로 살았으며 현재는 무슨 일을 하면서 어떻게 살고 있는지 알 수 없으나 그는 지금 골프복 차림으로 여자들과 어울려 골프를 치러 와서 나와 마주 서 있는 것이다.

"근데 형님은 여기 어쩐 일이십니까?"

나는 땀내 풍기는 내 남루한 차림새가 그다지 민망하지는 않았다. 험한 일을 할 때는 작업복이나 버려도 괜찮은 헌 옷을 입는 것이고 글을 쓸 때는 편한 옷이면 되는 것이다. 슈트에 넥타이까지 갖추지 않아도 되는 삶은 얼마나 홀가분한 것인가. 예전의 생활방식은 불편할 때가 많았다. 예술가는 가다듬지 않은 머리칼로 슬리퍼를 끌고 길을 나서도 남들의 시선을 신경 쓸 필요가 없다는 점도 달가웠다. 나도 승마복으로 당당하게 입을 때도 있는 것이다.

나는 자초지종을 말해 주었다.

"골프 치러 오갈 때 커피 마시러 들러라."

그는 붙임성있게 알겠다고 했지만, 한 번도 오지 않았다. 아무튼, 밥집마다 그 많은 차며 골프복의 벅적벅적한 사람들을 보면서 안도감을 가졌다. 그 길로 더 올라가면 10년쯤 전에 골프장이 두 군데 생겼고, 이미 상권이 만들어져 있어 나도 잘 될 경우가 여실하다고 보고 이 산속에서 카페를 하기로 했던 것이었다.

골프장 방향으로 밥집들이 이어진 구간이 일단락되는 즈음에서 꺾어 산 비탈길로 70m 정도 올라오면 기온이 그 아래보다 2°C 정도 뚝 떨어지는 듯한 체감이 들었다. 지대가 높은 데다 키가

17m 이상씩 되는 아름드리나무들이 덮어주는 그늘 덕일 것이었다. 뜨락에서 작업하다가 언뜻 보게 되면 앞마당 가운데 선 느티나무의 굵은 가지에 덩치 있는 이름 모를 새가 등을 돌린 채 무심하게 앉아 있거나, 새뜻한 빛깔의 조그만 새들은 그늘 속을 이 나무에서 저 나무로 짧게 짧게 날면서 돌아다녔다. 어떤 새는 뜨락 끄트머리쯤에 내려서 나는 조금도 신경 쓰이지 않는다는 듯이 한참씩 제 볼일만 보는 것이었다.

새들은 인적 없는 이곳을 용하게 찾아내어 여태껏 저희의 피신처로 삼고 있었던 것이 분명했다. 새들에게는 이곳만일지언정 그 정도의 평화는 누릴 응당한 권리가 있었다. 뭇새의 숨겨진 요새! 카페 이름은 미리 정해두었지만, 새들에게서 영감을 받은 나는 상징 로고를 새로 하기로 했다. 그러나 더 근센 새, 무리 짓지 않아 고독하고 그래서 더 자유롭고 긍지 있게 나는 새이어야 했다. 나는 세상을 내려다보며, 세속사를 관조하며 저 창공 높이 유유하게 체공하고 있는 한 마리 매를 내가 할 카페의 표장으로 삼기로 했다.

6
희망에 속아서

 카페 매장으로 만들고 있는 한옥 본채는 마감까지 마무리되지는 않았지만 멋있고 훌륭한 건축물이었다. 내가 또 망하게 되어도 내가 만들어놓은 것들을 다 뜯어 치우고, 주워다 놓은 것들을 다 싸서 버리고 떠나기만 하면 되게끔 나는 이 건물의 원형은 건드리지 않기로 했다. 나만 깨끗하게 나가면 이 건축물은 내 흔적 없이 원래의 상태로 고스란히 돌아와 다른 누군가가 더 나은 용도로 쓸 수도 있을 것이었다. 하지만 아무리 훌륭한 건축물이라도 시간이 흐르면 균열이 가고 삭아서 부서지고 무너진다. 파리의 개선문보다 영혼의 건축물 《개선문》이 더 오래 남을 가능성이 있으리라.
 돈이 너무 많아서인지 어떤 사람들은 교외 등지에 아예 카페 용도로 기이하게 생긴 대형 건물을 지어버리는 것이었다. 이 나라에서 카페가 잘 되는 데가 많다고 하더라도 언제까지고 그러리라는 보장은 없다. 건축비라도 메꿀 수 있을 것인가? 그 같은 대형 카페가 망하고 나면 그 건물은 식당으로도 맞지 않고 온통 유리로 발라놓아 창고라도 못 쓰게끔 보였다. 돈은 돈대로 날리고 아무짝에도 쓸모없는 흉물이 되는 것이었다. 그녀들은 생각하면서 사는 것일까?

보통 인간의 생애란 희망에 속아서 죽음의 팔에 뛰어든다는 것일 뿐이다. — 아르투어 쇼펜하우어 Arthur Schopenhauer, 《여록과 보유 Parerga und Paralipomena》

아예 돈이 조금도 없이 할 수 있는 일은 아니었다. 아무래도 매장 출입문 옆벽에 조그맣게라도 간판은 달아야 했다. 나는 유유하게 체공하고 있는 매의 형상이 들어가게끔 해서 하나를 주문하기로 했다.

지난날 내 사업이 간판이 커서 성공한 적은 없었다. 나는 큰돈을 들여 간판을 커다랗게 해 놓고 몇 번이나 새로 하면서도 희망에 취해 돈 아까운 줄을 몰랐다. 이제 와보면 너무나 아깝다. 잘 될지, 안될지도 모르고 간판만 엄청 크게 해 놓고 망하는 곳을 한두 군데 본 것이 아니었다. 나는 이제는 간판을 조그맣게 하기로 했다. 하나의 실험이었다.

몸뚱이를 팔러 새벽같이 나가야 하는 것은 항상 그랬지만 끔찍한 일이었다. 간판값이며 작업에 드는 여타 재료를 사야 할 일이 생겼기에 다른 도리는 없었다. 나는 일단 5일간 인력사무소에 나갔고, 다섯째 날의 반으로 접힌 채 땀으로 젖어 붙어버린 돈은 아내에게 건네었다.

"그렇게 고생해서 번 걸 왜 날 줘요?"

"……미안해서. 당신 써."

그전에 인터넷으로 LED 간판을 찾아보았더니 훨씬 쌌지만, 그래도 적은 액수가 아니었기에 작업을 마치고 나야 돈을 주고 말고 하는 것이 원래의 내 방식인지라 아무래도 시내에서 맞추는 것이 나았다. 예전부터 거래하던 간판 집에서 가로세로 55cm짜리 정사각형으로 주문했는데 매의 이미지는 인터넷에 있는 사진 중에 대충 하나 대충 골라서 그 집의 디자인하는 종업원에게 넘겼다. 이것은 예전의 내 방법이 아니었는데, 망해버린 내 사업체들의 로고들은 고심, 고심하며 심혈까지 기울여 도안하고 했었던 때문이다. 지금 와서는 그런 것이 그다지 의미 없었다.

간판에 붙일 상호는 'Cafe 문학적인 숲'으로 정했다. 그것도 그냥 평소 내 말버릇에서 기인했다. 무엇이 '문학적이다'라는 말은 내 입에서 나오는 최대의 찬사였다. 이를테면

"저쪽에 걸어가는 여자, 모습이 문학적이지 않냐?"

"문학적인 날씨다."

"그건 문학적이지 않아."

"문학적인 소양이라곤 없어가지고."

이런 식으로 쓰이는 것이다. 그래, 겨우 카페 상호 같은 것? 나는 반쯤은 장난삼아 지었다. 'Cafe 문학적인 숲'이면 어떻고,

'Cafe 문학의 숲'이면 또 어떠며, 아예 'Cafe 문학'이면 또 어떤가. 그렇지만 사실을 말하자면, 문학적이지 않으면 무슨 가치가 있는가. 문학은 인생 자체를 다루는 예술이다. 짧은 인생을 비문학적으로만 살 것이냐.

  카페를 만든다고 대부분을 한 군데만 있었으니 잠시 기억을 따라 다른 곳으로 멀리, 한 번 나가보도록 하자. 승마장 일을 할 때였을 것이다. 쉬는 날 멀리까지 다녀오고는 했다는 이야기를 전에 한 적이 있다. 도의 경계를 넘고서도 한참 후, 그 길로 갈 계획은 아니었지만 무심코 운전하다가 몇 번 접어들게 된 그 좁다란 지방도로 옆 어디쯤에는 푸른색 슬레이트 지붕을 인 궁색해 보이는 작고 허연 집이 외따로 서 있는 것이다. 그때마다 그 집은 지붕과 같은 색깔의 철 대문이 꼭 닫아 놓았고 인기척이 없어 보였다. 그냥 지나칠 수도 있었겠지만 나는 왠지 그 시골집 앞에서는 매번 어떤 향수에 젖었다.
  다시 말하지만, 그 집은 내가 우연히 몇 번 그 길로 들어서서 보았을 뿐, 나와 아무런 관계가 없고 내가 전혀 모르는, 길가의 시골 가옥이었을 뿐이다. 하지만 그 집은 나를 상상에 빠지게 하는 알 수 없는 요인이 있었다. 그랬다. 나는 그 집 앞에서 상상했다. 그저 빈한함이 묻어나는 외딴 시골집 하나가 내게는 가슴 저릿하게 가장 아름다운 집으로 남게 되는 상상을 나는 했던 것이다.
  그 초라한 시골집에 젊은 날의 내 여자가 살고 있다고 나는 상상했다. 그녀의 늙고 완고한 부친은 도무지 말이 통하는 사람이 아니다. 나는 그의 허락을 득하지 못했고 그 집의 퍼런 대문 앞에서 몇 시간째 서성거린다. 나는 안쪽 어딘가에 있을, 아마도 말간 손을 찬물에 적시고 있을 애처로운 그녀를 애달프게 그린다. 나는 마음을 졸이며 기다리고 기다린다. 내 여자가 사는 집! 세상에 이보다 소중하고 아름다운 집은 없다.

그리고 다시 얼마 뒤에 한 번, 그 뒤에 또 한 번 나는 그 아름다운 집 앞에서 내려 담배를 붙여 물고 다시금 가슴 저릿함을 맛보았던 것이다. 누구라도 그렇게 하고 싶다면 그 집 말고도 아무 집으로라도, 심지어 허물어져 가는 집일지라도 나 같은 식으로 상상해 볼 수 있다. 그러면 그 집은 다르게 보일 터이다. 이러한 것이 문학적으로 보는 일례다.

며칠 간격으로 하루 이틀씩 막노동을 뛰러 나갔다. 매장 분위기를 살리려면 조명이 중요했고 여간 여러 가지가 들어가는 것이 아니었다. 인터넷 포털의 가격 비교 서비스를 장시간 훑고 골라서 가장 싼 조명등들로 시켰다.

절에 있는 높은 A형 사다리는 흔들거렸다. 불안했지만 새로 살 수도 없었고, 산다고 해도 그 긴 것을 실어 오기도 어려웠다. 간판도 연결하고 사놓은 조명등도 달아야 해서 마음을 굳게 먹었다. 미지의 전기작업을 나 홀로 해 보기로 했고 그 수뿐이었다. 매장—이제부터는 매장이라 하겠다—의 천장 꼭대기까지의 높이는 5m가 넘었고, 사다리 꼭대기에 서면 아찔아찔했다. 나는 흔들거리는 사다리를 옮겨가며 전선을 끌면서 오르고 또 올랐다. 몇 학년 때였는지는 모르지만 아무튼 초등학교 때 자연 과목에 배웠던 직렬, 병렬만 떠올렸다. 이 선으로 전등이 안 들어오면 다시 풀어서 저 선과 연결하면 점등이 되었다. 까짓것 괜히 겁을 집어먹은 것이었다.

하나하나 워낙 꼼꼼하게 작업했으므로 혹시 나중에 혹시 문제가 생기더라도 어디에 원인이 있을는지 바로 알 수 있을 것 같았다. 전기 기술자 연하는 사람을 한 번 부르려면 돈을 엄청나게 부르는데 막상 해 보니 별것 아니었다. 나는 예전에는 그렇게 돈을 버리며 살았던 것이다.

날은 너무 뜨거워졌고 햇볕이 내리쏘는 프락에 나와 있노라면 산 모기들도 어디로 피서를 가버렸는지 종적이 없었다. 이제 옆 동의 화장실을 마감할 차례였다. 예전에는 큰 방이었다고 했다. 이전에 절에서 절반을 막은 다음 그런 업체를 하는 신도의 시주를 받아 두 칸의 조립식 칸막이 안에 하나씩 양변기를 앉혀 놓았으나, 합판 반자는 썩어서 다 내려앉은 데다가 가늘게 몇 줄 금이 가 있는 미장을 한 시멘트 바닥째 그대로였다. 아내가 요즘은 화장실을 특히 많이 본다고 신경을 쓰라고 했지만, 무슨 돈이 있어야 무엇을 잘 해 놓든지 할 것이 아니겠는가.

고속도로 휴게소 같은 데를 들러보면 너무 쓸데없이 화장실에 돈을 발라 놓았다. 언제부터인가 이 나라에서는 유독 화장실로 유난을 떠는 것이다. 화장실이 깔끔하면 되었지 호사스러울 필요까지 있을까? 허영 아닌가? 아니, 화장실에서 살기라도 할 것인가? 진종일 들어앉아서 대변만 볼 것도 아니고, 바닥에 떨어진 밥풀이라도 주워 먹을 텐가? 아무리 그래도 변소는 변소일 따름이다. 다른 것들은 죄다 형편없는데 화장실에만 공을 들여놓으면 이상하지 않은가. 무엇이든 적당하면 되는 것이다.

시류에 나는 역행하기로 했고, 형편상 그러는 방법밖에는 없었다. 뒷산 쪽 절 길을 따라 올라가 보니 마침맞게 살굿빛 나는 세면기가 썩은 낙엽 더미에 반쯤 묻혀 있었다. 새것으로 바꾼 뒤 어떻게 폐기물 처리하기가 곤란했으리라. 그전에 눈여겨보아 두었던 것은 아니었다. 역시 절에 허락을 받아서 창 쪽에다 세면대를 앉히고 물을 연결했다. 역시 시내에서 누가 길거리에 내다 버린 플라스틱 욕실 장은 창문 옆에 붙이면 쓸모 있을 터였다. 반자는 역시 T&G 목재 패널을 사다 얹는 것이 손쉬웠다. 내부 벽은 썩고 들뜬 벽지를 벗겨낸 후 흰색 유광 수성 페인트를 사다 칠했다. 천장에 달 LED 전등들과 노출 스위치 한 개, 전선 등속을 전기 재료 도매상에서 사면서 환풍기는 뺐다. 그것을 사서 틀면 겨울에는 더 추울 테고 나머지는 창문을 열어놓으면 그뿐이다. 무엇하러 조금이라도 전기를 쓸 것인가.

이번에는 바닥이 고민이었다. 나는 돈이 있더라도 사람을 불러서 타일로 깔지 않을 생각이었다. 마찬가지로 예전부터 거래하던 시내 페인트 집에서 43,000원을 들여서 옥상 방수용 우레탄 페인트와 경화제, 롤러를 사 왔다. 그 전에 발라야 하는 하도와 중도 페인트까지 살 돈이 없었으며, 우레탄 시너도 필요한데 그것은 따로 18,000원이라 엄두가 안 났다. 며칠 후 그 집에서 산 것들을 다 가지고 가서 환불받았는데, 돈을 쓰고도 금세 다 벗겨져 버리면 어쩌나 하며 곰곰이 생각한 끝에 나뭇결무늬의 PVC를 까는 것이 낫겠다는 착상이 떠올랐기 때문이었다. 그것이라면 예전에도 몇 번 내 사무실에 직접 깔아본 적이 있었다. 화장실 공간 13㎡ 남짓에 네 상자로 예상해서 7만 원쯤 준비했는데 계산에 실수가 있었다. 여덟 상자나 들어가야 했고 인터넷으로 시키면 상자당 15,000원 정도로 총 12만 원, 접착제는 3만 원이 넘는 것이었다. 합이 15만 원 이상!

다시 인터넷으로 들여다보고 있자니 16㎡ 정도 작업할 수 있는 분량의 방수용 우레탄 페인트 세트가 7만 원 남짓밖에 하지 않았다. 시내의 그 예전 거래처는 역시 바가지였다.

나 역시도 특히 이 동네에 소비 많이 하고 살았었다. 소비하느라 돈을 모으지 못해 이렇게 개고생해야 하는 것밖에는 남은 게 뭐가 있는가. 결과는 영락(零落)뿐이었다.

내가 신춘문예에 냈었다고 한 그 중편소설의 부분이다. 그네들이야 어떻게 되든지 말든지 없는 사람들은 비싸게 사야 할 이유가 없는 것이다. 내가 이때 얻은 교훈은 일하기 전에 오히려 게을러야 한다는 것, 귀찮아하면서 더 나은 생각이 날 때까지 기다려야 한다는 것, 생각을 바꿔서 다른 방법을 찾아보아야 한다는 것이었다. 그러한 것들이 소비를 줄일 수 있는 옳은 방법이었다.

내가 임대보증금의 태반을 잃고 나올 수밖에 없었던 옛 사업장의 바로 옆 건물 1층에는 꽤 넓은 슈퍼마켓이 오랫동안 들어있었는데 한순간 다 뜯고 나간 다음 두어 달 비어 있었었다. 얼마 뒤 그 앞뒤로 가림막이 쳐졌고 바깥에 각재 등 많은 자재가 쌓였다. 가림막에 커피 이미지가 들어가 있어서 필시 카페 인테리어 공사겠거니 했다. 자세히 보고 나서 알게 되었는데—이전까지 나는 커피 브랜드 따위에는 관심이 없었다—국내 기업에서 들여온 이탈리아 커피 브랜드의 프랜차이즈 가맹점이 들어오는 것이었다.

내가 먼저 작업을 끝낼 수도 있겠거니 했으나, 돈을 만들면서 홀로 하는 터라 진척이 여의치 않은 데다가 거의 달포는 오전 시간을 다른 데 써야 했다. 그 뒷산에 절에서 한옥 별당을 한 채 새로 지었는데 '당골막이' 작업이 내가 해야 할 일이었다. 어쩔 수 없는 것이었다. 발판 만들어 세워놓고 혼자서 산기슭의 황토를 퍼다가 이겨서 올리고 바르는 반복 노동을 지겹게 끝낸 다음에는 목공 일도 잘한다고 다시 그 건물의 전면 뜨락에 혼자 쪽마루까지 짜서 둘러놓아야 했다. 그럼에도 불구하고 꼬박꼬박 월 임차료를 만들어 바치는 것보다는 백번 나을 터였다.

나보다 한참 뒤에 공사를 시작했던 그 커피 프랜차이즈 가맹점은 어느새 가림막을 걷어 치워버렸다. 역시 돈의 속도를 쫓아가는 것은 무리였다. 나는 그 건물 지하 대중목욕탕의 17년째 단골이었는데 탈의실 들마루에 앉아 이용사—그와 친했다—에게 알아보았다.

"일 층에 카페 들어오는 자리, 한 육십 평 되죠?"

"오십 평이라던데요."

내가 다시 물었다.

"혹시 월세는 얼만지 아세요?"

"삼백오십(만 원)일걸요. 아들 차려 주는 거래요. 아버지가 돈이 많은가 봐요."

그 아버지도 목욕탕에 가끔가다 온다고 했다.

"글쎄 인테리어만 일억 팔천(만 원) 줬대요. 그 아버지가 건축 쪽 일을 했나 봐요. 견적서에 가운데 기둥 하나 철거에 팔백만 원을 넣어 놨더래요. 너무 기가 막혀서 본사에 따졌대요. 그것만은 자기가 하겠다고. 장비 부르고 폐기물 처리까지 다 해서 팔십만 원 들더래요. 시공업자들 일하는 거 매일 지키고 있다 보니 서로 편해져서 한 번 물어봤대요. 인테리어 공사비 총액에서 진짜로 당신들이 가져가는 게 얼마냐? 딱 오천(만 원) 받아 간다고 하더래요."

"일억 삼천(만 원)을 아무것도 안 하고 본사가 먹는 거네요. 자기가 해도 그만큼 든다고 치고 월세 내고 직원들 월급 나가고 커피 팔아서 어느 세월에 그 돈을 다시 만든대요?"

"난들 알아요? 요즘 젊은 애들이 그렇죠, 뭐."

본채 뜨락에서 무엇을 만들고 있다가 보면 차가 한두 대씩 올라와서 차창을 내리고 묻고는 하는 것이었다. 얼마 전 성인 키만 한 높이로 나무 입간판을 만들어 아래 길가 한 편에 세웠기 때문인 듯했다.

"아직 영업 안 하나요?"

"언제 오픈해요?"

골프장 쪽으로 얼마큼 더 올라가면 높은 언덕바지의 과수원 가녘에 카페 간판이 붙은 단층 건물이 있는 줄 알고 있었다. 문을 닮은 것 같았었지만 확실한가 하여 두어 달 전 들른 적이 있었다. 유리 출입문을 통해 안쪽의 에스프레소 머신 따위를 기웃거리고 있는데 웃는 인상의 통통한 쉰 후반의 여자가 어디서 오더니 손주들 돌보느라 여의치가 않아 카페를 닫아두고 있다는 것이었다. 어서 작업을 끝내면 이 동네에서는 내 카페가 유일할 뻔했는데 바람대로 되지는 않았다. 얼마 되지 않아 그곳에 세입자가 들어와서 영업을 재개한 모양이었다. 가끔가다 아랫길까지 내려가면 이용객 차가 몇 대씩 서 있는 것이 멀찌감치 보였다.

일은 계획대로만 되지 않는다. 이제 에스프레소 머신을 놓아야 해서 일전에 말했던 기계를 어떻게 사 볼 요량으로 그 편의점을 들렀다.

"이거 보기보다 엄청 비싸요. 스위스 거라는데 천 삼백만 원 넘게 줬어요."

세상에 수월한 일은 하나도 없다. 예상대로였다면 상당히 아낄 수 있었겠지만, 완전히 반대로 짚었던 것이다. 내가 어떻게 해 보려고 했는데 틀어져 버렸으니 도리 없이 모친에게 손을 벌릴 수밖에 없었다.

나와 친했던 고등학교 후배—5장에서 이야기한 바 있는, 골프 치러 가다가 나를 만났던 그 후배의 친구다—의 처도 시내에서 카페를 차린 지 얼마 되지 않았다고 했다. 들러보니 아는 사람이 인근 읍에서 카페 두 개 하다가 다 망했는데 한 군데에 있던 장비를 500만 원에 전부 사 왔다는 것이었다. 에스프레소 머신과 전동 커피 원두 그라인더, 제빙기, 핫 워터 디스펜서라는 것에 테이블 냉장 냉동고와 키 큰 업소용 음료 냉장고 일절이었다. 그녀는 다른 곳의 장비 일체를 그 가격으로 떠안는 것을 권했으나 특히 에스프레소 머신은 관리가 엉망이었으면 큰일 나는 것이기에 아무래도 애프터서비스가 되는 새것으로 들이는 것이 안전했으며 술집도 아니고 업소용 음료 냉장고까지는 필요가 없었다.

나는 결국 아내의 그 오촌 조카의 카페로 가서 물어보았고 가격에 대비해 쓸 만하다고 하기에 연락처를 받아 250만 원짜리 똑같은 에스프레소 머신을 시켰다. 후일담인데 아까의 후배 처가 그렇게 중고로 샀던 에스프레소 머신은 이 년도 안 되어 못쓰게 되었고 새로 내 것과 같은 제품으로 사려고 보니 400만 원 넘게 올라 버린다.

이왕 손 벌린 터에 그 집 것과 똑같은 전동 커피 원두 그라인더—그냥 그라인더인데, 잠깐씩 손으로 당기는 게 뭐가 힘들다고 훨씬 비싼 자동 그라인더가 필요할 것인가—와 제빙기를 시켰고, 고심하다가 디저트 종류를 보게끔 넣어놓고 팔 냉장 쇼케이스를 작은 것으로 추가했다. 핫 워터 디스펜서와 테이블 냉장 냉동고는 생각도 하지 않았다. 언제든지 망할 수 있으므로 최소한의 생산수단만 준비해야 했다. 내가 들러본 카페 중 장사가 되든 안 되든 그 비싼 핫 워터 디스펜서가 없는 곳은 없었다. 어떤 선택이든 결과는 오로지 그 사람의 몫인 것이다. 편의점도 아니고 무슨 산속의 카페에 이용객이 한꺼번에 몰리면 또 얼마나 몰린다고 하루 24시간 내내 예열하느라 전기만 쓸데없이 먹어야 하는 애물단지가 필요하겠는가. 지금 시절에는 하도 값이 싸져서 한두 개씩은 없는 집이 없는 무선 전기 주전자면 충분할 터였고 집에 여분의 것이 있었다.

이제부터는 어떻게든 고정비를 줄여야 하였다. 아니면 커피는 무엇하러 팔겠는가. 매장에 기본 3kw의 전기가 들어와 있으나 한국전력 지사에 전화만 하면 5kw까지는 계약전력을 올릴 수 있었다. 보통 그렇게 쓰듯이 10kw로 증설하려면 전기업체에 주어야 할 공사비가 50만 원가량에다 한국전력 지사는 시설 부담금 명목으로 60만 원 정도를 받아 가고, 그다음에는 매달 두 배씩의 기본요금을 내야 하는 것이었다.

산속이라 유월까지는 매장에 선풍기만 돌려도 괜찮았기에 잘하면 냉방기가 없어도 될 것 같다는 생각을 했었다. 장마가 지나고 나서는 온 세상이 다 후텁지근한데 산속이라고 별수 없었다. 혼자 생활한다면 몰라도 장사는 어려울 터였다. 전기 사용은 무조건 5kw 내에서 맞추어야 했다. 아파트에 살았을 때 거실에 두었었던 48.8㎡ 형 냉방기와 실외기를 업자의 트럭에 같이 실어서 가져다 설치했다. 가동을 해보니 천장 높이도 높고 목조건물이라서인지 가정용이라도 적당했다.

한 날 아침에는 집 근방 인도에 하얀색 4인용 테이블이며 맨 위에 스핑크스의 머리가 붙은 철재 테두리의 큰 반원형 거울이 작고 낡은 가구들 틈에 끼어 있었다. 바로 앞쪽 집에서 누가 이사 가면서 내놓고 간 것들인 듯했다. 지나가는 사람에게 수수께끼를 내었다는 스핑크스. 이야기가 있는 소품이 될 터였다. 테이블은 도저히 그대로 승용차에 실을 수가 없어 다리를 드라이버로 일일이 분리해야 했다. 기다리고 잘 보면서 다니면 어떻게 내가 필요한 줄 알고 멀쩡한 테이블에 거울까지 공짜로 생기니 신기한 일이었다.

변호사 친구로부터 전화가 왔고 일행과 함께 현장에 들르겠다고 했다. 아직 커피나 음료가 준비되지 않았다고 했지만 자기네가 마실 것 따위를 사 오겠다는 것이었다. 한쪽 벽면에는 벌써 내 문학적 선배들 다섯 명의 흑백사진을 붙여두었다. 그 바로 아래쪽에 그날 가져온 하얀 테이블을 붙인 다음 화장대처럼 바로 위에다 스핑크스 거울을 걸어놓고 앞으로 이 자리에서 글을 쓸까 어쩔까 하면서 궁상을 떨고 있는데 앞마당 가운데의 느티나무 옆으로 큼직하고 멋진 자동차 한 대가 대는 것이었다. 영국 회사의 고급 승용차였다. 뒤따라 다른 차도 올라왔고 변호사 친구가 내려 일행과 함께 들어왔다. 자기들이 들고 온 것을 마시고 먹으며 한참 이야기들을 하는데 바깥은 저물고 있었다.

"그런데 전 주위를 많이 의식해서 칸막이가 있으면 더 좋겠어요."

문인 협회의 그 사무국장이 따로 앉아 있는 나를 돌아보며 말했다. 아니 '에이허브'나 '카페 빈'도 안 가 보았나? 요즘 어디가 칸막이를 치는가?

아주 옛날이야기지만 2층으로 올라가면 자리마다 칸막이가 되어 있고, 모든 것이 짙은 갈색이었던 커피숍. 나는 자주 그곳에서 한 여자와 마주 앉아 커피를 마시며 대화했었다. ……세월은 아득히 흘렀고, 이제 와 나는 카페를 하고 앉았어야 하는 것이었다.

칸막이 없이 통으로 터 두는 것이 작금의 추세로 매장 안의 사람들도 배경이 되는 것이었다. 나는 자릿값이라며 변호사 친구가 돈을 조금 꺼내주는 것을 받지 않았다.
"앞으로 친하게 지내요, 우리!"
그녀가 매장을 나서면서 내게 짤막하게 말했다. 내가 마당까지 나가서 차가 굉장하다고 했더니 그녀는 웃더니
"같이 사는 사람 거예요. 차에 다 거는 사람이거든요."
라고 말했다.

7
남을 수 있는 것들

카페를 만들면서 가장 기다렸던 일이었다. 나는 동갑내기인 처형에게 그전에 몇 차례 금전 면의 도움을 준 적이 있었다. 이참에 처형이 그것을 갚는 셈 친다며 카페에 필요한 것을 해주겠다며 아내를 통해 전해왔다. 인터넷으로 보아는 두었었지만 내게는 무리한 금액이었다. 나는 체면을 불고하고 유리를 끼운 알루미늄 진열장 두 개—폭 90cm짜리로 세 개를 놓아야 양쪽 기둥 사이에 붙여 놓기 딱 맞았는데 너무 큰 부담은 지울 수 없었다. 90cm나 120cm나 가격은 거의 같았다—가 있었으면 한다그 했더니 입금해 왔다.

내 서재의 한쪽 캐비닛 속에서 잠들어 있던 내 문학적 유물들(내 유품이 될 수 있는 것들)을 하나씩 꺼냈다. 스물여섯 살 때, 내 유일한 이동 수단이었던 모터사이클의 공구함에 넣어 다니던 메모장 두 권이 아직도 남아 있었다. 대체 얼마 만이란 말인가. 병장 때 썼던 습작 노트 두 권—벌써 오래전에 사장되지 않고 이렇게 빛 보게 될 줄 몰랐다—과 제대하면 곧 써 갈 소설을 구상했던 쑥색 표지의 훈련용 수첩도 있었다. 그랬다. 결국, 나는 해내었다. 늦게나마 나는 작가가 되고야 말았던 것이다.

책 두 권을 쓰면서 순간순간 떠오르는 것들을 적었던 착상 수첩들. 그 수첩 중 어느 것은 길에서 눈을 맞아 글씨가 번진 페이지도 있다. 내 참다운 삶의 흔적이었다. 작품을 쓸 때, 집에 심각한 일이 벌어져 머릿속까지 온전히 고통스러운 날도 나는 그 수첩들에 문구를 써넣었다. 물론 첫 번째와 두 번째 책을 진열해야 했고, 그 두 권을 다 썼을 때까지의 오브제들도 골판지 상자에다 넣었다. 데스크톱이나 노트북으로 작업이 잘 안 될 때 썼다가 옮기는 스프링 노트들, 책으로 나오기 전에 돈 주고 제본해 본 원고들, 문학상 공모전에서 받은 상장도 담았으나, 쓰고 있던 세 번째 책에 필요한 것들은 남겨놓았다. 이제는 눈에 맞지 않는 돋보기안경과 책상 옆 책꽂이에 올려두었던 조그만 약사여래 상도 이제는 전시하기로 했다. 어느 때까지는 잉크가 다 닳으면 생각 없이 버렸었는데 언제부터인가 하나씩 모아두었던 중성 펜 10여 개도 챙겼다. 보통 1,000원대에서 3,000원대였는데 책에 밑줄을 긋거나 여백에 무엇을 쓰거나 착상 수첩과 스프링 노트에 적을 때 썼던 내 손때 묻은 것들로서 거의 서로 다른 제품들이었다. 중성 펜이 내 손목과 손가락에 부드럽고 저항이 없었으며 글씨를 쓸 때 생각의 속도와 맞았다. 값 쌌지만 그 펜들을 하나씩 살 때 각기의 생김새가 좋았는데 작가로서의 작은 기쁨들이었다.

독일의 그 유명한 명품 펜—볼펜조차도 가장 저렴하다는 것이 28만 원부터다—같은 것이 좋은 글쓰기를 담보하지 않는다는 경우로 내 손때 묻었던 시간의 이력들을 보여주어도 한가지 의미는 있을 것이었다.

나는 매장으로 싸 가지고 온 것들을 진열장에 넣으면서 내 인생에 남은 것이 고작 이것들밖에 없구나, 하는 마음에 지나온 생이 한참 동안 허탈했다. 내가 쓰던 펜싱이며 승마 장비들도 있었지만 그런 것들은 누구라도 가질 수 있는 물건들이었다. 다시 내 삶을 돌아보니 책 두 권이라도 내지 않았다면 어쩔 뻔했나 하는 생각에 가슴이 털썩 내려앉는 것이었다.

그러나 추억은 남을 수 있겠지. 어깨가 저릿해지는 추억들. 함께였던 추억들. 젊은 날 최선으로 사랑했고 방랑한 추억들을 가진 것은 얼마나 다행한 일이냐. 추억이 없는 인생이란 그 얼마나 무목적일 것인가. 사람이 사람답게 살아가는 모든 것이 문학적이라 할 수 있다.

진열장 두 개를 붙이고 남는 공간에 꼭 맞도록 시내에서 철제 조립식 앵글 선반 장을 맞추어 와야 했다. 카페를 하기로 마음을 먹고 본가에 가서 광을 한참 뒤졌었다. 내가 군대 가기 전에 쓰던 빨간색 카세트 플레이어가 있었다. 잡동사니 밑에서 내 방에 있던 빨갛고 작은 흑백텔레비전 수상기도 찾았다. 양친 방에는 이미 오래전부터 컬러텔레비전을 놓았지만, 나는 가난했었다.

그 이전과, 그때와, 지금, 그는 늘 가난한 놈이었고, 앞으로도 그럴 가망이 아주 컸다. 그의 가난은 마치 다른 사람들이 등을 구부리고 앉거나 손톱을 깎는 것과 같은 하나의 나쁜 습관이었다. — 에리히 케스트너 Erich Kastner, 《파비안 Fabian》

언제나 나는 가난했기에 흑백텔레비전으로 만족해야 했는데 일주일에 딱 세 개의 프로그램만 시청했다. 하나는 무슨 수목 드라마였고 토요일 밤에는 〈토요명화〉 아니면 〈주말의 명화〉—더 재미있을 것으로 하나를 선택해야 했다—, 일요일 심야의 〈명화극장〉이었다. 카세트 플레이어는 심야에 영화음악 라디오 프로그램들을 거의 빼놓지 않고 들으면서 공테이프들을 사다가 녹음해 두고는 했던 것이었다. 또, 싸지 않은 어떤 월간 영화잡지를 나올 때마다 사서는 배우와 감독 등 여타 사진들이며 내용을 읽고 꿈꾸는 데 많은 시간을 썼었다. 그랬다. 그 시절 나는 그렇게 외화들을 보고 영화음악을 모으고 잡지로 공부하면서 무심코 영화배우 내지는 영화감독을 꿈꾼 적이 있었다. 내 영화는 선과 악을 구분할 수 없는 강렬한 작품이 될 것이었다. 처음부터 헤비메탈 같은 음산하고 강력한 음악이 깔린다. 진부한 것은 너무나 싫었다. 그때는 군 입대도 앞두었고 충무로에서 세월을 버릴 생각은 못 하였었다. 그런데 지금의 늙은 나는 비슷한 일을 하는 것이다—나는 스물네 살 때 소설가가 되기를 결심했다—. 감독이면서 나 자신을 모델로 한 소설들을 쓰고 있으니.

잡동사니 속에서 아연 합금으로 된 조그만 우주왕복선 컬럼비아

호―내가 중학생 때 학교에서 단체로 우주 과학 박람회(이 행사명이 맞을 것이다.)에 갔을 때 막냇동생을 주려고 샀다―와 약간 더 작은 비슷한 우주왕복선―나중에 알아보니 디스커버리호였고 막냇동생 역시 비슷한 학교행사를 다녀온 것이 아닌가 싶다―도 발견할 수 있었다. 이제 우주왕복선은 더는 발사되지 않는다. 결국, 한 번 타고 우주를 날아보지도 못하고 역시 옛것이 되었다.

이런 세상에! 그것까지 있었다. 지금의 전기 주전자는 물이 끓으면 전원이 꺼지지만, 그 옛날 몸통이 긴, 학 상표의 알루미늄 전기 주전자는 물을 계속 데워 놓을 수 있었고 물이 끓으면 플러그를 뽑아야 하는 것이었다.

19○○년 ○월 ○○일(월) 새벽 1시 40분 1 讀.
포트에 물이 끓는다.
뜨거운 밀크커피를 이제 한잔해야겠다.

《노인과 바다》 맨 뒤 페이지에 내가 적어놓은 것이다. 입대 전의 '허공에 매달린' 시간에 나는 헛간에 붙은 조그만 방에서 거의 책을 읽다가 이 주전자에서 물 끓는 소리가 들리면 밀크커피는 아니고 믹스커피를 즐겼었다. 기억나는데, 왜 밀크커피라고 했느냐 하면 노인이 먼바다에서 사투를 마치고 돌아왔을 때 소년이 그에게 주려고 뜨겁고 우유와 설탕을 많이 넣은 커피를 주문하러 갔었기 때문이었다.

나는 하얀 철제 앵글 선반 장에 빨간 텔레비전이며 카세트 플레이어, 상단에는 그 옛날 전기 주전자와 조그만 우주왕복선들을 배열했다. 그 한쪽에 두면 좋을 듯해서 옛날 황동 석유 버너를 추가했다. 중고등학교 시절의 수련회나 캠핑의 추억을 불러일으키는 물건으로, 그 시절을 보냈던 사람들에게는 그 버너로 물을 끓여서 '커피를 타 먹는' 정경도 연상될 수 있을 터였다. 나는 하나씩 하나씩 이야기를 만들어야 했다. 내가 서른 중반 즈음 한창 등산에 빠졌을 때 처형한테 받았는데, 그녀가 학창 시절에 몇 번 썼던 것이라고 했다. 나는 옛 시절 낚시 가게에서 그 버너며 텐트를 돈을 주고 빌려야 했었는데 처가는 부유했던 모양이었다.

옛 추억을 실감해 보려고 옛날처럼 그 버너를 알코올로 예열하고 펌프질을 해서 라면을 한 번 끓여 보았지만 역시 옛날처럼 새까맣게 그을음이 올라 이제는 사용 못 할 물건이 되었다는 것을 알았다. 그리고 그때 이미 나는 휘발유를 쓰는 고성능 버너를 가지고 있던 터였다.

이제는 한쪽 창 밑이 영 허전했다. 명절에 처가에서 하룻밤씩 묵던 방에 있는 콘솔이 떠올랐다. 쓰지 않는 것 같았고 말만 하면 그냥 받아올 수 있을 듯했다. 전화하고 실으러 갔더니 창고 겸의 마당 비닐하우스 안 구석에 있었다. 처제의 혼수였는데 몇 개월 만에 바꾸면서 그리 가게 된 것이었다. 서랍 전면에 동양풍으로 매화가 그려진, 처제처럼 외모가 화사한 콘솔로 한옥에 어울릴 것 같았다. 가져와서 보니 몇 군데 칠이 까졌기에 같은 색 페인트로 메꾸면서 나는 한숨이 나왔다. 처제는 명품 옷이며 가방, 화장품들이 많다. 얼마 안 가서 그런 것들을 주는 덕에 아내는 언감생심의 물건을 써 보는 것이다.

 이삼 년 전의 설 연휴였다. 처가에서 술상 머리에 앉아 있는데 텔레비전 화면에서 원룸촌 골목마다 허다하게 세워진 고급 브랜드의 수입차들에 대한 문제점을 짚고 있었다. 내가 보아왔던 바로는 그런 축들은 차와 자기가 한 몸인 양 굴었다, 그런 치들은 특히 운동 부족으로 몸이 동그랗고 투실투실했다. 조금 취한 내가, 집도 없으면서 남들한테 과시만 하려는, 정신 못 차리는 '카푸어' 애들이라고 했더니 처제가 자기 얘기인 양 대뜸 따지고 드는 것이었다.

 "어차피 각자의 인생인데, 그 사람들은 그런 거에 사는 의미를 둘 수 있잖아요. 형부는 왜 그렇게만 보세요?"

 사는 의미라고? 방 월세에 차 할부금에 수리비에⋯⋯. 그런 처제를 더 말해 무엇하랴.

 남자 쪽은 나보다 네댓 살 많은 듯했고 여자는 나와 나이가 비슷한 것 같았는데 미소를 머금고 있는 눈 때문인지 더 젊어 보이는 얼굴이었다.

 "지금까지 돈 되는 거는 통 안 하고 살았죠?"

 순간 여자가 얼굴을 굳혔다. 사람들은 왜 이렇게 타인에게 무례한가. 나는 치밀어 올랐지만, 여자 쪽이 꽤 화사했으며, 남자 쪽의 행태가 본디부터 그런 식인지라 못 말리는 듯해서 달리 내색하지 않았다. 나는 여자가 그에게 아깝다는 생각을 하면서 내가 오랫동안 했던 사업과 그간의 주요 밥벌이들을 말해 주었다.

"돈 안 되는 것만 하셨네."

그날 누구나 익히 아는 독일 고급 브랜드의 덩치 큰 스포츠 유틸리티 흰색 차 한 대가 매장 마당으로 올라와 느티나무 옆에 대더니, 키가 크고 눈이 모인 남자와 그의 처가 들어서서 구경 삼아 들렀다는 것이었다. 남자가 유리 진열장 안의 물건들을 훑어보다가 던진 소리들이었다. 자동차며 태도며 행색으로 미루어 돈푼깨나 만지는 사람들 같았다.

당신의 눈에는 내가 보잘것없는 존재로 보이겠지만, 나에게는 나 자신과 모든 것에 대한 확신이 있고, 그것은 당신보다 강하다. 또 나는 내 삶과 나를 가까이서 기다리고 있는 죽음에 대해 뚜렷한 자의식을 가지고 있다. 그것이다. 나에게는 그것이 전부다. 이 진리는 나를 꼭 붙들고 있으며, 나는 오직 그 진리를 꼭 붙들고 있다. 나의 생각은 언제나 옳았다. 지금도 옳고 앞으로도 옳을 것이다. 나는 이렇게 살았지만, 다른 방식으로 살 수도 있었다. 어차피 이렇게 살아서 그 다른 방식의 일은 하지 않은 것이 무슨 상관인가? 나는 다만 내가 옳다는 것이 인정될 눈앞의 새벽을 기다리며 살아온 것이다. — 알베르 까뮈 *Albert Camus*, 《이방인 *L'Étranger*》

그렇다. 나도 사업을 했지만, 돈이 아니라 긍지와 명성을 원했고 결국은 망했으며, 말을 오래 탔고, 지금은 작가다. 비록 돈 때문으로 고생하지만, 나에게는 어떻게 살아야 한다는 확신이 있는 것이다. 하지만 나는 한참 동안 어이가 없었다.

더 중요한 것이 있다는 것을 그러한 사람들은 모른다. 사람이 죽을 때 돈을 가지고 갈 수 있는가? 아무리 비싼 차라도 그것을 가지고 떠날 수 있는가? 사람이 죽으며 남길 수 있는 것은 무엇인가? 돈을 남길 수 있는가? 아무리 많은 돈이라도 다른 사람에게 가고 없어져 버린다. 건물을 남길 수 있는가? 남의 것이 되는 것이다. 타던 차를 남길 수 있는가? 역시 남이 타다가 없어지고 마는 것이다.

나는 이 무례한 사람에 대해 생각해 보았다. 결국, 그러한 사람은 자기 이름조차도 남기지 못할 것이었다. 나는 화가 난 것은 아니었고 그러한 사람의 일생이 의미 없을 뿐이었다.

시내에서 매장으로 오가다 보면 시내 입구 언저리의 큰 사거리의 모퉁이마다 행색이 초라하고 늙수그레한 여인네들이 쪼그리고 앉아 어디서 옮겨온 키 작은 화초를 심고 있는 모습이 자주 눈에 띄었다. 어느새 먼젓번의 꽃들은 없어져 버리고 역시 얼마 살지도 못할 다른 종류의 꽃들을 심는 것이다. 시청에서 돈을 주고 시키는 일일진대 얼마 가지도 못하는 것들을 왜 그렇게 헛짓을 계속하면서 세금을 버리는 2월의 나는 그러한 짓거리에 내 세금을 쓰라고 동의한 적이 없다. 그런 여인네들을 쓰더라도 더 생산적인 일을 시킬 수는 없는 것일까. 그뿐만이 아니었다. 그러한 데에 훌쩍 키가 큰 소나무를 몇 그루씩 옮겨 심어놓고서 밑에다 위로 쏘는 조명들을 박아놓았다. 인간들이란 잔인하기도 하지. 차들의 소음과 매연에 진종일 시달리는 나무들을 또다시 밤새도록 쉬지도 못하게끔 밑에서 퍼렇고 뻘건 불빛을 치쏘아서 못살게 구는 것이다. 인간들이란 저희 입장밖에는 모른다. 또 화단에는 생뚱맞게 큰 구며 동물

형상의 합성수지 조형물들을 여기저기 늘어놓았다. 차를 타고 지나가는 사람들이 그러한 것들을 혹여 본다손 치더라도 무슨 감흥이 있을 것인가. 나는 도무지 이해가 가지 않았다. 내 집 가까운 근린공원의 나무들 또한 밤새 같은 고문을 받는 상황이다. 그러한 것을 목도하고 나는 절대로 카페에 그렇게 해놓기 싫었다. 밤에는 깜깜하게끔, 매장 터의 자연이 쉬게끔, 즉 밤에는 영업하지 않기로 했다.

 매장 앞마당은 잔디가 아니고 쇄석이 깔려있어 다행이었다. 잔디 마당이 보기에는 좋겠지만 여차하면 깎으면서 삶을 마칠 것인가. 얼마 있으면 가을이 오고 산속이라 온통 가랑잎으로 덮이리라. 나는 치우지 않을 요량이었다. 세상에 풀 뽑고 낙엽 쓰는 것만큼 의미 없는 일도 없을 것이었다.

 매장의 화장실 뒤편에 떼어진 창호 문 한 짝이 먼지 덮여 있었다. 나는 마뜩잖았으나 일전의 문인 협회 사무국장이 그렇듯 한자리쯤은 칸막이로 막아 놓으면 그 자리가 좋다고 할 여자 이용객이 있을 수 있는 일이었다. 나는 지금까지 썼던 작업대―이제 부피 큰 목공 작업은 다 끝난 터였다―를 해체했고 굵은 각재 두 개를 다듬었다. 그 사이에 창호 문을 끼워 박은 다음 한쪽에다 세우면 되는 것이었다. 그것까지는 괜찮은데 또 페인트값을 들여야 했다. 칸막이를 칠하고 남은 페인트로 손바닥보다 좀 더 큰 나뭇잎 모양의 A 보드에 바탕색을 입혔다. 전에 집 근처 그 쓰레기 분리수거장에서 주워 놓았던 것으로 아마 관광기념품이었을 물건이었는데 글씨나 혹은 그림은 세월에 다 지워진 것 같았다.

나는 그것에다가 하얀 글씨로 〈옛 시인의 노래〉의 가사를 적어 넣으면서 까닭 없이 우울했다. 그대가 나무라 해도 내가 내가 잎새라 해도 우리들의 사이엔 아무것도 남은 게 없어요…….

나는 앞마당 아름드리나무들의 푸르른 잎사귀들로부터 이미 낙엽이 흩날리는 늦가을 날을 느끼고 있었다. 여름은 한가운데인데 문뜩 생각했다. 끔찍할 겨울은 어찌할 것인가.

마당에 면한 그 풀밭을 가로지르면 돌계단에 이르고 사찰로 올라갈 수 있었다. 풀밭의 그 좁다란 사잇길은 맨땅이어서 비만 오면 진창이 되는지라 편의상 헌 차도 블록—사찰 한 편에 쌓여 있었는데 안 쓴다는 것이었다—을 날라다 두 줄로 깔아 두었었다.

며칠 후 그들은 다시 왔다. 여자 쪽은 처음부터 호감 가는 유형이었지만 남자 쪽은 여전히 껄끄럽게 굴었다.

"그런데 바깥에 보기 싫게 저게 뭐예요? 까는 돌판 같은 거 있잖아요. 그런 걸로 깔아야지. 영 그렇네."

남자 쪽이 그 임시의 차도 블록 통로를 보고 들어왔는지 하는 소리였다.

"깔 돈이 있어야지요."

내가 말했다.

"돌 공장 아는 데 전화해서 (판석을) 시켜요. ……내가 해 드릴게."

누가 돈이 많다면 일단 수그리고 들어가는 사람들을 나는 많이 보아왔다. 나로 말할 것 같으면 돈 많은 사람을 전혀 개의치 않고 살아왔다. 내게 돈을 줄 일이 없기 때문이다. 카페의 어느 구석이 조금 정리되는 것은 나쁘지 않으나 어차피 사찰 경내고 사찰로 가는 길이 되는지라 사찰에 이롭지 내게는 크게 득이 된다 할 수 없었다. 차라리 그만큼의 돈을 내게 준다면 참으로 긴요할 터였다.
 "돌판이 와도 저는 그런 거 까는 노가다 못 해요. 힘들어서."
 "아, 누가 직접 깔래요? 전화해서 업체에 다 맡기라니까 그러시네."
 이제 나는 슬슬 화가 나기 시작했다.
 "진짜 전화해요?"
 "하세요, 전화."
 나는 맥없이 말다툼하기가 싫었다. 돈 자랑도 정도가 있어야지……. 한참을 그러고 있는데 이번에는 여자 쪽이 끼었다. 처녀 적에 쓰던 타자기가 있는데 매장에 어울릴 듯하니 기증해도 되겠느냐는 것이었다. 벌써 철제 앵글 선반 장에 버리지 않았던 전동 타자기를 가져와 놓았기에 별로 탐탁지 않았지만 좋은 뜻으로 하는 제안을 거절하기가 곤란했다.

 세월은 또 간 모양이었다. 문자메시지가 왔는데 휴대전화 이용정지 안내였다. 다시 요금을 못 낸 지 3개월이 다 된 것이었다. 3개월이 넘으면 휴대전화가 끊기고 다시 사용하려면 그 3개월 치를 한꺼번에 내야 한다.
 돈이 많이 들었을 한옥에 걸맞게끔 내부를 궁궐처럼 해 놓고 싶은 마음이 난들 처음에는 없었겠는가. 어떤 자리는 근사하게 조각한 나무 난간도 두르고 싶었고 몇 군데는 사군자 따위가 그려진 하얗고 큼직한 호리병이나 달항아리를 배치한 그림을 떠올리기도 했었다. 그러나 돈이 없었고, 어디서 빌려서 한옥에 들어맞는 인테리어 공사를 한다손 치더라도 나는 어디 가서 엄청난 시간 동안 노동을 해서 그 돈을 갚아야 한다. 즉, 그 기간만큼의 내 자유를, 내 인생을 버려야 하는 것이었다.

하지만 한옥이라고 구태의연한 해석이 얼마나 많은가. 한옥으로 지어놓고 영업을 하는데 사람들이 몰리는 어느 곳을 한 번 들러보 았더니 마당 입구에는 어디서 실어 온 커다란 연자매를 세워놓고 한쪽에는 디딜방아를 갖다 놓은 정도였다. 다른 데도 마찬가지인데 솟대들에 괴목에, 심한 곳은 떡 하니 장승을 세워놓는다든지 역시 뜰 앞에는 맷돌이 있고 출입문 안쪽 벽에 소 코뚜레를 건다든가 하는 따위였다. 그 해석이란 민속 주점이나 민속촌의 범주에서 벗어나지 못하는 것이다. 특히 소 코뚜레의 문제로, 뚫릴 때 얼마나 끔찍하게 아팠을까. 그것을 보며 사람들이 무엇을 연상하겠나. 속박, 노역, 고통……. 업소와 어울리는가?

나는 차라리 돈이 없었기에 이것저것 주워다 매장을 꾸며보니 색다른 느낌이 나는 것 같았다. 하지만 아무것이나 주워서 가져다 놓은 것은 아니었다. 예술적 눈썰미가 필요한 일이었다. 그러고 보니 매장 안을 휴대전화가 나오기 이전의 내 청소년기에서 청년 시절의 시대상처럼 해놓은 꼴이 되었다.

'버리면 그만인 것을……'

나는 어느 유행가의 한 대목을 속으로 흥얼거렸다. 큰돈을 들여 인테리어를 해놓고 커피 장비를 비싼 것으로 사면 나중에 공사비를 날리고 기계류 들은 손해를 많이 보고 중고로 처분하거나, 안 되면 내가 써야 하는데, 거의 주워다 만들고 꾸며 놓은 물건들은

남을 수 있는 것들　71

망해도 다시 버리면 되는 것이었다.

8
산성(山城)

 지금의 상가건물을 사서 오기 전에 아파트에 살았는데 비록 인조가죽이라도 내가 좋아하는 색인 겨자 빛깔의 1인용과 3인용의 소파 세트가 거실에 있었다. 어린이집도 들어가기 전의 아주 어릴 적의 딸아이가 어떤 날카로운 도구로 필시 3인용 소파의 몇 군데를 길게 갈라놓은 것 같았다. 아내가 그 소파 세트를 버리자는 것이었다. 그리 비싸지 않아서 천갈이를 하나 새로 사나 비슷할 것 같기는 했다. 내가 3인용 소파를 들어내면서 아내에게 말했다.
 "일인용은 멀쩡한데 그냥 쓰지?"
 "하나만 남겨서 뭘 하려고요?"
 나는 도무지 이해가 가지 않아 고집을 세웠다. 그 하나는 한 사람이 앉으면 딱 좋은데 왜 같이 버려야 할까. 나는 그 1인용 겨자색 소파를 가지고 있었고 지금도 내 서재에서 잘 쓰고 있다.

20년 전쯤 전에 두 번째 사업장을 시작했을 때였다. 사무실에 텔레비전을 가져다 두었는데 올려놓을 마땅한 것이 없었다. 어느 날 그 건물 근처에서 누가 길가에 버렸던 오디오 장을 가져와 텔레비전을 올리고, 그 오디오 장 안에는 자주 써야 하는 여러 잡동사니를 넣어두는 용도로 쓰니 아주 괜찮았다. 나는 그것을 세 번째 사업장을 차렸을 때도 가져와서 계속 썼다.

상가건물로 이사 와서는 전에 말했던 집 근방의 쓰레기 분리수거장에서 쓸만한 것들을 골라 왔다. 그중에는 과일이 예쁜 색깔로 프린트된 무슨 설탕통이나 양념통일 듯한 뚜껑 있는 흰색 도기도 있다. 뚜껑의 손잡이에 약간 이가 나갔을 뿐 예쁜 물건이라 나는 야외용 재떨이로 7년 넘게 써 오는 것이다. 이런 식으로 나는 새 물건을 사지 않고 끝까지 쓰거나 버려진 물건을 가져와 용도에 알맞게 활용하는 소질이 있었다.

삶에 너무 지쳤기에 처음에 생각했던 카페 이름은, '마음 심(心)자'처럼 한자의 훈과 음을 붙여 읽는 것과 같이 '마음 쉼표'였다. 로고도 간단하게 쉼표(',')로 하려고 했었다. 나처럼 육신과 마음이 피로에 지쳐버린 사람들이 다 내려놓고 얼마큼이라도 쉬었다 가게끔 휴식공간을 만들고 싶었다. 하지만 한 해를 넘긴 다음 이제는 진짜로 카페를 하려고 보니 그사이 서울에 한 유명 출판사가 그 자본력을 바탕으로 대형의 북 카페를 차려놓은 것이었다. 상호가 쉼표에 해당하는 영 단어고 로고 역시 그 쉼표였다.

나는 돈이 없었으므로 매장을 만들면서 생각하고 또 생각했다.

사업이란 무서운 것이다. 예전에 사업할 때 살고 있던 아파트를 팔아 운영자금을 대서 성공하려 했던 시기가 있었다. 그러지 않았다. 아파트 가격은 많이 올랐고 나는 그 아파트를 팔고 돈을 보태서 4층짜리 건물을 샀다. 지금 건물을 또 어찌해서 사업을 하기는 싫었다. 지금 건물은 고스란히 둔 채 사업을 해야 하는 것이다.

예전의 내 사업은 무너지기 시작하니까 속절없이 무너졌다. 사업이란 다음과 같은 수순이다. 모르는 사람을 만나서, 자신은 그럴 능력이 안 되는데 분위기에 들떠서 사업을 벌인다. 그 사람도 망하고 자신도 망한다. 그런 일은 반복된다. 결국, 멀쩡한 집마저 날려 버리고 월셋집, 원룸으로 전전하게 된다. 파스칼도 말했다.

도박을 즐기는 모든 인간은 불확실한 것을 얻기 위해서 확실한 것을 걸고 내기를 한다.

어쨌든 나는 집을 담보로 무엇을 하지 않았기 때문에 집은 남아 있다. 내 집이 내성(內城)이라면, 거리는 꽤 떨어졌지만, 이 매장을 외성(外城)으로 해서 내 내성을 지켜가야 하는 것이었다. 나는 어릴 적부터 기사(騎士)가 되고 싶었다. 10세기에서 14세기 어간에 유럽에서 났었다면 어찌해서라도 나는 기사가 되었으리라.

우리가 오롯이 차나 커피를 마시는 공간을 만들자면 어떻게 꾸며 놓아야 할 것인가. 사람들은 아무 데서나 안 마시고 돈과 수고를 들이며 굳이 찻집이나 카페를 찾는 것이다. 차와 커피를 마시기 위해서는 그 환경이 중요한 것일까. 어디 가나 볼 수 있는 같은 테이블, 같은 의자, 1000원숍에서 파는 같은 소품들……. 경주든 전주든 제주도든 관광지 기념품 집에 있는 다 똑같은 물건들처럼. 카페를 꾸민다고 그런 것들을 사다 놓아봐야 다 돈이고, 일부러 다 들여놓았는데 망할 때는 어떡하나. 내 카페는 색달라야 했다. 이 매장의 터는 산성 비슷하니 건물만 전통 한옥이 아니라면 기사의 작은 성처럼 꾸몄으련만 어쩌랴. 나는 한옥의 내부를 재해석해 중세 유럽―귀족 작위가 있는―기사의 성관 서재처럼 꾸미기 위해 고심했다. 크로스오버라 할 것이다.

1571년, 38세, 2월 말일, 생일날, 나 몽테뉴는 법정에 봉사하고 공공에 종사하는 데 지쳐서, 지혜의 성모의 가슴에 완전히 몸을 맡긴다. 이미 반생은 지나갔지만 여기서 모든 근심으로부터 벗어난 고요와 자유 속에서 남은 반생을 보낼 것이다. 운명 덕분에 이 터에 조상 전래의 은거지에 달콤한 주거지를 완성하고 이를 자유와 고요와 여가에 헌정했다. ― 몽테뉴 성의 성탑 서재 서까래에 몽테뉴*Michel Eyquem de Montaigne*가 새겨놓은 말

고등법원 법관을 하다 37세에 은퇴한 몽테뉴는 그 성탑에 틀어박혀서 《에세*Essais*》를 썼다. 비싼 것들이 아니어도, 주워다 놓은 것이라도 왠지 고급스러운 분위기를 풍기게 할 수 있는 것이다. 나는 정신세계의 높이를 보여주고 싶었다. 싸지만 아끼고 손때 묻은 것들, 비싼 인간도 아니면서 비싼 물품을 좋아하는 천박함을 넘어 꼭 필요한 물건들만 유용하게 사용하는 정신의 격이 느껴지게 하고 싶었다. 아무거나 가져다 늘어놓는다고 되는 것은 아니다. 가

난하지만 고매함을 잃지 않는 품격이 있어야 했다. 귀족 정신이 풍기게 하려 했다. 귀족이라고 다 부유하지는 않다. 영혼의 귀족, 가난한 기사도 있는 법이다.

나는 집에서 장식용의 기사 방패부터 떼어왔다. 내가 커피를 내릴 카운터 테이블이 매장의 중심이 될 것이었다. 내 정체성을 드러낼 그 방패를 카운터 테이블 뒷벽 한쪽에 걸었다.

내 성의 계단 중간 참, 3층으로 꺾어지는 그 벽에 박힌, 벌떡 뒷발로 일어서서 포효하는 사자 문장이 새삼스레 주인을 반겼다. 5일 장 내 단골 골동품상에게 구해왔었던, 아마도 큰 도시 어디 폐업한 레스토랑이나 대형 호프집으로부터 흘러왔음 직한 그 금빛 사자 방패는 뭔가를 끊어 낼 듯이 쌍 도끼까지 멘 것이었다.

마찬가지로 내 두 번째 책에 있는 이야기다. 그런데 실제로 내가 중세 유럽에 태어났고 기사라고 해 보자. 이제 내게 무엇이 남았는가. 젊음마저 남아 있지 않다. 옛날 숱한 전장에서 무용을 떨치며 공훈을 세웠었지만 나는 늙었다. 늙은 기사에게 무엇이 남아 있나.(내 창마저 막시무스 데시무스 메리디우스 노릇을 하다 나오니 그 승마장 대표가 빼돌렸다.) 젊은 기사와 붙겠는가. 젊었을 적의 명성으로 살 것인가. 늙은 기사가 무엇을 할 것인가. 늙은 기사로 그냥 죽을 것인가.

그렇다. 나는 생각을 하며 글을 생산하려고 이 산성에 들어왔다.

이 외성에서 책을 써 갈 수 있고 내성을 지켜 갈 수 있는 경제력을 만들어내야 한다. 그리고 어느 때—나는 늙었어도 기사이기에—금전적 여유가 되면 또 말을 타리라.

9
그깟 커피

  나는 어떡하면 돈 들이지 않고 매장 내부를 (가난한) 귀족의 서재처럼 꾸밀 수 있을까 고심했으나, 조금 더 구색 맞추고 싶은 욕심이 났다. 예전부터 내 서재에 걸고 싶었던 그림이 있었다. 바위 봉우리 위에 우뚝 올라서서 안개—혹은 구름—에 덮인 산하를 내려다보고 있는 한 귀족적인 사나이의 뒷모습을 그린 작품이었다.
  실탄이 없었기에 하루 용역 일을 나가야 했다. 역시 비천한 일인 모양이었다. 어느 산 중턱 고갯길 옆에서 고물상 부지를 고르는 일이었는데, 어차피 중기가 와야 시작할 수 있다고—원래 그 판은 기사랍시고 잡부보다 한 시간쯤 늦는다는 것이었다—속풀이를 하자면서 인부들이 한구석에서 라면을 끓였다. 나도 몇 젓가락 후루룩 넘기고 있는 차에 굴착기가 나왔고 기사가 내렸다.
  "여기서 만나네? 주애 아빠!"

내가 알은척을 했지만 주애 아빠―굴착기 기사다―는 말없이 어색한 웃음만 짓더니 젓가락을 놓고 다른 쪽으로 가버리는 것이었다. 그는 나와 동갑이었고 친구의 친구였으며, 예전에 내가 사업장을 가지고 있을 때는 그를 직원으로 데리고 있던 이도 나를 경대(敬待)해야 했었다. 그의 첫째 딸아이와 내 아들내미가 초등학교 때의 친구였으며 서로의 아내들끼리 한동안 절친한 사이였다. 그도 나와 몇 번 술을 마셨었고, 한때 그는 내 도움을 받는 입장이었었다.

일하다가 그와 근접하게 되었을 때 카페를 하게 되었다고 말했으나, 그는 듣는 둥 마는 둥 또 저쪽으로 가버렸다. 그 후로도 계속 그는 나를 피했는데, 나 같은 사람과 말이라도 섞으면 그 장면을 다른 인부들이 보게 될까 봐 극히 경계하는 눈치였다. 저는 기사고 나는 잡부다 이건가? 막노동판에도 계급이 있다? 나는 그 인간상에 망연할 수밖에 없었다.

책장에 찬 버림받은 책들 앞에다 일전의 쓰레기 분리수거장에서 주워 둔 예의 그 하얀 찻주전자와 내가 처음에 소설가를 결심하게 한 에밀리 브론테의 작은 탁상용 녹색 타원형 액자, 책을 읽는 마릴린 먼로의 사진 액자 등속을 올려놓고, 처제의 그 콘솔 위에 집에서 돌아다니는 안 쓰는 직조 자수의 테이블 러너를 깔고, 그 돈 많다는 내외가 내가 없을 때 문 아래 놓고 간―아마도 여자 쪽이었으리라―검은색 수동 타자기를 올려두고 하면서 소꿉놀이를 했다. 모퉁이 쪽에 당당한 뒷모습의 사내 그림을 떡 걸기까지 하니 그럴듯했다. 그럴듯하기만 하면 된 것이었다.

한편으로는, 내가 청소년 시절에 직접 썼던 그 빨간 카세트 플레이어며 역시 빨간색 흑백텔레비전 수상기, 진열장 안에 배열한 내 문학적 유물들, 그 밖의 여러 소품으로 매장 안은 내 청소년기부터 청년기까지의 시절에 시간이 멎어 있는 듯 보였다. 드론이니 자율주행 자동차니 인공지능이니 다 필요 없는 것일 수 있다. 사람은 옛것으로만 살아도 충분할 수가 있다. 《1984》나 《멋진 신세계》의 세상이 옳지 않을 수 있다고 분명히 경고되었다.

나는 그렇게 내 문학적 기념관을 만들었다. 사람이 자기 인생 중에 자신의 기념관 하나는 만들 정도가 되어야 하지 않을까.

병장 때, 분대는 파라다이스(paradise)라 불렸던 인근 군수지원대로 파견을 나갔다. 위병근무 병력교체였고 기간은 석 달이 조금 모자랐다. 늦봄 환한 오전이었다. 나는 며칠 전서부터 바짝 말라서 군데군데 떨어져 있는 나뭇가지들을 주우며 막사며 보급 창고 뒤편 언덕배기로 올라갔다. 바퀴도 다 달아나 나뒹굴고 있던 거였지만, 푹신한 데다 팔걸이까지 온전한 내 회전의자가 거기에 박혀있었고 큼직한 돌멩이 몇 개를 고아서 나는 화덕도 만들어 놓았다. 내 의자에 앉아서 내려다보면 널따란 합수(合水)는 유유히 반짝이며 물결쳤다. 반합에 담아온 찬물에다 털어 넣고 같이 끓여버린 봉지 커피는 유달리 쌉싸름하면서도 달콤했다. 구름은 어느 쪽으론가 느긋하게 흘러갔다. 한동안 그렇게 나는 고요한 마음으로 몸을 좀 추스르고 씻기지 못할 한도 천천히 한 번 삭여보려 했다.

군수지원대장 김 중위가 허리를 자꾸 굽혀가며 올라오고 있었다. 약간 어두운 분위기가 있는, 말수 적은 인물이었다.

"윤 병장은 참 멋있게 지내는 것 같아."

김 중위는 마른 나뭇가지 한 줌을 쥐고 있었다.

"근무 아닐 땐 시간 죽이면 뭐 합니까? 커피 하시겠습니까?"

그가 모닥불에 자기 나뭇가지들을 던져 넣었다.

"혼자서 좋은데 괜히 내가 끼는 거 아니야?"

그러면서도 그는 맞은편 넓적 돌로 엉덩이를 내렸다. 내 의자를 권했지만, 한사코 그가 사양하기에 나도 다른 돌로 옮겨 앉아야 했다.

"한 따까리 주면 고맙지. ……그 책 좀 줘 볼래?"

〈로미오와 줄리엣〉, 〈맥베스〉와 〈햄릿〉이 합본 된 거였다. 훤칠한 데다 잘생긴 편이었지만 건강은 그다지 좋지 않은 양 낯빛이 시커멓게 죽은 김 중위는 나보다 두세 살쯤은 연배로 보였다. 다음 날부터 어, 하다 보면 그가 올라왔다.

"얻어 마시기만 할 순 없잖아. 자, 윤 병장. 이거 이름도 어려워, 테이트러스, 아니 테이스터스하고 또 뭐라고?"

내가 마시는 빨간 봉지 커피 한 갑이었다.

"윤 병장은 제대하고 뭘 할 건가?"

"대장님은 뭐를 하실 겁니까?"

"글쎄. 후……."

그가 한숨 비슷하게 내쉬었다.

"직장부터 잡고 결혼이나 해야겠지. 자네는?"

"작가가 될 겁니다. 소설가."

이 같은 내 두 번째 책 중의 내용이나 《노인과 바다》 등을 읽고 나서 믹스커피를 타 마신 이야기 등으로 보이듯, 나는 원래 믹스커피는 전문가라면 전문가였다. 나는 집에서든 사무실에서든 거리의 커피자판기 앞에서든 믹스커피를 즐겼고, 봉지를 안 보고 맛만 보고도 어느 회사의 어떤 제품인지 알아맞힐 정도였다. 물의 양을 적정하게 맞추는 데 실패도 없었을뿐더러, 나중에 나온 막대 모양 봉지 커피는 설탕이 한쪽 끝에 모여있어 그쪽을 쥐고 얼마만큼 설탕을 남기면 내가 커피를 제일 잘 탄다는 소리를 많이 들었다.

"바리스탄가, 그런 자격증 안 따도 되니?"

모친은 또 기우했다.

"내 친구 둘째 딸내미는 회사 다니다 관두고 이백만 원 주고 배워서 그런 자격증 있다던데, 카페 하려면 따야 하는 거 아니니?"

"글쎄, 그딴 걸 돈 내버리고 왜 따요? 그건 국가자격증이 아니라니까 자꾸 그러시네. 아무나 발급할 수 있는 민간자격증이에요. 사단법인 같은 거요."

내가 아무리 설명해도 모친은 이해가 가지 않는 모양이었다.

"그래도 있는 게 낫지 않니?"

아니, 조금 보태면 아예 에스프레소 머신을 살 수 있는 돈을 미쳤다고 그깟 쓸데없는 종이쪽지를 걸어두려 커피 학원에 갖다 바치냐 말이다. 에스프레소 머신만 있으면 그까짓 몇 번 연습해 보면 될 일이다.

나는 이제부터 커피를 팔면서 살아야 했다. 그러나 커피 원두 그라인더도 하나뿐이고 에스프레소 머신도 그저 그런 성능의 제품인 데다가 로스팅이네 뭐네, 말(馬) 전문가라면 또 몰라도 무엇보다 커피 전문가이고는 싶지 않았다. 내 여생에 그럴 시간이 어디 있는가. 커피 맛이야 좋으면 좋겠지만, 각자의 입맛에 맞으면 또 그뿐인 것이다. 나는 재기하려는 것이 아니었다. 여러 사람을 이끌면서 바쁘게 살았을 때도 내 수중에는 남는 돈이 없었다. 나는 소설 작가의 본질을 살기 위해 여기로 들어온 것이다. 커피를 팔아서 다 제하고 달마다 최소 100만 원씩이라도 집에 가져다주면 그 소설을 이어갈 수 있을 것 같았다.

여름에 장사가 될 텐데 얼른 작업을 마쳐야 하지 않겠냐고 모친은 속도 모르고 몇 차례 채근했지만, 혼자서 매달리니 8월도 끝나가고 있었다. 혼자 일하느라 애썼고 하니 부친과 서울의 한 대학교에서 강의하고 있는 막냇동생과 다 같이 여행 겸해서 어디 철 지난 바닷가라도 한 번 다녀오자고 모친이 권유했다.

'해양 레일바이크'며 '해상 케이블카' 따위를 탈 때 개중에 돈이 있을 것 같은 탑승객들을 보면서 나는 돈으로도 안 되는 것을 생각했다. 이를테면 문학적인 것 같은. 그러면서 내가 넉 달여 동안 만들어 온 카페를 떠올렸다.

강릉 바닷가의 '커피 거리'라는 데를 관심을 가지고—예전에는 그저 한차례 갔었다—들러보고 싶었다. 오랜만에 가도 이상하게 나는 파도 치는 바닷가에서는 매 차례 어느 대학교 중창단이 불렀던 노랫가락(썰물, 〈밀려오는 파도 소리에〉)만 가슴 깊숙이에서 올라와 입안에서 맴돌았다.

젊은 날, 나는 얼마큼의 상심으로 몇 번이나 그 같은 바닷가에서 파도 앞에 망연히 섰었던가. 못다 한 내 옛꿈이여……!

예전처럼 바다를 면하고 2, 3, 4층의 카페 건물들이 늘어선 중에 프랜차이즈점도 중간중간 여럿 보였다. 자기네들 마음인지는 몰라도 왜 이런 데까지 프랜차이즈점들이 끼어들어 있는지 이해가 안 갔으나—내 단골 대목욕탕 건물 1층에 들어온 그 브랜드도 있었다—일단 프랜차이즈는 다 거르고 몇 군데를 놓고 고심하다가 사람 많아 보이는, 온통 하얀색의 카페로 들어갔다. 나는 아이스 아메리카노를 시켜서 천천히 한 모금씩 넘겼는데 얼추 입에 맞는 것 같았다. 나는 커피는 그 정도 맛쯤이면 될 듯싶었다.

처음에 아내의 오촌 조카 카페에서 사 다셨던 아메리카노는 쓴맛만 나서 탐탁지 않았다. 강릉의 그 바닷가를 다녀온 뒤 에스프레소 머신 사용법과 음료 메뉴 레시피 등을 배우려고 그 후배 처의 카페를 들렀다. 나는 에스프레소 머신과 원두 그라인더 작동법을 5분 정도 배워서 직접 아이스 아메리카노를 한 컵 만들어 마셔보니 얼추 강릉의 그 집 커피와 풍미가 비슷했다. 골치를 썩일 필요가 없었다. 나는 후배 처가 시키는 원두를 쓰기로 했다.

나는 이제 커피 파는 일도 하게 된 것이었다. 한 친구가 그리 멀지 않은, 자기가 가 본 어떤 카페 이야기를 했다. 나같이 외진 숲속에 있는데 돈가스도 같이 팔아서 사람들이 엄청 많다며 나더러 돈가스도 하면 더 낫지 않겠냐는 것이었다. 내가 언제 고기 다지고 숙성시키고—조리법과 순서가 맞는지는 모르겠지만 나는 관심 없었다—빵가루 묻혀서 튀기고 있느냐. 돈가스는 얼어 죽을!

예전 1톤 냉동 탑차 운전 아르바이트를 하던 그날도 나는 철로 상공을 둥그렇게 넘는 구름다리를 내려가 언제나처럼 '커피 타임'을 챙기기 위해 한 편의점 앞에 트럭을 받쳐놓았다. 차가운 캔커피를 하나 사 들고 나오면서 나는 건너온 그 구름다리를 무심코 돌아보았다.

그 순간이었다. 세상이 텅 빈 것 같았다. 하늘에는 구름 한 점 없었고 햇볕은 선선했다. 구름다리의 내리막길 양쪽 가의 가로수 잎사귀들이 따로 천천히 한들거렸다. 가을 냄새 같은 것을 머금은 오른편의 강바람이 그의 얼굴 살갗을 나른하게 쓸면서 갔다. 그 길에 일체 그를 뒤쫓아 오는 차들은 없었다. 고즈넉한 풍경 속에 그는 홀로 서 있었다. 마치 꿈에 나온 어린 시절의 옛 고향과 같은, 고교 때 등교하지 않았던 어느 날처럼 이상스레 한적하고 아련한 여름 한가운데에. 아늑하고 호젓한, 텅 뚫린 공간 속에서 그는 천천히 한 모금씩 커피를 삼켰다. 트럭의 비상 깜빡이가 꽁무니에 매달려 하릴없이 깜빡거리고 있었다.
　자신은 이제껏 앞길만 보고 달렸었다. 이렇게 몸뚱이로 멈춰 서서 지나온 길을 뒤돌아보는 것은 처음인 듯했다. 텅 빈 그 길은 평화로웠다. 평화롭고 고즈넉하게 그리 살아야 하는 것인데 어쩌지 못하고 이리 살아온 자신을 그는 흡사 남한테 그러는 듯 생경스럽게 훑어보았다.

내가 지난 어느 한 날 편의점 캔커피로 커피 타임을 가지다가 그 같은 순간을 경험할 수 있었듯이, 이제부터는 이용객들이 이 카페에서 한잔의 커피와 더불어 그러한 평화로움과 고즈넉함을 느낄 수 있게 하겠다는 내 마음을 나타내는 내 그 중편 속의 문단이었다. 나는 이 글을 예전부터의 그 간판 집에서 알맞은 크기로 흰 시트지에다 실사 출력을 해 와서 액자 속에 붙였다. 액자는 내 집 근방의 쓰레기 분리수거장에서 주워 놓았었다고 전에 말한 바 있다. 본가 광에 재봉틀 다리만 있던 것을 찾아내어 상판으로 송판 두 쪽을 붙여 만든 셀프 테이블 위쪽에 그 글 액자를 걸어놓았다.

마침내 무엇인가 할 만한 일을 발견한 사람은 그 일을 위해서 새 옷을 장만할 필요는 없을 것이다. 여러 해 동안 다락에서 먼지가 뿌옇게 쌓인 채로 있던 헌 옷을 꺼내 입어도 될 것이다. 헌 신발은 영웅이 신으면 그의 하인이(만약 영웅에게 하인이 있다면) 신을 때보다 더 오래갈 것이다. 맨발은 신발보다 더 오래된 것인 데다 영웅은 맨발로도 다닐 수 있으니 말이다. 만찬회나 입법기관에 드나드는 사람들만은 사람 자체가 수시로 달라지므로 그때마다 새 외투가 필요할 것이다. 하지만 나의 상의와 바지, 모자와 신발이 그 차림으로 하느님을 예배하기에 손색이 없다면 그것으로 족하다고 할 수 있지 않겠는가?
  자기의 헌 옷, 헌 외투가 너무 낡아서 원래의 구성 재료로 되돌아가는 것을 실제로 본 사람이 있는가? 그래서 그 외투를 불쌍한 아이에게 주는 것이(그 불쌍한 아이는 나중에 그것을 자기보다 더 불쌍한 아이, 아니 가진 것이 거의 없어도 지낼 수 있으니 실은 더 부유하다고 할 수 있는 그런 아이에게 줄 예정이겠지만) 결코 자비로운 행동이 되지 못할 정도의 외투 말이다. 옷을 새롭게 입는 사람보다는 새 옷을 필요로 하는 모든 사업을 조심하라고 경고하고 싶다. 새 사람이 없는데 어떻게 몸에 맞는 새 옷이 만들어질 수 있는가? 만약 당신이 어떤 사업을 하려고 한다면 헌 옷을 입고 하도록 하라. ― 헨리 데이비드 소로 Henry David Thoreau, 《월든, 숲속의 생활 Walden, or Life in the Woods》

영웅은 맨발로도 다닐 수 있다. 어떤 사업을 하려고 한다면 헌 옷을 입고 하도록 하라! 나는 최대한 그런 말대로 할 생각이었고, 돈 없이, 어디서 돈을 빌리지 않고 헌 테이블들과 헌 의자들, 헌 책장과 내 책이 아니니 없어져도 그만인 헌 책들, 헌 소품들로 매장을 이제껏 꾸며 놓았으며 또, 앞으로도 여태 입던 헌 옷을 입고 카페를 일구어 내리라 마음먹었다.

나는 문학적인 카페라는 차별성을 내려고 각종 스프링 수첩과 중성 펜 같은 것들을 내가 골라 카운터 테이블 한쪽에 올려놓고 함께 팔아볼까 하는 생각을 했다가 그만두었다. 다 인터넷으로 시킬 것들이라 뻔해서 그 이상을 받을 수 없으니 수입에 전연 도움이 안 될 터였다. 카페를 만든다고 목공 일을 꽤 하다가 보니 자투리 각재들로 북엔드 따위의 기획 상품, 이른바 굿즈라는 것을 만들어 팔면 어떨까 싶기도 했다.

좋다. 그런데 잘 팔리면? 나는 계속 그것들을 만들어야 하나? 커피를 팔면서 남는 시간에는 굿즈를 만들고 있으면 내 시간이란 없다. 그렇다면 나는 여기까지 무엇하러 들어왔나? 승마장은 왜 때려치우고 나왔었나? 돈은 벌어야 하나 나는 그런 쓸데없는 짓을 하지 않기로 했다.

돈을 들여야 하는 사업은 하지 말라. 그것이 성공할 확률은 대충 10만 분의 일이다. 그러기에 매번 돈만 날리게 된다. 10만 명, 100만 명, 1,000만 명, 몇천만 명이 이 나라에서 사업하여 성공하려고 발버둥을 치며 악다구니를 쓰고 있다. 그 무한 경쟁에서 영점 몇몇 몇 퍼센트의 사람으로 살아남을 수 있는 자질이며 능력이 충분한가. 아니, 충분만 하여서는 안 된다. 그럴 수 있으려면 압도적이어야 한다. 다시 묻는다. 압도적인가?

돈을 꾸지 마라. 곧바로 어마어마한 고통으로 돌아온다. 자살할 수도 있게 되는 것이다.

가진 것을 지켜라. 그것을 가지기 위해 여태껏 고통스럽게 살아오지 않았나. 그것을 던지고 다시 맨 처음의 고통으로 되돌아가는 어리석은 삶을 왜 굳이 살려고 하는가.

시간을 가장 많이 가지고 있는 사람이 제일 부자다. 돈을 많이 벌고 있으면 뭘 하나. 그것을 쓸 시간이 없는데. 인생은 시간으로 이뤄져 있다. 쓸데없는 데 시간을 다 버리고 난 뒤에 인생이란 어디 있는가.

나는 처음에 카페 만들기를 시작하기 이전부터 이러한 태도를 견지하고 있었다.

내가 무슨 일을 하느라고 진입로를 걸어 내려갈 때 다람쥐 한 마리가 나라는 존재가 궁금했는지 석축 돌들 틈새의 제 통로로 흘깃거리며 끝까지 쪼르르 쫓아 내려왔는데 올라올 때도 마찬가지로 그러는 것이었다.

"어이, 람쥐! 이름이 뭐니? 람세스라고 허 줄까? 우리 친하게 지내자."

그러나 나는 얼마 뒤에는 어느 녀석이 람세스인지 알 수가 없었다. 다람쥐들은 여기저기에서 출몰했다. 그들은 여기의 새들과 마찬가지로 여태까지 이 산속에서 조용한 평화를 누리고 있던 것이었다.

"여……! 너, 멋지게 생겼는데? 어디 가니?"

내가 그와 처음 마주친 것은 어느 날 매장 앞마당에서였다. 윤이 이는 짙은 회색 바탕에 검은 세로줄 무늬의, 삵처럼 생긴 고양이가 앞산에서 내려와 당당한 몸짓과 걸음걸이로, 나를 무시하면서 —나는 객에 지나지 않는다는 태도 같았다—마당을 천천히 일직선으로 가로질러 옆 산으로 올라가는 것이었다. 나는 그 후로 그 삵같이 멋지게 생기고 자존심 센 고양이를 가끔 볼 수 있었다. 그런데 나는 이 산속에서 그가 홀로 무엇을 먹고사는지가 궁금했다.

그렇다. 자연이 있었다! 새들이며 사람을 겁내지 않는 다람쥐, 멋진 야생 고양이. 이런 곳은 없다. 이 지역 인구가 얼마나 된다고. 한 번씩 가서 사진이나 찍으면 다시 오지 않을 곳으로 만들지는 않겠다. 나는 확신을 했다. 그러나 예사롭지 않았고, 옹골차게 보였던 그 산 친구가 얼마 뒤에는 그런 비극적 종말을 맞을지 그때는 조금도 예상하지 못했었다.

나는 쪼들릴 대로 쪼들려서 더 늦어지기 전에 어떻게든 시작은 해야 했다. 내 집 근방에 있던 그 '카페 빈'은 벌써 망했고 '거기로'라고 이름만 이상하게 바꾼 개인 카페가 되어있었다. 그래도 낯익던 옛 '카페 빈'에 이것저것 눈여겨보려 찾았는데 인테리어며 테이블, 의자, 집기 등등 '카페 빈' 것들 고스란히 그대로였다.

아무리 팔아봐야 인테리어 비용을 메꾸지 못했기 때문이었다.

주문한 커피도 예전처럼 내어 주었는데, 갈색 플라스틱 쟁반에 여전히 냅킨을 한 장 받치고 그 유명 커피 과자 두 개를 곁들이는 것이었다. 나는 그런 방식이 섭섭하지가 않아 똑같이 하기로 했다.

나는 큰 주방용품점에서 옛 '카페 빈' 것과 같은 갈색 플라스틱 쟁반부터 네 개 샀다. 모양이며 색깔도 제각각이지만 용량은 대개 비슷한 잘 안 쓰는 머그잔 몇 개와 찻잔 세트도 두세 조 집에 있는 터였다. 일단 그렇게 시작하면 되었다.

그 간판 집에서 작은 현수막 두 장, 큰 개업 현수막 한 장을 맞추었다. 카운터 테이블 뒷벽 위쪽에 박아 둔 메뉴판이라 할 것은 내 옛 사업장에서 게시판으로 썼던, 시내 어디서 만들었던 철판이었다. 작은 현수막 한 장은 커피 메뉴들, 다른 한 장은 논―커피 메뉴들로 문구점에서 칠판 자석을 열 몇 개 사다가 붙여 놓으면 나중에 다시 갈기도 간단할 것이었다.

진입로 아래에 걸 개업 현수막은 이미 날짜까지 박았으니 이제 이틀 뒤면 아침 일찍 내다 걸고 이용객을 맞아야 하는데, 여태껏 카페 만들기는 장난처럼 어떤 재미가 있었지만, 혹시 사람들이 한꺼번에 밀려들면 어찌해야 할지, 메뉴들을 만들 선후가 무엇인지, 어떤 상황에 어떻게 응대해야 할지 등등 세세한 부분들을 정작 그동안은 거의 생각해 두지 않은 것이었다. 일이 코앞에 닥치고 나니 나는 적잖이 난감했다.

개업 당일 일찍이라도 경험자가 한 번 와서 한두 시간 옆에 있어 준다면 금방 할 수 있을 것 같았다. 나는 눈곱만하게 카페라고 하고 있는, 아내의 그 오촌 조카에게 전화로 부탁해 보았다.

"그러면 자네 어떻게 삼십 분간만이라도 안 되겠나?"

그는 오기가 어렵다고 했다. 처조카고 자시고 필요 없었다. 에라! 빌어먹을 놈. 병신같이 생겨서는.

이제 하루만 남았다. 그 후배의 처라면 와 줄 줄로 알았다. 못 간다는 것이었다. 아니, 내가 저희와 알고 지낸 세월이 얼마며, 그깟 5분 배우자고 커피 팔아준 게 또 얼마인데 싹수없기는 매한가지였다.

역시 인생은 외로운 것이었다.

그렇게 나는 가족과 양친, 그리고 그 싹수없는 둘 말고는 아무도 모르게 산속에서 카페를 개업했다. 현수막을 내걸기만 하면 골프장 다니는 이들이 막 밀어닥칠 줄로 알았다. 다음날은 토요일, 그다음은 일요일이었는데도 그렇지 않았다.

월요일 아침에 카페로 올 때 보니 현수막이 사라지고 없었다. 어렵게, 어렵게 여기까지 왔는데 헛돈만 써버렸다. 길가의 전봇대에 매었다고 어떤 빌어먹을 자식들이 떼어 가버린 것이었다.

아메리카노 가격을 '에이허브'보다 조금 낮게 잡았고, 같은 음료 값을 뜨겁거나 얼음이 들어가거나 동일하게 했다. 다른 집들이 제일 재수 없는 점은 얼음을 넣으면 500원씩 더 비싸다는 것이다. 아니, 제빙기에 있는 얼음 그냥 주면 되고, 뜨거운 물은 에너지가 안 드는가.

어떠할까 보려고 그달은 끝까지 쉬는 날 없이 하기로 했다. 그 주중에는 하루에 커피 한잔 아니면 두 잔을 팔았고 공친 날도 있었다. 즉, 한 명도 오지 않았는데 그다음 날 투실투실한 20대쯤의 여자가 차를 세워놓고 들어왔다. 내가 묻지도 않았는데 대학원생으로 집에 카페를 하나 차려달랄까 어쩔까 하고 있다며 설을 풀었다.

"더치커피 되나요?"

그녀는 실수하기 시작했다.

"더치커피가 뭔가요?"

물론 나는 그것이 무엇인지 알고는 있었다. 그러나 엄연히 메뉴판에 없지를 않은가. 대학원생이라는, 제 마음대로 생겨 먹은 풍뎅이가 이죽거렸다.

"커피를 안 배우셨나 봐요?"

그런 애는 두 번 다시 안 올 것이므로 내가 되물었다.

"그걸 배워야 하나요?"

그 뒤룩뒤룩하고 시건방진 여자애가 이번에는 강릉에서 커피를 내리고 있다는 모 씨에 대해서 지껄이는 것이었다. 꼬박꼬박 '그 선생님은', '그 선생님이' 해가면서.

나도 그쪽 어디에서 대가입네 하고 있는 그 늙은이를 들어 본 적은 있었다. 그런데 커피 조금 잘 내린다는 것이 무엇이 대단하다는 말인가. 커피 내리는 것이 과연 그 사람의 존재 목적일까?

그 뚱뚱한 여자애의 전반적인 태도에서, 자기가 곧 차릴 수도 있는데 아무리 산속이라도 그렇지 왜 카페를 차려놓았느냐, 하는 감을 나는 받았다. 인성 좋지 않은 그 여대학원생은 자몽차로 시켜 먹고 갔다.

자신의 운명에 너무 생생한 관심을 나타내지 않기 위하여 마지막 날까

지 자수 방석이나 짜고 있는 이 나라의 부인네들을 생각해 보라! 마치 영원을 해치지 않고도 시간을 죽일 수 있다는 태도가 아닌가? — 헨리 데이비드 소로, 《월든, 숲속의 생활》

주말 같은 때 셀프세차장을 한 번 가 보면 알게 될 것이다. 얼마나 많은 이들이 자기 삶을 허비하고 있는가를. 이를테면, 어차피 혼자 타고 다니면서 쓸데없이 크기만 한 7인승이나 9인승짜리 미니밴 따위로부터 온갖 잡다한 물건들을 죄다 끄집어내어 바깥에 늘어놓고서 두세 시간을 제 방인 양 털고 쓸고 불고 빨고 닦는다. 그렇게 해 놓은 다음에는 신발로 어찌 그 차에 다시 오를 것인가. 왜 짧은 휴일을 버리지 못해서 그토록 애쓰는 것일까. 그네들은 왜 짧은 인생을 그렇게 버리고 있는 것일까. 무슨 증강현실 게임을 하겠다고 속초까지 몰려가서 장사진을 치며 앉아 있고, 국내에 처음 들어온 이상한 이름의 버거를 처먹으려고 끝없이 줄을 서는 모양을 보라. 왜 이렇게 살아야 하는가.

10
그렇다면 더욱 문학적으로

갱생은 어려웠다. 사정이 심각했다. 두 시간 16분짜리 나나 무스쿠리 *Nana Mouskouri*만 콘솔 위 탁상용 액자 뒤에 숨어서 미약하게 앵앵거렸다. 그래도 매장에 음악은 깔아야 했기에, 그 한 손안에 들어가는 미니 블루투스 스피커는 초등학생 딸아이에게 빌린(?) 것이었다.

점심 도시락 먹기 전에 한 잔이라도 팔면 그날은 공치지 않은 것이 되므로 일단 안심할 수 있었다. 이유는 몰랐으나 나한테는 어떤 확신이 있었다.

시내에서 큰 도로로 오다가 고속도로로 올라타기 전의 마지막 주유소가 있다. 두 동리 전인데, 항상 나는 그 앞에서 비보호 좌회전을 해서 굴다리 밑으로 가는 작은 길을 택해 카페로 왔다. 오른쪽의 철길과 나란히 달리면서 왼편에 연이은 무인모텔, 그러니까 쉽게 러브호텔—특히 외간 남녀 간의 사랑이란, 일일이 예를 들지 않아도 얼마나 문학적인가. 사람이 사람을 사랑하는 것은 좋은 일이다—세 곳을 막 지나칠 때면 문득 그것이 있었다.

언뜻 끔찍한 그 길고 검은 유령 같은 형체는 높다란 전선에 목을 매어 달고 음향 없는 비명을 지르며 아무리 해도 끊기지 않는 목숨의 고통으로 흐느적거리는 것이었다. 원래 밭농사용 멀칭 비닐일 것인데 아마도 바람에 날렸다가 그같이 된 듯했다. 아무래도 무인모텔들의 사업, 그러니까 사랑 산업과 연관해서는 꽤 좋지 않을 텐데도 그 업주들은 걷어치울 생각을 못 하는 모양이었다.

그 형상을 볼 때마다 어디서 읽었던 장면이 떠올랐으나, 내 서재에서 어렵사리 찾아내고 보니 역시 심훈의 소설이었다.

새로 한 시, 서울의 겨울밤은 깊었다. 달도 별도 없는 음침한 하늘 밑에 갈가리 찢어진 거리거리는 전신 줄에 목을 매어 다는 밤바람의 비명이 들릴 뿐. — 심 훈, 《영원의 미소》

나로서는 그 모습을 여전하게 볼 수 있었으면 했다. '사랑할 때와 죽을 때'. 이 얼마나 문학적인 연계인가—레마르크 소설의 제목이기도 하다—. 그 지점에서 조금 더 가면 좌로 굽어지는 길옆으로 함석지붕을 이고, 흰 회벽의 큰 집이 한 채만 서 있다. 나는 그 집을 볼 때마다 그 길이 내가 4년째 쓰고 있는 소설 속의, 동해안 그 산골 마을로 가는 고갯길 같았다. 그 고갯길에도 비슷한 집들이 드문드문 있는 것이다.

달이 외롭게 비추는 굽이진 고갯길을 한쪽 어깨에 군용 더플 백처럼 생긴 무거운 짐을 메고 노래를 부르면서 터벅터벅 걸어 넘고 있다. 400cc 레이서 레플리카 같은 것은 어림도 없었다. 그 청년은 125cc짜리 낡은 것에라도 뒷자리에 가방을 묶고 바람을 맞으며 올 수가 없었다. 물론 배기량이 적어서 쉬며, 쉬며 와야 하였겠지만. 이리저리 길을 잃게 되더라도 운명의 핸들을 본인이 쥐고 싶었던 것이었다. 그러한 정도의 모험과 낭만, 젊음이 그 앳된 청년에게는 부재하였다. 자신이 의지가 강했었더라면······. 그 동네로 가는 차는 벌써 끊어져 청년은 한참 못 미치는 동리에서 내려 여태껏 걷고 있는 것이었다. 그 고갯길은 하얀 겨울로 가는 길이었다.

그 무인모텔 세 개는 내 카페에 보탬이 되었으면 되었지 해가 되지 않을 듯했다. 모텔로 들어가기 전에, 또는 나와서 커피를 마시러 올 수 있는 것이었다. 내 카페는 그 무인모텔들처럼 가져온 차도 아랫길에서는 보이지 않을 테니 그것도 맞춤했다.

비가 내린 다음이라 바람이 차갑고 거칠게 불던 날이었다. 흰색의 커다란 독일제 고급 승용차—전번에 그 돈 많은 내외가 타고 왔던 스포츠 유틸리티 차량과 같은 제조사의 차로 가장 큰 세단이었다—가 뜰 바로 밑에 멎더니 체격이 크고 살집이 좋은 70줄의 남자 한 사람이 들어와 앉았다.

"여기는 뭐 문학 하는 사람들만 오라는 거야?"

조그만 간판의 카페 상호 때문인 듯했다. 내가 또래들만큼 늙어 보이지 않는다고 하나 장년 줄인데 단박에 반말인 것은 그렇다 치더라도 아니, 카페 이름이 '문학인의 숲'이 아니고 '문학적인 숲'이 아닌가. 그리고 상호가 '문학적인 숲'이 아니라 아예 무슨 무슨 문학관이면 또 어쩌라고?

"커피숍 이름이 안 좋아. 사장인가? 간판 떼고 다른 이름으로 바꿔."

내 인상이 일그러지는 것을 스스로 알 수 있었다. 나는 내가 소설가라 했는데도 그는 전혀 관계없다는 듯한 태도를 취했다.

"커피 같은 거 말고 좋은 거 뭐 없나?"

어쨌든 나는 한 잔 팔 욕심에서 메뉴에 없는 보이차를 아메리카 가격으로 제공할 것을 제안했다. 부정형 현무암 판석 길을 깔아준 그 내외가 오면 대접하라고 부친이 한 덩어리 준 것인데, 1000원숍에서 5,000원짜리 볼품없는 티포트를 사 두어야 했다.

"괜찮네. 앞으로 난 이걸로 줘."

그는 제 맘대로였다.

"담배 피워도 되나?"

이 인간이 점점 더? 나는 물론 안 된다고 했다. 식당에 가서는 저러지 않을 게 아닌가. 시대가 이렇게 된 지 얼마나 세월이 흘렀는데, 아주 막되어먹은 늙은이였다. 식당에 가서도 저러나? 내가 번듯한 한옥 건물에 카페를 차려놓은 것이 못마땅해서 시비를 거는 태도가 아니라면 무엇인가.

"사장! 손님도 없는데 거기 그러고 섰지 말고 와서 앉아 봐."

싫었으나 이용객 한 명도 아쉬워서 나는 그의 앞에 가서 앉았다.

"바깥은 아직 정리가 다 안 된 것 같아. 그런데 저건 뭐야? 저런 거 치워."

그가 진열장 쪽으로 흘기며 말했다.

"커피숍에 왜 저런 걸 갖다 놔?"

내 약사여래 상을 두고 하는 소리였다. 나는 그럴 수 없다고 했다. ……이제 오지 마라. 올 필요 없다. 이미 나는 이제 지쳐 있었다.

나는 그 늙은이가 끌고 온 차를 앞창 너머로 내려다보면서 그러한 필요 없이 큰 승용차에 관하여 생각했다. 남들은 저런 큰 차를 왜 끌고 다니는 것일까. 내 차는 국산인 그랜드 Grand 4세대 모델인데 일, 이 세대까지는 이름처럼 엄연히 대형 승용차였다. 그런데 더 큰 차들이 나오기 시작하면서부터 슬쩍 내 차 급을 '준대형'이라는 이상한 이름으로 격하시켜 놓은 것이었다. 내 전 차는 그 3세대 모델이었는데 자동차등록증에는 '대형 승용'으로 되어있었고, 지금 차는 4세대로 역시 그렇게 적혀 있다. (자동차 관리법에는 차종을 경형, 소형, 중형, 대형의 네 단계로 분류한다. 여기에는 준중형이나 준대형 같은 분류는 없다.) 아니, 내 차 정도만 해도 충분히 크고 편의 사양이 상당하건만 대체 얼마나 더 크고 비싼 차를 끌어야 하는가. 그런다고 나는 그것이 위세 있게 보이지도 않았고 발 작은 사람이 벗겨질 것 같은 너무 큰 신발을 끌고 다니는 듯했다.

자동차 업계가 원래의 '대형'을 언제부터 '준대형'으로 급을 낮추어 부르기 시작한 것이 과소비 조장의 의도가 아니었다면 그렇게 더 큰 차는 이제부터라도 그냥 '대형'이라 하지 말고, 예컨대 '특대형'으로 바꾸기를 제안한다.

나는 나중에 아무리 돈이 많게 되어도 필요 없이 크고 육중해

길바닥에 기름을 쏟아부으면서 다니는 특대형 승용차는 결코, 몰지 않으리라.

"여기는 골프 치고 커플들이 올 텐데 프라이버시를 응? 지켜 줘야 해. 자리마다 다 칸막이를 쳐. 그런 걸 파티션이라고 그래."

어디 와서 고릿적 얘길 하고 있나. 그놈의 파티션이라니! 그는 무슨 현장을 맡아 서울에서 혼자 내려와 있다면서, 한 손의 새끼손가락만 하나 세워 들고 다시 말했다.

"다음엔 요거랑 같이 올게."

그 늙은이가 자기 차 문을 열었다. 저 나이에 이르기까지 어찌 저렇게 살아왔단 말인가. 나는 내가 무엇 때문에 끝까지 참고 있었는지 기가 막혔다. 나는 저렇게 추하게 늙다가 죽지는 않을 것이다……. 사람들은 문학을 너무 모른다. 삶의 이유와 방향성을 주는 것에 너무나도 무관심하다. 그 늙은이에게는 그런 차는 물론 그 무엇도 남지 않을 것이었다.

문학은 인생적인 것이다. 문학을 무지 싫어하는 그 노년은 함부로 남을 모욕해 놓고 그 뒤로 두 번 다시 오지 않았다. 나는 이유 없이 모욕당한 것을 두고두고 후회했다.

왜 인간 품성이 이 모양들이란 말인가. 내 연배쯤의 사내 한 명이 매장을 나가면서 하는 말이 기가 찼다. 차 대는 데 방해가 되니 앞마당 복판의 그 아름드리 느티나무를 자르는 게 낫지 않냐는 것이었다. 그때의 내 심사를 더 토로하느니 어느 소설의 이러한 대목으로 갈음하는 것이 낫겠다.

이 세상에서 아직도 가치를 지니고 있는 불과 얼마 안 되는 것에 대해서조차 아무런 이해도, 감각도 지니고 있지 않은 인간이 있다니. 빌헬름, 내 머리가 이상해질 지경일세. 성(聖) ××마을의 그 성실한 목사 댁에서 내가 롯데와 함께 그 나무 그늘에 앉은 일이 있는 호두나무에 대해서는 자네도 알고 있을 테지? 어쩐지 늘 커다란 넋의 만족으로 나의 마음을 채워 준 기막힌 호두나무였지! 그것은 목사관 앞마당을 얼마나 아늑하고 시원하게 해 주었던가! 그리고 그 가지들은 또 얼마나 흐드러져 있었던가!

추억은 머나먼 옛날에 이 나무를 심은 정직한 목사님들로 거슬러 올라가네. 마을 학교의 선생은 할아버지한테서 들었다는 그중의 한 사람의 이름을 흔히 우리에게 말해 주고는 했다네. 매우 훌륭한 사람이었다는군. 그 나무 밑에 서면, 나는 늘 신성한 심정으로 그 사람을 애타게 그리워했었지.

그런데 여보게, 이 호두나무가 두 그루나 잘려 쓰러져 버렸다고. 어제 우리가 그 이야기를 나누었을 때 선생은 눈에 눈물을 짓고 있었다네. 베어 쓰러뜨리다니! 나는 미칠 것만 같았어. 맨 처음 나무에 도끼를 휘두른 그 나쁜 자식을 당장에라도 죽여 버리고 싶었을 정도였네. 이런 나무가 두세 그루 내 집 마당에도 있었다고 하더라도 한 그루라도 그것이 나이 탓으로 시들어 죽는 일이 있다면, 나는 그야말로 슬픔으로 초췌해졌을 터인데, 그런 내가 이것을 말없이 그대로 보아 넘겨야 하니 말일세.

그런데 여기 한 가지만은 재미있는 일이 있다네. 인간의 감정이란 놈의 미묘한 대목이지!

마을 사람들이 모두들 투덜대고 있다네. 그래서 나는 목사 부인이 버터나 계란이나 그 밖의 조미료의 형편으로 자기가 이 마을에 어떤 상처를 주었는지 조만간 알게 될 것이라 보고 있다네. 실은 이 여자, 신임 목사의 부인이 이번 일의 장본인이기 때문일세(그 늙은 목사는 돌아가셨다네). 말라빠진 병든 몸의 여자로서, 세상일에는 하나도 관심이 없네. 그럴 수밖에 없는 것이 세상에서는 아무도 이런 여자에게 관심을 품고 있지 않기 때문이지. 학자인 체하고 있는 바보 같은 여자로서 성서 정전의 연구 따위에 열중하여 현재 유행하고 있는 그리스도교의 도덕적 비판적 개혁에까지 힘을 들이고 있고, 라파타의 광신에는 어깨를 흠칫하고, 몹시 건강을 해치고 있어, 신의 지상(地上)에는 아무런 기쁨도 품고 있지를 않다네. 이런 여자이기 때문에 그 호두나무를 베어버리는, 터무니없는 짓을 저지른 걸세.

정말 화가 나서 견딜 수가 없다네. 생각해 보라고. 낙엽으로 마당이 지저분해져 견딜 수가 없어요. 그런 나무 때문에 볕도 안 들고, 열매가 영글면 애들이 돌을 마구 던져요. 이 짓이 얼마나 신경에 거슬리는지, 게다가 깊은 사색의 방해가 될 뿐이어서요. 이렇게 뻔뻔스레 말하고 있으니 말야. — 요한 볼프강 폰 괴테*Johann Wolfgang von Goethe*, 《젊은 베르테르의 슬픔*Die Leiden des jungen Werthers*》

나는 카페 일이 집에서 입고 나온 대로 쭉 있어도 되어 좋았다. 승마장에서는 가자마자 벗고 작업복으로 갈았다가 시간에 쫓기며 다시 승마복 차림을 했다가, 하루에 지겹도록 몇 번이나 옷을 갈아입어야 했던가. 나는 카페로 가려고 집을 나서야 할 때 뭘 입을지 고르느라고 시간을 쓰기 싫었다. 나는 그 복장이 글쓰기 편할 정도면 족했다(그렇다고 나는 글을 내의나 잠옷 차림으로 쓰지는 않는 것이다.).

사실 현시대에 옷만큼 의미 없는 것도 드물다. 의류 수거함 같은 데에 버려지는 멀쩡한 옷들을 보라. 엄청난 양의 옷들이 중고 옷 가게들을 꽉꽉 채우고 있다. 몸매가 안 좋은데 어떤 비싼 옷을 걸친들 모양새가 나겠는가. 먼저 몸매를 만들 일이며 훨씬 싸게 먹힐 것이다.

간소하게, 간소하게, 간소하게 살라! 제발 바라건대, 여러분의 일을 두 가지나 세 가지로 줄일 것이며, 백 가지나 천 가지가 되도록 하지 말라. [중략] 하루에 세 끼를 먹는 대신 필요할 때 한 끼만 먹어라. 백 가지 요리를 다섯 가지로 줄여라. ─ 헨리 데이비드 소로, 《월든, 숲속의 생활》

나는 작가가 된 다음에는 집에서 신는 플라스틱 슬리퍼─신고 벗고 관리하기에 이만큼 편한 신발은 없다─로 바깥을 나다녀도 아무렇지도 않았다. 나는 예술가의 자유를 누릴 수 있게 된 것이었다. 그러나 카페로 돈을 못 벌면 생활도 안 될뿐더러 소설도 쓸 수 없었다. 점심을 먹어야 할 때까지 한 사람도 오지 않으면 나는 약사여래의 명호를 두세 번 되뇌었다. 점심 먹기 전인데 차가 올라와 서고 차 문이 열리면 나는 속으로 약사여래의 명호를 불렀다.

나는 카페가 한옥인 것만으로는 안 된다는 생각이 들었다. 어차피 아랫길에서는 보이지도 않는 건물이었다. 숲속에 숨어 있으므로 처음 오는 사람은 거의 없었다. 장사가 어느 정도 되려면 한 번 왔던 이용객이 다시 찾을 수 있도록 해야 한다고 나는 생각했다. 그러려면 다른 데로 대신할 수 없는 정체성이 더 있어야 한다고 나는 보았다. 무엇이 있을까 하고 다른 카페들을 다녀보면, 애초에 선택을 잘 했어야지 무조건 흰색으로 얄따랗고 딱딱한 플라스틱 의자들 하며 그 비인간적인 꾸밈들로 나는 10분 이상 앉아 있기 힘들었고, 대개는 다시는 가고 싶지 않았다.

돈 문제가 아니었다. 돈을 들이면 아무나 할 수 있다. 나는 예술가로서 돈 없이 할 수 있어야 했다. 그간 몇 가지 해 놓은 것이 있기는 했다. 각자가 찾아서 읽어야 하는 것들이지만, 재봉틀—재봉틀 다리를 써서 셀프 테이블을 만들었다고 말한 바 있다—은 단어들을 이어 박음질하듯 하는 글쓰기의 의미를 넣었고, 야외 벤치 자리에 테이블로 만든 돌절구는 문장을 이겨 빻듯 하는 집필 작업을 뜻할 수 있었다. 기사 방패에 묻은 이야기는 8장에 적었다. 주운 옛날식 욕실 장을 카운터 테이블 뒷벽에 건 것은 무의미의 의미였다. 그러면 그 자리에 무엇을 걸어야 하겠는가.

그 늙은이가 반면교사였다. 나는 카페를 어떻게든 더욱 문학적으로 해 놓겠다고 다짐했다.

드디어 문인 협회의 그 여성 사무국장이 다시 왔다. 물론 내 변호사 친구와 함께. 나는 그녀에게 창가의 제일 좋은 자리에, 전번에 한 말대로 세워놓은 칸막이부터 가리켰다.

"자리마다 완전히 막았어야죠."

그녀는 이러는 것이었다. 문학관 내지는 서재에 자꾸 무슨 놈의 파티션이란 말인가. ……취향이 정 그렇다면 어쩔 수 없었다. 그녀 역시도 파티션 많은 데로 돌아다니면 될 일이었다. 나는 더는 흔들리지 않기로 했다.

"여기 유명한 곳이에요?"

늙수그레한 내외가 차에서 내린 다음 건물 바깥을 서성이더니 남자 쪽이 물었다. 내가 그렇지 않다고 하자 도로 차에 타더니 휙 내려가 버리는 것이었다. 아니, 자기들이 안에 들어와서 직접 앉아서 마시면서 분위기를 느껴봐야 좋은지 아닌지 알 것이 아닌가. 그래! 유명한 데나 가서 처마셔라……. 나는 한참 씁쓸하게 서 있었다. 그렇다면 여기를 명소로 만들리라. 나는 마음을 가다듬었다.

여행은 여행할 필요가 없음을 매 차례 일깨워주는 작용을 하는 것이다. 나는 쉬는 날마다 아무 데나 멀리까지 운전을 하면서 차창 밖으로 뭔가 문학적인 것이 있는지를 살폈으나 찾기는 어려웠다. 생각보다 세상의 길옆들은 문학적이지가 않았다. 나는 예술가란 뻔한 풍경에 상상을 덧칠해—상상력이 중요한 것이다—색다른 무엇으로 재창조하는 존재이지 않을까 하고 생각하게 되었다. 그렇다면 내가 만들어내야 하는 것이었다.

11
숲속의 적막

　카페 마당 한 단 위의 풀밭 한 군데에 어디서 구해 빨간색의 공중전화 부스를 놓던가, 마당 가 어디쯤 위쪽 반절은 빨간색, 아래는 초록색으로 칠해진 옛날 우체통—재현품이라도—을 두었으면 하는 바람이 있었으나 엄청난 돈이 들어갈 일이었다.
　승마장이 대개 월요일에 쉬기 때문에 언제인가는 다시 말을 탈 요량으로 나는 두 번째 달이 되자 화요일마다 쉬기로 했던 것이다. 카페를 쉬는 날, 나는 승마장에 매여있을 때 같은, 다음날의 노동에 대해 근심을 하지 않아도 되는 것이 좋았다. 일부러 나는 승마장으로 출근한다는 심정으로 카페로 왔다. 죄지은 것도 없이 아침 7시 반이면 집을 나서야 했던 노예의 삶. 아니다. 돈이 없는 것이 죄였다.
　"백 교관은 나하고 다른 것 같아. 나는 그날그날 또 어떤 일이 일어날지 설레서 새벽같이 눈이 떠지는데. 너는 안 그래?"

그 승마장 대표는 단 하루도 쉰 적이 없고, 아침 6시 전에는 무조건 자리에서 일어난다고 했다. 날마다 꼭두새벽부터 일어나서 움직이는 사람들도 알고 보면 불안장애일 수 있다. 또, 그는 사업 때문에 하루에 저녁밥을 세 번씩 먹은 적도 여러 번이라고 했다. 아무리 그래도 저녁을 세 차례나 먹으면서까지 살아야 하는가. 그런 사람들은 진짜로 열심히 사는 것이 아니라, 단지 자신이 열심히 살고 있다는 '기분'을 느껴보려는 것뿐이다. 그러지 않으면 모든 것이 불안하니까.

"까만 안경 벗어! 애들이 무섭다고 그러잖아."

모래 먼지도 막을 겸 교관들이 대개 쓰는 선글라스 때문에 그는 40 후반 나이의 나에게 그렇게 소리 질렀었다. 생각해 보면 그는 만년 아마추어이면서도 나를 교관 대접하지 않았다.

나는 이제, 많이 하면 마방 여덟 개가량 치웠을 아침 8시 50분쯤까지도 벽시계를 올려다보며 이 나이에 자고 났을 때의 등허리 저림과 다리 쑤심을 느긋하게 감각하면서 자리를 보전한 채 누워 있을 수가 있었다. 승마장보다 카페의 환경이 훨씬 나았다. 10시 20분쯤 카페에 도착하노라면 마당 전체가 낙엽 카펫이 깔려있고, 보랏빛을 머금은 광선들은 수풀 사이사이를 뚫고 내리는 것이었다. 열악하기만 한 그 승마장. 그때 나는 그 얼마나 고되었던가.

삵처럼 멋지게 생긴 그 야생 고양이처럼 나는 한데에서 먹었다. 냄새 때문에 매장 안에서 찌개를 데우거나 라면을 끓일 수 없는 노릇이어서 바람이 막히는 본채와 화장실 건물의 틈새에서 취사했다.

숲속의 깊은 가을은 적막했다. 한 날은 아직 남아 있던 귤 빛깔의 낙엽들이 비에 젖으면서 무겁게 떨어졌다. 그날 나는 온종일 혼자 앉아 있었다. 나는 이 카페가 아랫길에서는 보이지 않는다는 사실을 새삼 절감했다. 여기에 카페가 있는 줄 아무도 모를 것이었다.

나는 언제부터인가 책을 읽자면 곤란한 증상이 몇 가지 생겼다. 특히 동격의 단어들이 반점들로 열거될 시는 영 머릿속으로 들어오질 않아, 몇 번씩 다시 읽느라 애를 먹는 것이었다. 아무튼, 나는 책을 읽으면서

쓸쓸한 풍경을 바라보며, 이 폭우 속에서 안전하게 보호받고 있다는 것이 즐거웠다. — 기 드 모파상 Guy de Maupassant, 《여자의 일생 Une Vie》

라든지

기후나 풍토가 어떻든지, 인간의 신체 조직은 낮 동안의 휴식을 필요로 한다. 우리 눈의 빛깔처럼, 그것은 우리의 유전 형질에 이미 깃들여 있을 것이다. — 피에르 쌍소 Sansot, Pierre 외, 《게으름의 즐거움 Petits Plaisirs de la Paresse》

또는

현재의 책들은 질이 떨어지는 만큼 양은 초과해 있다. — 버트런드 러

셸*Bertrand Arthur William Russell*, 《게으름에 대한 찬양*In Praise of Idleness and Other Essays*》

와 같은 그때그때의 문장에 밑줄을 치게 되면 옆에 얼마큼 쌓아둔 테이크아웃 컵용 무지(無地) 홀더에 이런 식으로 옮겨 쓰는 작업을 하고는 했다. 그런데도 그런 하루씩은 금방 저물어 또 집으로 돌아갈 무렵이 되는 것이었다. 차의 기름이 바닥난 날은 카운터 테이블 거스름돈 금고의 동전들을 세어서 큰 도로까지 걸어나가 시내버스를 탔다.

"여기 시 관내에 카페가 몇 개나 되는 거 같으세요? 내가 전부 파악해 보니 삼백칠십몇 개인 거예요. 삼백칠십몇 개! 상상이나 가요?"

관내 카페 운영 현황에 대한 무슨 보고서를 어디다 내려고 작성 중이라는 60대의 사내였다.

"계산상으로 카페 한 군데당 하루 매출이 삼십만 원씩은 나와야 운영이 되게 되어있어요. 그러려면 백 잔 이상을 팔아야 하는데, 그런 데가 거의 없어요. 사장님은 잘 되시죠?"

나는 그렇지는 않다고 했다.

"그래도 지인이 엄청 많나 봐요? 이런 산속에다 차리시고."

나는 그렇지도 않다고 했다. 아니, 간판을 떼라지를 않나, 마당 복판의 느티나무를 자르라지를 않나, 마당에 깔린 쇄석에 여자 이용객들의 하이힐 뒷굽이 까진다고 차 대는 데서부터 매장 앞 편 돌계단 아래까지 화물차 짐칸에 쓰는 검정 고무판을 깔라지를 않나, 내가 무엇을 하든 왜 이렇게 간섭하는 인간들이 많단 말인가.

관내에 카페가 기백 몇십 개든 아니든, 장사들이 되든 말든 나와 무슨 상관인가. 누가 카페를 하라고 했는가. 다 자기들이 선택한 것이다. 누가 억지로 등 떠밀어서 그 일을 하는 것이 아닌데도 잘 안되면 다른 대상을 탓하는 사람이 많다. 국가가 하라고 시켰나. 사회가 그러라고 시켰나.

 나도 마찬가지다. 안 되면 망하기밖에 더하는가. 망해 보았자 몇 개 내 서재로 돌아갈 것들은 돌아가고 나머지는 버리면 그만이다. 영원한 것이 어디 있느냐. 조금 오래되면 '100년 된 가게'라고 표찰을 붙여준다. 설사 100년이 되었다고 해도 그것이 뭐가 중요한가.

 그 사내는 자기도 곧 관내 변두리 어디쯤 어떠한 식으로 카페나 해 볼 구상이라면서 갔다. 나는 그 후에 그가 카페를 차렸는지 말았는지 알아보지 않았다.

 나는 인생을 버리고 있는 것이 아닐까? 이런 곳에서 하는 것이 아니었는지도 몰랐다. 벌써 쉰하나라는 내 나이가 나는 와닿지 않았다. 돈은 무서운 것이었다. 어느새 나는 겁 많은 인생이 되어버렸다.

 얼마 뒤, 내 아들이 남에게 이유 없이 두드려 맞았다. 편의점에서 밤샘 아르바이트를 하던 중에 일이었다. 아들은 CCTV 아래서 만취한 이용객에게 20여 분을 계속 맞으며—물론 잘 막아내면서—경찰관을 기다렸다. 며칠간이나 경찰서로부터의 연락은 없었다고 했다. 나는 자식을 병원에 데려가 7만 원 넘게 들여서 상해 진단서부터 끊어야 했다. 고소를 하고 2주가 넘었는데도 역시 경찰서에서는 내 자식에게 연락해오지 않았다. 나는 아예 대한민국 경찰청 민원 콜센터와 통화했다. 즉각, 아들은 피해자 조사를 받을 수 있었다. 편의점 카운터 테이블에 드러누워서 내 자식의 뺨을 계속 갈겨댄 녀석은 편모슬하의 대학생으로 역시 다른 편의점에서 아르바이트하던 터였다. 꼭, 없는 놈들 사이에 돈 나가야 하는 사건이 벌어진다. 그렇더라도 어쩔 수 없었다. 세상도 나를 언제 그냥 봐주고 넘어간 적이 있었던가. 나는 돈을 받았다.

유자차와 자몽차를 뜨거운 물에 풀어주니 미지근하다고 해서 집에서 쓰고 있는 전자레인지를 가져다 놓은 터였다. 나는 예전에 몇 푼이 궁했을 때—그러고 보니 그때부터 여태까지이다—안 쓰는 물건을 몇 개 판 적이 있는 한 '알뜰매장'에서 자식 맷값으로 제일 먼저 중고 전자레인지를 샀다. 5만 원이었다. 물론, 맞은 자식에게 일부 떼어주었다.

어느 날 종일 싸늘하게 비가 내렸는데, 나는 매장 출입문 안쪽에 붙여 골판지 상자를 펴 놓았었다. 그날 일행 여덟 명이 한꺼번에 들어왔고 젖은 골판지 조각이 미끄러져 이리저리 돌아다니는데, 나는 아무리 그래도 이것은 아니다 싶었었다.

인터넷에서 보아두었던 미국산 매트는 상당히 비쌌다. 그 매트며, 카페라테 잔 네 조, 뜰에 놓은 야외 테이블—이전에 아내가 신용카드로 지불했다—에 꽂을 파라솔 두 개 외에도 나는 이래저래 돈을 많이 썼다. 나는 지금도 보라색 파라솔을 볼 때면 내 아들 생각을 하고는 한다.

12
첫눈 오는 날

첫눈이 크게 내리고 있었다. 앞쪽으로도 제2 주차장 쪽의 뒷길로도 헛바퀴만 돌아 올라갈 수 없었다. 나는 카페 밑의 너른 '○○가든' 주차장에 차를 대 놓고 일단 걸어서 올라가 보았다. 나는 그대로 시내로 돌아갈까 했다. 이런 날 누가 오겠는가……. 첫눈이 쏟아지건만, 나는 나이와 세월과 돈 생각만으로 한탄스러웠다.

나는 일단 전날까지 사흘 걸려서 설치한 화목난로에 불을 넣어 시험해 보기로 했다. 실어다 놓은 예전 사업장에서 쓰던 등유 튜브 히터가 있었지만, 후배의 처 카페가 들어있는 건물주가 안 쓴다고 실어가라고 한 것이었다. 화목난로는 그녀의 인테리어 사무실 1층에 있었고, 바로 옆 건물이 교복 대리점이기 때문이었다.

눈송이가 잦아들었다. 나는 무엇이든 행동하기로 했다. 넉가래와 대나무 빗자루를 들고 차가 올라올 수 있게 앞편 진입로의 눈부터 치웠다.

"첫눈 오는 날 만나기로 하자. 기다려 줄 수 있지?"
첫사랑 동갑내기 소녀는 말간 낯으로 나와 잠시 눈길을 섞었다가 자그마한 머리를 두어 번 끄덕였었다. 얼마가 흘렀고 아침부터 날이 침침하더니 손이 곱을 만큼 대기가 냉랭한 날, 오후의 중간쯤부터 언뜻 흰 티끌 같은 것들이 너른 간격을 두면서 날리기 시작했다. 나는 얼마간 기다렸으나 굵어질 기미가 보이지 않았다. 자잘한 첫눈은 한 시간여 휘달리다가 말았지만, 약속한 시각 10분가량 후에 제과점의 쇼윈도 밖으로 가까워져 오는 그 소녀의 모습을 볼 수 있었다.

군 제대 이틀 전에 그해의 첫눈이 내렸다. 첫눈이 오기 전에 나갈 수 있겠거니 했다가 나는 꽤 실망했다. 제대한 다음 날 오전에 나는 그녀의 집 초인종을 눌렀고 그녀를 데리고 나왔다. 침침하고 싸늘한 날이었다. 군 생활 동안 한 번이었지만 나를 면회 와서 밤새워 시린 등을 호호 불어주다 간 유일한 여자였다. 나는 그날 그녀와 등받이 없는 콘크리트 벤치에 나란히 붙어 앉아서 사랑을 고백했었다.
"정말 미안해. 하지만 그럴 수밖에 없어."
나는 말하지 않았다.
"승영 씨는 참 똑똑해. 난 그게 부러워."
"다른 녀석에게 가려는 여잘 쫓아다니는데 똑똑한 거야? 바보

천치지."

"아니야. 승영 씨는 진짜 똑똑한 사람이어요. ……사랑은 아무나 할 수 있어."

나는 말이 나오지 않았다.

"불쌍해. 정말 미안해요."

"괜찮아. 난 언제나 이래왔으니까. 만성이 다 되어 별로 괴롭지도 않아."

그렇게 그녀는 떠남을 선택했다. 내가 측은했던지 울 것처럼 잠잠하던 그녀가 외로워서 떨리는 내 허리에 팔을 감았다. 나는 그녀의 어깨를 감싸 안았고 사랑한 그녀의 체온과 그 향내를 서럽게 들이마셨다. 교외의 그 명승지 공원 아래에서 다시 택시를 잡았다. 차창 밖으로 눈이 내리기 시작했다. 우리는 택시 안에서 서로의 손을 꼬옥 한 번 쥐어본 뒤 서로의 갈 길로 엇갈려 갔다.

세상의 길들은 끝이 없어
한 번 엇갈리면 다시 만날 수 없는 것 — 장석주, 〈애인〉

제대 1년 후 나는 본가 마당의 눈을 쓸다가 문득 며칠 전 첫 밤을 가졌던 여자의 순결을 의심하면서는 또 얼마나 괴로워했던가. 이제는 그 모두가 덧없었다. 그렇게 내 인생은 지나갔다. 사람은 죽을 때 지나간 사랑의 추억을 가슴에 안고 갈 것인가.

나는 어스름이 내릴 때까지 하얀 여백 속에 앉아 있었다.

13
고양이 테이블

　자연은 가차 없었다. 카페의 첫 겨울은 추운 날이 잦았다. 찬바람을 쏘이면 몸이 안 좋았고 쉬이 피로해졌다. 나는 가끔 사찰로 올라가 눈을 치워서 좁다란 길을 내거나 무거운 물건을 날라 주거나 하면서 하루하루 매장을 지켰다. 이렇듯 지켜야지만 다음이 있을 터였다. 앞으로는 내가 중간중간 사찰의 일을 해 주는 것은 생략하기로 한다.
　어느 날 밤 나는 식탁에서 맥주 처음 한 병도 채 마시지 못했는데 어질어질했다. 남은 한 컵가량이 아까워 위층 방의 아들을 주려고 나선형의 나무계단을 올라갔다. 맥주컵을 자식에게 건네주면서 나는 허공을 밟았다. 아래층으로 머리부터 거꾸로 떨어졌다. 강화마루를 깐 아래층 거실 바닥에 머리가 부딪는데 누가 뒤통수를 한 차례 갈기는 것이었다. 아내였는데 나는 어이가 없었다. 그녀는 놀라서 그랬다고 했다.

"아니, 아무리 놀라도 그렇지, 떨어진 사람을 뒤통수부터 때리는 경우가 어디 있어?"

계단 중간의 나무판 하나가 반쯤 갈라져서 떨어져 나간 것으로 보아 나는 다행히 계단을 타고 나선형으로 떨어진 것이었다.

영양 상태에 문제가 있는 듯했다. 다음날부터 카페에 나오면, 라테아트 연습을 겸해서 카페라테를 한 잔 따듯하게 만들어 마시기 시작했다. 집에서 가져온 것은 아무래도 카페라테 잔으로 안 되겠기에 인터넷으로 네 조 시켜두었었다. 나는 날마다 카페라테를 마시기 전에 휴대전화로 찍었는데, 그림이 좀체 나아지지 않는 것이었다. 편의점 것처럼 자동이었으면 좋았을 텐데 에스프레소 머신은 꽤 까다로웠다.

카페는 여가 문화의 장소라고 나는 본다. 특히 이같이 산속에 있는 카페는 여유가 있어야만 찾을 수 있을 것이었다. 아무나 카페를 이용하지는 않는데, 카페에 가서 버릴 시간이 없다는 것인지, 커피값으로 그만한 돈을 쓸 수 없다는 것인지, 또 다른 이유가 있는 것인지 모르겠다. 예전까지는 나도 그 문화를 몰랐었다고 말한 바 있다.

처음에 친구의 1톤 트럭을 빌려 경기도 어느 지저분한 촌구석에 비닐하우스를 몇 동 치고 중고 가구를 쌓아놓고 파는 데를 가서 2인용 테이블 세 개를 실어 왔었다. 상판의 복판에 언뜻 봐도 고양이를 간략하게 디자인한 것이 분명한 로고가 찍혀 있는데, 나는 그것을 처음 보았을 때, 돈이 너무 많아서 자기네 로고를 넣어 맞췄다가 망한 어디 커다란 카페에서 나온 것 같다고 생각했었다. 같은 테이블이 다량 쌓여 있었기 때문이었다.

고양이 세 마리의 이야기들 훨씬 더 후에 알아보니 그 고양이 로고 테이블은 국내의 한 작은 카페 프랜차이즈의 것이었다. 아무튼, 처음에 그 고양이 로고 테이블들을 가져왔을 때, 이왕 이럴 바에야 망해서 나왔고 로고가 찍힌 여러 카페 브랜드의 테이블을 모아 놓아도 또 다른 의미가 있을 것 같았다. 애초에 돈이 부족했으므로 어디서 나온 중고를 실어 왔을 뿐이지만, 나는 그 테이블들의 뜬금없는 고양이 형상을 보며 한참을 생각했었다. 그 로고가 확실히 고양이라면 내 매장과 어떤 연관이 있을 것인가. 어떤 연관도 없었다. 그런데 고양이 한 마리씩과의 사연이 생기기 시작했다. 그러나 애달픈 사연들이…….

북극의 겨울은 보통 영하 40°C, 때로는 영하 50°C까지 내려간다. 북극여우나 늑대는 자기 체온보다 100도 가까이 낮은 혹독한 추위 속에서도 살 수 있다고 한다.

오전 10시쯤 카페에 오면 먼저 차를 가지고 제2 주차장 쪽으로 돌아서 사찰로 올라갔다. 법당 옆에는 무슨 공사들로 나온 각재 동강이들이며 이런저런 모양의 잡다한 나무토막들이 쌓여 있는데, 절 측에서 언제 치워주었으면 했으며 화목난로에 때려고 한 포대씩 싣고 내려오는 일이 일과처럼 되었다.

12월 초순이 끝나기 전이었다. 이전까지는 춥다고 할 수 없는 날씨였다. 그날, 그 시각쯤의 기온은 코끝이 찡할 정도였다. 차를 세우고 내려서 트렁크를 열어놓고 보니 바로 옆, 법당 출입문의 섬돌에 누런 고양이 한 마리가 몸통을 말고 엎드려 있는 것이었다.

"야옹아. 왜 여기 이러고 있어?"

그 고양이는 한 번 울 뿐 그 모양 그대로 움직이지 않았다. 나는 다가갔다. 위협을 느꼈는지 고양이는 도망치려 하는 것 같았는데, 아차! 그대로 뒤집히며 섬돌에서 굴러떨어지는 것이었다. 그러고는 앞발로만 어떻게든 이동하려고 했는데, 허리 아래쪽은 마비되어있는 듯했다. 만일 밤새 찬바람을 피하려고 섬돌 위에 계속 웅크리고 있었다면 영하 8°C에 그 돌은 얼음장보다 더해져서 반신이 그렇게 마비되었을 수도 있었을 터였다. 고양이는 앞발톱으로 언 땅을 할퀴며 급하게, 하지만 아주 조금씩밖에는 기지 못했다.

'목숨이란 모진 것이다!'

나는 그 짐승을 잡으려고 하였다. 그는 배를 보이며 발랑 뒤집혀서 나를 보면서 날카롭고 표독스럽게 을렀다. 그의 그런 자세로는 할퀴거나 물릴까 봐서 나는 덥석 잡을 수가 없었다. 고양이는 버둥거리며 다시 조금씩 도망치고 있었다.

"이리 와, 인마. 그러다간 얼어 죽는다고!"

왜 하필 출입문 앞이었을까? 생명에 대한 자비란 무엇인가? 얼어 죽지 않으려고 그 법당 출입문의 섬돌에서, 대자대비한 부처가 있는 그 안으로 살려고, 아마도 들어가려고 했을 수도 있겠지만 출입문은 자물통으로 굳게 잠겨있어 그 고양이가 들어갈 수도 불보살들이 문을 열어줄 수도 없는 노릇이었다.

고양이 테이블

목숨은 모진 것이다. 생명체 하나가 법당문 앞에서 반쯤 얼어서 죽어가는 것이 삶인 것이다. 그의 삶과 죽음에 더없이 공감하는 내 마음이 미어지는 것 같았다.

짐승도 이럴 수가 있구나. 사람은 어떻게든 산다. 못 쓰는 나무 토막이라도 모아다가 불을 지피고 장사를 하며 살아갈 수 있지만, 이 짐승은 바보 같게도 기온이 갑자기 영하 8°C로 떨어지자 아무 대책을 찾을 수 없었던 것이다.

고양이는 인간을 피해 내 차 밑으로 들어가 갸르릉, 거렸다. 바퀴에 치일까 봐 나는 조심조심 차를 이동시켰다. 고양이는 숨을 곳을 잃어버리고 그대로 그 자리에, 꽝꽝 언 땅에 엎드려 있었다. 다가가니 또 몸을 뒤집고 배를 보이면서 위협적인 소리를 냈다. 나는 그를 도로 뒤집어 어깻죽지를 잡고 들어 올렸다.

'어떻게 해야 하나. 어떻게 해야 얘가 살 수 있을까?'

동물 병원 같은 데 데려갈 형편은 전연 되지 않았다. 나는 그 절의 바깥 화장실이 일단 생각났다. 이런 날씨에는 올 신도도 없었다. 요사채의 한쪽 외벽에 심야 전기보일러 본체가 있었는데, 그쪽 벽을 한쪽 내벽으로 하는 화장실은 온기 때문에 수도도 얼지 않았다. 특히 밤 아홉 시쯤부터는 뜨끈하게 데워질 것이었다. 나는 그 화장실 남자용 칸에 있는 보일러 본체 바로 옆에 그를 내려놓고 하반신을 마사지했다. 그는 영 감각이 없는 모양이었다. 나는 매장에 내려가서 비스킷 한 개를 가져다가 일단 그의 곁에 두어놓았다.

다음날은 토요일이었고 밤사이 최저기온은 영하 12°C까지 떨어졌다. 내가 그 화장실 문을 여니 그는 보일러 본체에서 약간 떨어서 바닥부터 몇 단 성기게 대충 쌓아 막은 붉은 벽돌의 틈새에 머리를 박고 있었다. 그만큼 세상의 엄혹함은 무서운 것이었던가. 내가 그를 잡아 꺼낼 때 보니 오른쪽 뒷다리를 썼다. 그것만도 다행이었지만 다른 쪽은 전혀 움직이지 않았다. 나는 화장실에 걸려있던 수건 한 장을 바닥에 깔았다. 그를 빼낼 때 벽돌들이 무너졌기에 그 수건 가장자리로 기역 자로 벽돌을 새로 쌓고 그를 놓은 다음 다른 수건으로 덮어주었다. 비스킷 부스러기가 약간 흩어져 있을 뿐 그는 거의 먹지 않은 듯했다. 나는 절에서 구운 두부를 한 쪽 얻어다 놓아주고 물도 한 사발 받아주었다.

밤에 나는 아내에게 그의 이야기를 하면서 왜 하필 법당문 앞에서 절반 얼어서 죽어가야 하며, 부처는 뭐 하시냐, 하자 아내가 말했다.

"부처님이 개한테 일러준 게 아닐까? 그 시간에 법당문 앞에 있으면 누가 와서 너를 살려줄 거라고."

그다음 날. 일요일. 최저기온 영하 13°C. 내가 그의 하반신을 주무르니 그 왼 뒷다리가 약간씩 움직이는 것이었다. 신경이 통하기 시작하는 것 같았다. 나는 조금 안도가 되었다. 처음에는 짐승이라서 곧 좋아질 줄로 알았으나, 그렇지 않은 모양이었다. 나는 그를 들어내고 집에서 가져온 안 쓰던 여름 이불 한 장을 접어 깐 다음 나머지 반으로 그의 머리만 빼놓고 덮어주고, 사 온 고양이 먹이 제품을 그릇 하나에 부어 놓았다.

이튿날. 월요일. 지난밤 최저기온은 영하 12°C였다. 그는 아예 이불 속에 몸을 감추고 있었는데 내가 이불 위 겹을 벗겨보니 고갯짓이 활발했다. 그는 나를 올려다보기만 했을 뿐 첫날처럼 갸르릉, 대지 않았다.

하반신이 얼어서 마비되었었던 그 누런 고양이는 몸을 회복하고는 놓아주었던 먹이를 다 먹고 어디 틈이 있어서 빠져나간 모양이었다. 아마 그는 겨울이 어떤가를 처음 겪어보았으리라. 나는 그가 이제부터는 어디선가 강인하게 살아남기를 기원했었다.

카페 전기 요금, 결제 단말기 임대료와 그 인터넷 요금, 요금을 안 내서 이용 정지시키겠다고 틈만 있으면 울려대는 휴대전화 메시지 알림음, 아무도 없더라도 언제 올지 몰라서 계속 가동해 두어야 하는 튜브 히터 등윗값, 차 기름값……. 돈이 들어가는 것은 살아있는 대가를 치르는 것이다. 매일 나는 돈 걱정을 하면서 카페에 왔다. 담뱃값이 없을 때도 자주였는데, 그럴 때마다 나는 생각했다. 곤궁은 끝이 없는데 담배 한 갑 거금 4,500원은 여전했다. 짜장면 한 그릇도 5,000원이건만. 다른 것은 차치하더라도 힘들고 가난한 사람들이 더 피우는 게 담배인데, 대통령에서 파면되어 감옥에 간 그 여자가 그 꼴이 된 것도 싸다고 할 수 있었다. 저의 아버지라면 차마 못 했을 것이다. 그 여자는 연설도 높낮이가 없는 어조로 국어책을 읽듯 했었다. 그 점도 제 아버지의 10분의 1도 못 따라가는 것이었다.

그즈음 나는 2,000만 원의 반이라도 만들려고 몇 년째 써오고 있던 그 소설을 다시 손질하고 있었다. 매해 시·소설·희곡 등 여덟 개 분야 작가 100명에게 각 1,000만 원씩 정부 예산으로 지원하는 문학창작기금이었다.

올해는 20명으로 축소한다. 더욱이 지원 형태를 작품 공모에서 작가 추천 방식으로 바꾸고……

이태 전 신문기사인데, 그 여자가 그 해 또 엉뚱하게 벌여놓은 일이었다. 내가 그 소설로 그 돈을 받으려고 원고지 100매—그 전 해까지는 원고지 100매 분량의 원고 앞부분을 제출하면 되었다—를 끝냈을 때 일이 이렇게 되어버린 것이었다. 나는 '작가 추천 방식'이라고 해서 열불이 났다. 아니, 감히 누가 누구를 추천하고 자시고 한다는 말인가. 그냥 자기들끼리만 나누어 먹겠다는 소리였다.

이번에는 앞에서부터 원고지 300매 분량과 시놉시스로 원고지 15장 내외를 내는 것이었다. 마감은 성탄절 다음 날 저녁까지였고, 나는 마감일까지 붙잡고서 공을 들일 대로 들인 다음 제반 서류들을 인터넷으로 보냈다.

그다음 날부터 다시 며칠 한파가 왔을 때였다. 매장의 수도관이며 에스프레소 머신으로 연결된 정수관이며 급수관이 얼어서 녹이느라 정신이 없었다. 무슨 작업 때문에 화장실에서 통하는 바로 뒤의 창고방—공구 창고로 쓰고 있었다—문을 열고 들어서다가 바닥에 못 보던 시커먼 형체가 있어 나는 깜짝 놀랐다. 플래시로 비춰보니 얼어 죽어 있는 고양이었다.

"여……! 너, 멋지게 생겼는데? 어디 가니?"

가을날, 삵같이 멋지게 생기고 자존심 세웠던 그였다. 지난번 몸의 반이 얼어있던 그 누런 고양이를 보았을 때 나는 생각도 들었었다. 그처럼 당당한 고양이라면 이깟 겨울쯤 너끈하게 지낼 수 있을 것이라 믿었다. 그런데 바로 그 고양이였다. 나는 가슴 밑바닥이 꺼지는 것 같았다.

사체는 꽁꽁 얼어 딱딱했다. 그는 깊은 잠을 자듯 앞다리끼리, 뒷다리끼리 쭉 뻗어 서로 겹친 채 나란히 놓인 목공용 외날 톱을 등지고서 찬 바닥에 모로 누워있었다. 눈을 뜬 채 머리를 문 쪽으로 향하고 있었다.

자다가 죽은 것처럼. 아니면 자기 운명을 알고 긴 한숨을 한 번 내쉰 뒤 힘들고 고독한 생을 마감한 것처럼. 예전의 그의 모습을 떠올리니 이제 가슴이 조여들었다. 털 난 동물이 어찌 이리 맥없이 죽어가나. 화장실과 벽 하나 사이일 뿐인데, 수도가 동파되지 말라고 화장실에는 라디에이터를 켜 놓았었다. 라디에이터가 켜져 있는 화장실로 그가 들어올 구멍은 없었다. 적어도 얼어 죽지는 않을 수 있는 화장실과 단지 얇은 벽 하나로 가로막힌 창고의 얼음장 같은 바닥에서 그는 운명을 받아들였던 것이다. 아니, 카페에 무슨 먹을 것이 있나. 있다고 해도 커피 찌꺼기뿐. 그것도 잠그고 가는 매장에 있건만. 조금만 내려가면 식당들이 줄지었고, 찾아보면 음식물 쓰레기며 추위를 피할 틈바구니가 여럿이었을 텐데. 여기는 더 추운 산기슭이 아닌가. 그는 왜 여기만 고집하다가 어떻게 창고로 들어와—그가 어디로 들어왔는지 나는 찾을 수가 없었다—얼면서 삶을 마감했는가. 땅도 다 단단하게 얼어있을 테니 묻어 줄 수도 없었다. ……춥고 고된 삶. 그래. 한동안 그렇게 누워서 푹 더 쉬려무나. 얼어서 썩지도 못할 테니. 나는 차라리 그의 죽음이 구차하지 않다는 생각도 들었다.

나는 지금까지 자신을 동정하는 야생동물을 본 적이 없다.
꽁꽁 언 채로 나무에서 떨어져 죽어가는 작은 새 한 마리조차도
결코 자신을 동정하지 않는다. ─ 로런스 David Herbert Lawrence, 〈자기연민 Self Pity〉

날이 조금 풀렸을 때 나는 삶처럼 멋지게 생기고 도도했던 그 고양이를, 죽어서는 따듯하라고 못 쓰는 이불 조각으로 감싸서 매장 앞마당 앞 편 산자락 양지에 묻었다. 그의 무덤 앞에 널빤지 동강을 하나 꽂았다. 이름은 쓰지 않았다.

나는 이로써 고양이와의 연관은 끝나는가 했다. 두 마리와의 사연으로…….

그렇게 끝나지를 않았다. 집으로 돌아가는 길, 먼저 말했던 무인모텔들을 지나서 얼마 후에 얼마 후에 가끔 담배를 사러 들르는 편의점이 있다. 그 길로 계속 가면 예전에 짧게 일했던 조그만 승마장이 나오고 시내까지 가는 시간을 반절 줄일 수 있었다. 큰 도로는 퇴근길의 차로 많이 밀리기 때문이었다.

"앞에 있던 고양이 어디 갔어요?"

그 편의점에 들를 때마다 문밖 야외 나무 테이블 아래 중간에 보강재로 가로질러 놓은 널판에 올라앉아—그 아래는 시멘트 바닥이었다—동그랗게 몸을 말고 "야옹" 거리면서 뭔가를 얻어먹고자 하는 고양이가 있었다. 나는 없는 돈에 미니 소시지 한 개나 작게 포장된 게맛살—그래도 생선에 가깝지 않나 하는 생각에서였다—따위를 사서 먹이고는 하였다. 그 고양이는 사람을 무서워하지 않았고 내 곁에 바짝 붙어서 사 주는 것을 먹었다. 그 고양이는 자주 편의점 이용객들에게 얻어먹는다고 했다. 그렇게 사람들에게 먹을 것을 달라고 야옹, 대니 편의점 문밖에서 춤기야 하지만, 그래서 그 고양이는 맥없게 죽지는 않을 줄로 알았다. 한 날 그 고양이가 보이지 않아서 내가 그 편의점 아르바이트생에게 물었다.

"며칠 전에 죽었어요."

아! 마찬가지로 얼어 죽었구나. 어찌 이리 맥없이들 얼어 죽나. 나는 다시 들어가서 물었다. 얼어 죽었느냐고.

"아니요. 앞길에서 차에 치여서⋯⋯."

차에 치여 죽는단 말인가. 제 구역에서? 그리 허망하게 죽을 것을 그 편의점 야외 테이블 아래에 붙박여 야옹야옹, 거리며 먹을 것만 애원했느냐. 도대체 조그마한 생명인 고양이들이 무슨 죄가 있는가. 나는 담배를 한 대 더 피워 물었다.

나는 이로써 고양이 로고가 찍힌 테이블 세 개와 세 마리의 고양이가 그 같은 연관이 생긴 줄로 알았다. 그러나 아직 비극은 끝난 것이 아니었다. 나는 바짝 말라 아사한 그 누런 고양이의 사체를 절의 화장실 한 귀퉁이에서 이듬해 봄에나 발견했다. 내가 그 고양이를 죽였던 것이다.

 누렁아. 내가 잘못했다. 네가 나간 줄로만 알았다. 한 번 구해주었으면 끝까지 돌봐주어야 한다는 것을 이제야 알게 되었다. 마지막 순간까지 그 얼마나 고통스러웠겠니. 겨울 다 지나고 이 봄볕 아래서 네 사체를 보노라니 억장이 무너진다. 부디 명복을 바란다. 죽어서는 따듯하고 배불러라. 미안하다.

 세상에 요행은 없었다. 나는 처음의 수건 두 장으로 그 고양이의 마른 사체를 잘 싸고 먼저의 삵같이 생겼던 고양이의 봉분 없는 무덤 옆자리를 팠다. 매장에 있는 비스킷 몇 개와 편의점에서 사 온 미니 소시지, 작은 포장의 게맛살, 그리고 아내가 사 준 네모난 캔의 고양이 간식을 따서 같이 묻었다.
 나는 고양이 로고가 찍힌 테이블 앞에 앉아서 검은 커피를 마실 때마다 삶과 죽음을 되새기게끔 되었다.

14
총 맞은 것처럼

 한 주는 연이어 사흘 동안 한 사람도 없었고, 그다음 주도 3일은 종일 나 홀로 앉아 있다가 집으로 돌아왔다. 하루에 단 두 잔을 판 적도 여러 날이었다. 공부 못 하는 학생이 학교 가기 싫은 것처럼, 나는 점점 아침에 이불을 걷고 일어나기 싫어졌다. 순간순간의 두려움과 걱정에 싸여 매장에 와서 쌓아놓은 땔감을 담으러 화장실 옆으로 돌아가다가 내가 걷는 감각이 이상하게 느껴졌다. 내 체중이 실려서 땅바닥을 확실히 디디는 것 같지가 않았고 다리가 흔들리며 땅에서 약간 뜬 듯한 느낌이었다. 그럴 때 누가 조금만 나를 건드리면 바로 넘어질 것 같았다. 앉아 있어도 다리가 후들거렸다. 그러한 증상은 좀체 나아지지 않았다.
 나는 기억력도 떨어졌다. 집의 가스 밸브를 잠갔는지(방금 나섰다가 다시 집으로 들어가 확인했다.), 변기 물을 내리고 나왔는지,

주유소에서 차 주유구 마개를 막았는지(출발했다가 차를 세우고 내려서 보았다.), 거기서 체크카드를 다시 빼 왔는지(운전하면서 지갑을 꺼내 꽂혀있는지 살펴야 했다.), 집으로 가면서는 문을 다 걸었는지, 튜브 히터의 플러그는 뽑았는지(그럴 때는 차를 돌렸다.), 내릴 때 차 문을 잠갔는지, 차창을 내려놓은 것은 아닌지 기억이 잘 나지 않았다.

매장에 오면 다리가 후들거리는 증상이 유독 두드러졌다. 나는 마당에 내려서서 땅에 쿵쿵 발을 굴러서 그러한 증세를 없애려 해 보았다. 나는 소설을 쓸 수 있기는커녕—그러려고 들어왔는데—책이라도 붙잡고 화목 난롯가에 앉아 있어도 내용이 눈에 들어오기까지는 한참 걸렸다.

매장은 천장이 높아서 훈기가 내려오는 데 몇 시간씩 걸렸다. 기본 온도는 깔아 놓아야 하기에 계속 돌려야 하는 튜브 히터의 네 칸 연료 잔량 표시등에서 한 칸만 달랑 남았을 때는 그날 장사가 안된다면 당장 기름값부터 어찌해야 할 것인가 해서 초조하기만 했다. 난방 효율을 올릴 공기 순환기를 인터넷으로 찾아보니 조그만 것이 2만 6,000원쯤 했는데, 나는 그 정도 돈도 따로 준비할 수가 없었다. 머리카락도 못 자른 지 몇 달 되어 귀밑으로, 목 뒤로 보기 싫게 뻗어내렸다. 그런 것은 관계없었다. 누가 머리만 쳐다보는가.

화목난로의 연통을 처음 설치할 때부터 보이지는 않는데 실 같은 틈이 있는 것 같았다. 집에서 입고 온 코트에 자꾸 연기 냄새가 배는 뒤로는 매장에서는 겨울에 승마장에서 일할 때 입던 양털 안감 청재킷을 걸치고 있었다. 내가 그 옷이 부러웠던 청소년기의 겨울철에는 있는 집 자식들이나 입는 것이려니 했었다. 승마장의 겨울은 몹시 추웠다. 나는 적어도 수십만 원이나 하는 승마용 겨울 코트를 입을 형편이 아니었고, 인터넷에서 3만 원쯤 주고 젊었을 때 선망했던 그 구제 옷을 기어이 구했는데, 말 위에 앉기에도 길이가 딱 알맞았다. 나는 그러한 옷차림으로 일하면서, 날씨만 조금 추워졌다고 하면 보기도 싫게 퉁퉁한 수십만 원 이상씩의 다운 패딩을 하나같이 뒤집어쓰고 형형색색으로 다니는 모양새가 우스웠다.

나는 사람 없는 매장에서 무릎이라도 따뜻한 화목 난롯가의 흔들의자에 많이 앉아 있었다. 그 흔들의자는 예전에 내가 부친에게 사다 주었었는데, 거의 안 쓰고 있다고 하여 본가에서 다시 실어 온 것이었다. 나는 그 의자에 앉으면서 불현듯 아버지를 느끼고 생각했다.

그리고 나는 이제 중학생이 되는 내 딸아이 생각을 더 많이 했다. 그 아이가 어려서 조그마할 때는 한 팔로 안거나 목말을 태우거나 해서 거의 몸에 붙이고 다녔다. 나는 그 아이가 당당하게 크길 바랐다. 그러려면 나는 돈을 벌어야만 했다. 그렇다고 전처럼 어디 가서 날품을 팔 수도 없었다. 한겨울에 일도 드물뿐더러 카페는 열어놓아야 할 것이었다. 가끔 아랫길로 내려가 과수원 언덕의 그 카페를 쳐다보면 주차된 차가 서너 대씩 보였다. 겨울 바다는 고요하기만 했다. 나는 화목 난롯가의 그 선장 석에 앉아서 외로이 항해를 이어갔다. 그즈음 나는 《성》을 읽고 있었다. 아니, 읽으려고 힘들이고 있었다. 나는 긴장해 있었고 피로했다.

석유가 조금밖에 없었기 때문에, 물론 램프 불꽃을 크게 할 수는 없었다.
— 프란츠 카프카Franz Kafka, 《성Das Schloss》

소설 쓰기는 벌써 아득한 일인 듯 되어, 이제 나도 K처럼 본래의 목표를 잃어가는 것이 아닌가 생각했다.

손에도 문제가 생긴 것 같았다. 무엇을 들고 있다가 놀라서 곧바로 쥐어 떨어뜨릴 뻔한 것을 모면하고는 했다. 천하의 나도 살려고, 내 가족을 살게끔 하려고, 그리고 소설을 써가려고 이다지도 겁을 먹고 있구나.

할 수 있는 일을 해야 했다. 매장에 필요한데 없는 것이 많았다. 테이크아웃 컵 꽂이도 내가 다녀본 카페 중에 없는 데가 없었다. 나는 그딴 것 필요 없었다. 글을 쓰는 것처럼 무에서 유를 만들면 되었다. 나무 재질의 벽걸이 수납함 두 개를 카운터 테이블 뒤쪽 아래에 나사를 박아 걸고, 하나에는 종이컵, 다른 하나는 아이스 컵을 꽂았다. 원래는 우편물이나 영수증 등을 꽂는 용도로 여겨졌는데, 예전에 역시 처제가 필요 없다고 언니네에 싸다 준 것 중에 있던 것이었다.

집에서 잠깐이면 걸어서 다녀올 수 있는 제법 큰 마트가 있다. 아침부터 가는 눈이 날리던 날이었는데, 나는 그 앞 편 주차장 가에 내다 놓은 것 중 하나를 보아두었다. 때가 낀 흰색의 철제 껌 매대 같았는데, 이튿날도 그 자리에 있었다. 아마 껌 회사에서 새 것으로 온 모양이었다. 나는 그것을 매장으로 실어 와서 남았던 래커 스프레이로 다른 색을 입혔다. 매장 이리저리로 옮겨보다가 카운터 테이블 뒤쪽 밑으로 집어넣으니 높이도 딱 들어맞는 것이었다. 나는 그 4단짜리 철제 매대에 곧바로 꺼내 써야 할 이것저것을 수납하니 마침맞았다.

며칠 뒤에는 매장에서 쓸 우유를 사서 그 마트를 나오는데, 이번에는 빨간 책꽂이 비슷한 것이 내어져 있는 것이었다. 가까이 보니 익히 아는 미국 맥주의 판촉용 3단짜리 포맥스 진열대였다. 나는 그 물건도 차에 실었다. 껌 매대 옆에 붙여넣으려고 맨 윗부분을 조금 잘랐다. 그 미국 맥주 진열대에는 조그만 유리 찻잔들이며 그 받침, 유리 티포트 따위들을 넣어놓으니 필요할 때마다 바로바로 꺼내 쓸 수 있게 된 것이었다. 그 물건들을 내려다보자니, 본디의 용도로 쓰이다가 폐기될 뻔한 것을 카페에서 새 용도로 요긴하게 쓰게 되어

'보라! 나는 이렇게 해 놓고도 카페를 할 수 있는 것이다.'

하는 자부도 일었고, 싱크대 공장에 200만 원 주고 시킨 카운터 테이블이었다면 없었을 괜한 정감이 들었다. 나는 그러한 소꿉장난 같은 것이 재미가 있었다.

차로 가면 멀지 않은 곳에 컨테이너 상자를 한쪽에 놓고 쉬면서 과수원을 하는 친구가 있다. 쉬는 날 마음이 답답하기도 하여 거기 들러보았더니 그 컨테이너 앞에 독수리의 등신 모형들이 한 군데

쌓여 있었다. 내가 그것들을 들춰보며 물으니 태양전지판이 달려서 소리를 낸다고 했다.

"그런데 왜 다 떼어놨어?"

"효과 없어. 새들이 그 앞에 모여서 놀아."

나는 그중에 태양전지판이 떨어져 나간 것 하나를 찾아 가져가도 되냐고 물었다. 그 친구는 다 가져가도 된다고 했다. 나는 남의 멀쩡한 물건을 탐하기 싫었다.

"나중에 또 쓸 일 있을지 모르잖아. 고장 난 이거 하나만 줘."

폐품으로 버려진 것이라야 내 일관성이 손상되지 않을 터였다. 매장에 와서 인터넷으로 찾아보니 이제는 없는 상품으로 진귀해진 것을 구한 것이었다. 며칠 뒤 그 새 모형을 놓을 자리를 찾을 수 있었다. 앞마당 복판의 느티나무였다. 살아있는 새를 섭외해서 항시 앉아 있으라고 할 수는 없는 노릇이었다. 나는 사다리의 꼭대기까지 올라가서 그 나무의 가지 한 군데에 그 새 모형을 얹고 붙였다. 나는 매장 안에서도 독수리라고 하면 독수리고 큰 매라고 하면 매로 볼 수 있는 그 새와 언제든 눈길을 마주할 수 있었다. 그 새는 그렇게 내 구역에서 다시 살아나게끔 되었다.

휴대전화에 지인 부친의 부고 메시지가 떴다. 나는 그의 부친을 알지 못했으나, 조문을 안 할 수 없는 친분이었다. 곤란스러웠다. 그 내외가 일전에 한번 커피 마시러 온 적은 있었다. 나는 두 가지 중에서 하나라도 하기로 했다. 저녁에 나는 그날 차림 그대로 병원 장례식장에 갔다.

"조의금도 못 가져왔어요. 아뇨, 염치도 없이 식사는 못 하겠고 그냥 갈게요."

그의 자녀들 인사까지 받았으나 빈소를 나서서 나는 다르게 말할 방법을 찾지 못했다. 실상 예의가 중요한 것이 아니고 돈이 중요한데, 통장에 잔고가 없었고 당장 어디서 구할 데도 없었다. 이 같은 문화! 나는 반이라도 했는데, 그가 내게 어쩔 것인가.

나는 가끔 저녁 무렵에 냉장 쇼케이스에서 이제 1주일 정도 되어 곰팡이가 필 것 같은 머핀을 꺼내 데어와 화목 난롯가의 자리에서 커피와 함께 씹어 넘겼다. 카운터 테이블 아래에 넣어놓은 문 하나짜리 소형 냉장고는 예전 내 사업장의 대표실에서 간이로 쓰던 것인데 냉동실이 없어서 조각 케이크 같은 것은 보관할 수가 없었다. 머핀은 미국에서 들어온 유명한 창고형 대형 할인 마트의 온라인 쇼핑몰에서 시켰는데, 싸고 컸다.

'왜 그런 걸 꼭 알리고 그래? 젠장……. 냉동실 있는 냉장고도 없어서 다 썩어 나가는 주젠데 부의금 십만 원이 어디 있나?'

나는 어느 날은 호두 머핀을 먹어 없앴고, 다른 날은 블루베리 머핀 여러 개를 집으로 싸가는 식으로 지냈다.

지난여름에 단골 목욕탕의 이용사에게 들은 적이 있었던 카페였다. 북쪽 교외의 강가에 무슨 국제행사를 유치한다고 시에서 지은 건물 1층에 들어왔는데, 처와 가 보았더니 사람들이 북적북적 하다는 것이었다. 나는 쉬는 날 점심 무렵 그 카페를 찾아갔다. 주인으로 보이는, 나보다 한참 젊은 여자 혼자뿐이었다. 따뜻한 아메리카노를 받아와서 어떤가 보려고 두 시간여를 앉아 있는 중에 남자 한 명이 들어와서 커피를 마시고 나간 것이 다였다. 일부러 바깥을 내다볼 만큼의 풍광도 아니었고 인테리어도 흔한 것이었으며 커피 맛도 그저 그랬다. 역시 영혼적인 측면이 없었다. 다른 사람이 없었으므로 나는 주인 여자에게 나도 카페를 한다고 얘기하고서 월 임차료를 물어보았다.

"월세가 아니고요. 삼천에 일 년 입찰받았어요."

그러면 한 달 임차료가 250만 원이라는 얘기였다.

"언니하고 둘이 해요. 여름엔 바빴는데, 겨울부터는 어째 사람이 뜸하네요."

처음 얼마간 바글대다가 쭉 빠져버리는 카페를 한다고 1년 치 3,000만 원을 먼저 내던져버린 것이었다. 카페 이용객들은 단골 개념이란 것이 없다. 새로 생기고 괜찮다고 하는 데면 메뚜기떼처럼 몰려서 옮겨 다니는 존재들을 믿었는가.

본가에 들렀는데 부친은 이용객이 없는 이유가 매장 아래 길가의 입간판 때문 같다면서 무슨 '문학적인' 것이 중요하지 않고 '카페'가 중요하니, 'CAFE' 글자를 빨간색으로 하여 세로로 크게 붙여서 새로 높다란 입간판을 세우는 것이 어떻겠냐고 했다. 나는 말했다.

"카페는 천지입니다. 정체성이 더 중요하죠."

부친은 매장으로 올라가는 길의 석축에 현수막이라도 하나 맞춰서 붙이라며 5만 원권 한 장을 건네주었다. 그리고 '카페'를 더 크게 넣으라고 덧붙였다.

나는 결국 현수막을 맞추지 못했다. 옷 속 어디 잘 넣어두었었는데 길에 흘렸는지 찾을 수가 없었다. 없을 때 항상 더 죽어라, 죽어라 했다. 지금 남 좋은 일 시켜 줄 형편이 아닌데, 그 생각을 할 때마다 속이 상했다.

그날 한 잔도 못 팔았을 때 나는 가슴에 총을 맞은 심정이 되어 인적 없는 밤길로 돌아갔다.

'인적 없는 밤이 오면 휘청거리는 내 마음……'

나는 차의 계기판 아래턱에 올려둔 휴대전화로 같은 노래를 서너 번씩 다시 틀면서 속으로 이 구절을 따라부르는 일이 습관처럼 되었다.

하루 뒤면 1월이 지나가는데, 여당의 소위 대권 주자로서 유력 정치인인 현직 도지사가 징역 2년을 얻어맞고 법정 구속되는 것으로 고꾸라졌다. 그자는 내가 극히 싫어하는 인간 유형으로 그러한 인간에 대해 시간을 쓰며 머릿속과 손을 더럽히기 싫다만 이야기를 이어가야 하니 어쩔 수 없다.

그자의 실제 죄상 자체가 너무 잡스럽고 치사해서 내가 일일이 거론하고 싶지 않은데, 그자가 오랫동안 바깥을 시끄럽게 만들었기 때문에 다들 익히 알 것이다. 그자는 나보다 생년이 한해 빠른데, 이 나이쯤 살아보면 내 나이대의 대개의 인간형을 파악할 수가 있다.

그자는 유독 뻔질거리는 면상으로 이 나이까지를 연기만 해야 하는 거짓된 인생으로 살아왔던 것이다. 그렇다. 나는 그러한 삶을 멸시한다. 게다가 그자는 저의 범죄 의혹이 불거지자 역시 남들과

마찬가지로

"황당하고 어처구니없는 소설 같은 얘기"

라고 뇌까렸었다. 이것이 그러한 유의 인간들이 소설에 대해 가지는 인식이다. 저의 인생은 온통 거짓이면서 진실은 소설이라는 것이다. 그렇다면 소설이 진실이다! 지금 이 소설을 읽게 될 때는 다들 알 것이나, 그 뒤로 그자의 '정치생명'은 끝나게 된다.

1월 한 달의 매출이 38만 6,000원이었다. 그러나 그자 같은 인생보다는 나처럼 산속에서 당장 등윳값을 걱정하며 힘겨운 겨울을 견디고 있는 것이 100배 더 낫지 않느냐는 생각이 들었다.

"피고인을 징역 삼 년에 처한다."

그자로 인해 내가 그 같은 선고를 받고 당장 감옥에 들어간다고 상상해 보았다. 상상력을 사용하지 않았던 때문으로 벌어졌던 오류가 내 인생에 얼마나 많았던가. 나는 차라리 탈주자가 되리라. 힘들어도 숲속에 숨어서 사는 것이 훨씬 낫기에.

15
겨울 샹그릴라

　주말이 되면 첫날 아침부터 그래도 나는 조금 마음이 평안해졌는데, 우선 아침결에 집 아래를 지그재그로 왔다 갔다 하며 공기를 파열시켜서 올라오는 우편배달 언더본*Underbone* 오토바이의 불안스러운 소음을 듣지 않아도 되어 살 것 같았다. 좋은 소식도 받을 수 있지 않겠느냐고? 무슨 소식을? 내게는 그러한 소식이란 있을 리 없었다. 주중에는 그 언더본 오토바이의 듣기 싫은 배기음 속에 가슴이 졸아들어 이내 집을 나오는 것이었다.
　주말에는 차 번호판 떼일 일이 없고, 휴대전화에 무슨 무슨 독촉 문자도 오지 않는다. 매장에 오는 사람은 여전히 드물었으나, 시간은 의외로 빠르게 갔다. 점심을 먹은 후 어, 하다 보면 이내 밖이 어스름해졌다. 시간은 그저 내버려 두어도 흘러가는 것이다. 이제 나는 그다지 젊은 날의 허물들에 대한 부질없는 회한을 갖지 않게끔 되었다. 적어도 내가 작가가 되기 전의 일들이었다.

죽은 과거는 죽은 채 묻어두자. ― 롱펠로*Henry Wadsworth Longfellow*, 〈인생 찬가*A Psalm of Life*〉

나는 찾는 사람들에게 자연 속에서의 평화와 휴식을 주기 위해 카페를 열었던 것이다. 영혼의 평화와 휴식을. 맨 처음 매장에 들어오면 승마장에서 일할 때의 그 마스크를 쓰고 화목난로의 재부터 긁어냈다. 그다음은 반으로 접어 넣었던 영수증 두세 장을 바지 주머니에서 꺼냈다. 우유나 비스킷 구입, 주유 등등의 건들이었다. 산속이라 모든 물자가 귀했기에 나는 꼭 종이 영수증으로 달라고 하거나 뺐고, 동강 낸 양초를 감싸기 전에 그 영수증들을 훑어보았다. 영수증은 얇아서 빠르게 촛농을 머금어 착화제를 대용하기에 다른 종이보다 적합했다. 날마다 못해도 두세 장씩은 반드시 나오니 영수증이 떨어지는 적은 없었다. 그만큼 소비가 잦은 것이었다. 그 종이쪽지들을 다시 일일이 확인하고 태운다고 아예 소비 없이 살 수는 없는 일이겠으나, 그 의식은 돈을 안 써도 되기를 기원하는 제의였다.

화목난로에 불을 지피는 데 나는 영수증 두세 장으로 감싼 초 동강과 빈 골판지 상자에서 적당한 크기로 자른 두 장, 그 위에 얹을 불쏘시개가 필요했다. 절로 올라가면 타다 남은 양초가 법당 옆 뜨락에 골판지 상자에 얼마든지 있었고(가져가도 된다고 했다), 제2 주차장으로 가는 길에 잔가지들이 괜히 떨어져 있는 것이 아니었다. 그러고 보면 버릴 것이 없었다. 그렇게 내 방식대로의 일련의 과정들이 귀찮기는 해도 맨 먼저 마방부터 치우기 시작해야 하는 승마장보다야 훨씬 나았다. 불이 살면 커피를 한 컵 내려 그 흔들의자에 앉아 문학작품 한 권을 펴고 무릎과 정강이를 지지고 있다가 보면 전신으로 평온감이 퍼지면서 문득 더 이상 바랄 바 없는 휴식을 취하고 있다는 심경이 되었다.

나는 그 자리에 앉은 채 해외로 날아다닐 수 있도록 해놓았다. 여행이 턱없는 소비일 뿐인 적이 얼마나 많은가. 나는 눈길만 조금씩 돌리면 뉴욕으로부터 파리, 이집트에서 그리스 등지를 마음대로 여행할 수가 있었다. 필요 없는 것들을 카페 오는 길 중간쯤에 새로 생긴 만물상에 가져다주고 맞바꿔 온, 왕관의 뿔 하나가 부러진 자유의 여신상과 파라오 청동 흉상, 승리의 여신 니케의 목조상, 내가 원래 가지고 있던 에펠탑 등의 소품을 책장 맨 위와 선반에 올려두었던 것이다. 그러나 진짜 가치 있는 여행은 내면으로의 여행으로 여정이 아무리 길다 한들 경비도 들지 않았다.

남들이 토요일 오전까지 한주에 5일 반을 일하던 시절에 나는 5일만 하면 되는 사업을 택했었다. 그러다가 어느덧 나와 같이 5일만 일하는 세상이 되더니, 나는 결국 망하고 나서는 세월을 거슬러 올라가서 국정 공휴일이며 주말도 없이 거꾸로 꼬박 주 6일을 일해야 하는 처지로 전락한 터였다. 그것은 카페 일도 마찬가지였으나, 나는 다른 일들보다는 정신적인 시간을 얻기 수월할 수 있으리라 생각했다.

당신은 독서 할 시간을 얻을 수 있소. 몇 분을 아끼려고 책을 건너뛰며 읽을 필요도 없거니와, 시간을 너무 빼앗길까 봐 하고 싶은 연구를 못 하는 일도 없을 거요. — 제임스 힐턴*James Hilton*, 《잃어버린 지평선*Lost Horizon*》

　　언제 함박눈이 쏟아지던 날이었다. 중년의 여자 둘이 왔었는데, 책장을 둘러보면서 한쪽이 말했다.
　　"북 카페인가 봐요? 그런데 요즘 책이 없네요?"
　　내가 설명했다.
　　"나 같으면 베스트셀러라도 서점 매대에서 십 년 안쪽에 사라지는 거는 읽지 않아요. 검증된 무수한 고전을 놔두고 그런 쓰레기들에 허비할 시간이 없지요."
　　사람이 얼마나 산다고 쓰레기를 읽고 있을 것인가. 내게는 최고를 위한 시간밖에는 없다. 내 말 뒤에 다른 여자는 그 〈안개 바다 위의 방랑자〉를 한참 동안 바라보고 서 있었다.
　　주위의 그 다람쥐들은 모두 겨울 전에 밤톨이며 도토리 등의 식량을 이미 충분히 비축해 둔 뒤에 자고 있을 것이나, 돈이 없는 나는 준비 없이 겨울 한복판에 들어와 있었다. 육칠만 원 하는 흡출기 없이 무동력인데도, 내가 매장 뒤로 돌아가 보면 끄트머리의 T자 연통에서 햇볕에 빛나는 새하얀 연기가 증기선 굴뚝의 그것처럼 힘차게 뿜어져 오르며 거대하게 용틀임을 하는 장관을 한참씩 연출하고는 했다.

겨울 샹그릴라　　141

나는 전에 큰스님에게 매장과 절이 자리한 산줄기에 얽힌 기이한 일화를 들은 적이 있다. 절 뒤로 계속 산을 타고 가면 인접 군의 어느 마을까지 닿는다는 것이다. 예전에 그 마을에 살던 한 소년의 이야기였다. 그 소년은 열두 살 무렵이었고, 초가을의 어느 아침나절에 혹시 모른다고 싸준 주먹밥을 하나 챙겨서 작은 지게를 매고 뒷산으로 올라갔다. 산의 나무로 땔감을 하던 시절이라 가깝게는 할 만한 나무가 없었다. 소년은 깊이, 더 깊이 산을 타다가 그만 왔던 방향을 잃어버리고 말았다. 한참을 헤매다가 지치고 배가 고파서 주먹밥을 꺼내 반쯤 넘기는데, 어디서 두런두런하는 말소리가 들리는 것 같았다. 소년이 그 소리 쪽을 짐작해서 얼마쯤 근접해 가자, 긴 백발을 뒤로 묶은 노인 서너 명이 너럭바위 위에 둘러앉아서 바둑 비슷한 것을 두고 있는 모습이 보였다. 소년은 다 가갔는데, 그들은 아무래도 일반 노인들 같지 않은 풍모를 하고 있었다. 소년 쪽으로 그중 한 노인이 돌아보았다.

"사람의 자식 아니냐. 어린것이 길을 잃었구나, 예까지 다 오고."

노인은 혀를 끌끌 찼다.

"조그만 것이 나뭇짐을 만들려고……. 어허! 인생사라니."

"자네, 저 앨 도와주려고 그러나?"

다른 노인이 물었다.

"안 그러면 어떡하나? 아예 내려가지를 못할 텐데. 얘야. 어디 사느냐?"

소년은 얼른 제 동리를 고했다.

"내가 도와주마."

노인은 소년과 함께 나무 한 짐을 만들었다.

"따라오려무나."

노인은 지게를 지고 앞섰다. 어느덧 둘은 소년의 마을이 내려다보이는 뒷산에 이르렀다. 노인은 지게를 벗어주고 소년에게 내려가라고 손짓했다.

소년이 마을로 들어서는데 꽹과리와 징 소리를 요란하게 울리며 마을 사람들이 저마다 끝을 뾰족하게 깎은 장대를 들고 달려왔다.

"아이고! 이 녀석아."

무리 중 소년의 부모가 허겁지겁 뛰어와서 서로 소년을 부둥켜안고 꺼이꺼이 울었다.

"우린 호랑이가 널 물어간 줄 알았다."

"왜들 이러셔요? 산에서 길을 잃었다가 조금 늦게 내려왔을 뿐인데……."

"아니, 이 녀석아. 뭐가 좀 늦어? 너 없어졌던 지가 벌써 일주일이나 지났는데?"

그런데, 반 덩이 남은 주먹밥은 먹어도 될 만큼 그대로였다.

"참, 모를 일이었지."

이제는 그 바위 위에서 바둑 같은 것을 두던 노인들처럼 늙어버린 당사자는 옛일을 이야기하고 나서 고개를 갸웃거렸다고 했다. 그때 이 이야기를 들었던 큰스님은 여기 산이 신묘하다고 하여 '신묘산(神妙山)'이라 이름했다는 것이다. 물론 지도에는 이름이 나오지 않는 산이다. 그 경험을 했던 이 씨 노인은 지금 도청소재지에

겨울 샹그릴라

거주한다고 했다.

시간이 멎은 듯한 곳! 사실이 그렇다면 여기는 샹그릴라의 초입 같은 곳이었다. 나는 커피를 팔면서 소설을 이어 갈 수 있는, 책을 읽을 수 있는, 생각을 할 수 있는 시간을 벌려고 이렇듯 신기한 곳에 들어와 있는데, 여전히 사람들은 오지 않았다. 2월의 매출은 33만 5,500원이었다.

16
아침에 나는 기운

    내 카페의 마당에 올라와 차에서 내려서면 여전히 이상하게 다리가 후들거렸으나, 날짜로는 이제 봄이었다. 카페를 연 지 어느덧 6개월에 가까웠다. 달마다 매출이 이 정도라면 보증금도 없고, 인테리어에도 투자하지 않았으니 다른 이들이라면 여기서 말아도 그만이었다. 나는 카페 운영을 통해 책을 읽고 글을 쓸 수 있는 자유, 그러기 위한 경제적 자유를 원했다. 그렇다. 나는 경제의 승자가 되고 싶었다. 아무리 상황이 안 좋은들 나는 여기서 그만둘 수는 없었다.

    겨울이 닥쳐올 적에 얼마나 막막했던가. 고립감과 불안감이 순간순간 저며 들었던 겨울이었다. 그 힘들었던 겨울을 어떻게 견뎠던가. 별로 춥지 않았다 할지언정 나는 추울 때가 많았다. 화목난로를 때려고 손으로 해야 하는 톱질에 도끼질로 만드는 땔감 마련

문제며 사람이 오지 않아도 계속 틀어놓아야 하는 튜브 히터의 등 윳값이며……. 나는 한 해 겨울을 지긋이 버텨 낸 것이었다. 어떻게든 시내의 내성을 나는 지켜냈고, 춥지는 않게 가족이 겨울을 지내게 했다.

오전에 매장에 나와 화목난로 속에 나무를 재어 불을 붙여 놓고 커피를 마시며 앉았으면 느낌이 새로웠다. 마음이 거뜬해졌고 덜 피로했다. 봄을 맞은 것이었다. 나는 담담하게 결국 이겨 내었다. 이제 땔감을 만드는 수고며 등윳값도 별로 들지 않을 터였다. 나는 이제까지 기다려 온 것이었다.

내가 카페를 하고 있는 지 여섯 달째에 이르렀지만, 과거의 사람들은 오지 않았다. 나는 내가 인생을 잘 못 살았다고 생각하지 않았다. 작년 추석이나 지난 설에 비싸게 선물을 준비 안 해도 되고, 귀찮게 휴대전화로 인사 문자 보낼 일도 없어져서 오히려 나는 좋았다. 시간에 쫓길 일 없고 자주 쉴 수 있는 점도 좋았는데, 충분히 휴식을 취하고 나야지만 제대로 책을 읽고 글을 쓸 수 있는 것이다. 게다가 화목 난롯가 흔들의자에 등을 파묻고 낮잠도 잘 수 있었다. 세상에 그럴 수 있는 일이 어디 있는가.

아무리 글을 쓰는 작가라 해도 글을 쓰겠다는 심정이 되고, 쓸 수 있겠다는 자신이 생기는 것이 그렇게 쉽지만은 않다. 이렇듯 샹그릴라 초입 같은 곳을 안 온다고? 모르면 알리면 되었다. 내가 할 수 있는 일이었고 해야 할 일이었기에 나는 글을 쓰기 시작했다. 작가는 자기 작품을 스스로 홍보할 수도 있다. 남이 안 해준다면 나 스스로 하면 되는 일이었다. 남들이 내 카페에 대한 웹로그

Weblog 포스트를 안 써준다면 내가 50개라도 쓰면 되는 것이었다. 나는 사진 찍어 두었던 내 카페의 깊은 가을 풍경이라든지, 일광들이 수풀 사이를 뚫고 내리는 오전의 풍정이라든지, 카페 오는 길의 문학적인 모습들이라든지,

"Memento mori!"
 이런 카페에서는 흥밋거리나 재밋거리로 시시덕거릴 것만 아니라, 검은 커피를 들고 문학적으로 우리의 죽음까지도 한 번씩 생각해 보아야 한다. 그렇게 생각한다.

 이렇게, 가슴 아픈 세 마리 고양이의 이야기까지도 웹로그에 썼다.

 '하트'만 제대로 되어도 좋겠는데 좀체 늘지를 않았다. 다른 메뉴는 상관없었는데, 매번 따뜻한 라테 주문만은 피하고 싶은 내심이었다. 명색이 커피를 파는데, 그 후배의 처처럼 하면 안 되었다. 그녀는 커피값을 싸게 받는다고 그러는지 그림 띄우기를 못했고, 아예 할 생각도 없어 보였다.
 아무리 내가 커피 전문가가 아니라도 그 값을 받으면서는 라테 아트는 어느 정도 그리고 싶었다. 예전에 '카페 빈'에서는 그저 거품만 올려져 있었고 그림이 아니었던 것으로 기억되었다. 나는 단골 목욕탕 옆 건물의 그 이탈리아 커피 프랜차이즈의 가맹점에 갔고 따뜻한 카페라테를 한 잔 주문해 보았다.
 "지금 바리스타님이 자리에 안 계셔서 라테는 안 돼요."

어린 여자로 아르바이트 직원 같았다.

"바리스타만 할 수 있나요?"

내가 물었더니 그렇다는 것이었다.

"그건 안 가르쳐 줘요?"

"네. 안 가르쳐 주세요."

무슨 대단한 '기술'인 듯했다. 나는 하는 수 없이 따뜻한 아메리카노를 마셨는데, 내 취지와 어긋나게 돈만 나가서 부아가 올랐다. 나로서는 아무리 봐도 동영상 공유 검색 서비스로는 모르겠기에, 싫었으나 900ml짜리 우유 세 팩을 사 들고, 싫었으나 아내의 그 오촌 조카 카페에 가야 했다.

"거품만 좋으면 그림은 자동으로 돼요. 보세요, 그냥 되잖아요."

녀석은 내가 사 온 우유로 내가 사는 카페라테를 만들면서 말했다.

"그러면 어떡해야 거품을 잘 만드냐고?"

녀석은 답하지 않았다. 그러니까 나는 내가 사 간 우유 중에서 250ml 정도만 사서 마시고 나머지는 고스란히 날린 것이었다. 나는 그 뒤로는 그 녀석과 상종하지 않았다.

도롯가 인력사무소 앞에 대기하는 인부들 앉으라고 내어다 놓은 실내용 헌 소파를 보노라면 나는 우울했다. 안에 있어야 하는 것은 안에 있어야 하고, 바깥에 있어야 하는 것은 바깥에 있어야 하는데 밖에서 비 맞고 있는 내부용 의자들, 외벽에 걸린 거실용 벽시계, 그림 액자 따위들도 불우했다. 그리고 귀찮아서, 혹은 모자라서 하다 만 것 같은 페인트칠도 그러했다. 또 외곽으로 나가다 보면 예전에는 무슨 '가든'이란 이름의 큰 횟집이나 양념 갈빗집이었었는데 무슨 중기나 영농 법인 따위가 차지하고 있는 것에도 울적했다.

호박을 의자로 써야 할 만큼 가난한 사람은 없다. 만약 있다면 그것은 주변머리가 없기 때문이다. 이 마을 여러 집의 다락에는 그저 가서 들고 오기만 하면 되는 쓸 만한 의자들이 얼마든지 있다. — 헨리 데이비드 소로, 《월든, 숲속의 생활》

이제야 하는 이야기지만, 내가 카페를 만들기 시작할 때 고속도로에서 쉬려고 졸음쉼터에 몇 번 들렀던 적이 있었다. 그때마다 내 눈에 들어온 것은 바닥에 고정 볼트로 박혀있지 않은 야외용 나무 벤치였다. 나는 한참씩 갈등했으나, 필시 감시 카메라가 있을 터였고 차에 싣고 오면 잡혀갈 일이었다.

아침 어스름에 눈이 떠진 날, 나는 차를 가지고 여태껏 신시가지로 치는 동네를 돌아보았다. 그 동네에 가면 요새 '뜨는' 업종이라든지 체인점 간판 디자인들의 추세를 확인할 수 있었다. 처음에는 임차료가 상상 못 할 동네였었는데, 어느덧 다섯 중의 하나씩은 망해서 텅 비었거나 뜯어내고 있는 참이었다. 주로 20에서 30대 청년층이 선술집이며 고깃집, 게임방, 라멘집 등을 차려 영업하고 있었는데, 어떤 점포는 생긴 지 1년 만에 비웠고 다른 집은 6개월 전에 개업한 기억이 나는데 벌써 인부들이 뜯고 있는 것이었다.

'핫플레이스가 얼마나 가나. 다른 데가 또 생겼다 하면 다시 우르르 몰려가는데…….'

필시 그 청년들 열의 아홉은 부모의 돈으로 가게부터 차리고 보았을 텐데, 생각만큼 장사도 안될뿐더러 임차료에 치이자 나 몰라라 하고 때려치운 터일 것이었다. 6개월에서 1년 만에 그 비싸게 해 놓은 간판이며 인테리어, 새 조리 장비, 새 집기, 새 가구들로 돈을 날리는 세태를 나는 그 동네를 돌면서 목도했다.

한 군데는 안을 인부들이 부수는 중인데 그 앞으로 차를 대지 말라는지, 좌석과 등받이가 나무 널판인 야외용 의자를 두 개 길에 내어놓은 것이었다. 나는 안쪽을 보았다. 인부들이 나를 볼 짬은 없어 보였다. 그대로 두어봐야 그 인부들이 가져갈 물건이었다. 한 옆에는 두 개가 겹쳐서 쌓여 있었는데 한 개는 목판 널의 한쪽이 빠져서 덜렁댔고 다른 것은 널 하나가 깊게 홈이 파여 있는 것을 재빠르게 확인했다. 관계없었다. 고치면 될 일이었다. 나는 원 점포의 관계자처럼 아주 자연스럽게 차 뒷자리에 그 의자 네 개를 뉘여 겹쳐서 실었다.

이튿날부터는 그 동네를 더욱 꼼꼼하게 살펴보았다. 그 구역 특성상 이른 아침에는 돌아다니는 사람도, 차도 없었다. 건물과 건물의 좁은 사이에 내놓은 야외용 철제 주물의자를 나는 또 발견할 수 있었다. 역시 등받이의 나무 널판이 통째로 탈락했거나 좌석 널판이 비틀리고 나사가 빠진 것들이었다. 처음에 샀을 때, 몰라도 철제 주물의자는 꽤 돈을 주어야 했을 텐데 조금 손보면 쓸 것을, 그렇듯 아무렇게나 사는 것이었다. 나는 그 의자 다섯 개도 차에 싣고 왔다.

전에 처형이 식탁 의자로 썼다가 준 접이식 나무 의자 세 개와 길가에 불법으로 쌓아놓은 쓰레기 봉지 더미 곁에 있었던, 흔들거리는 나무 의자가 한 개 있었다. 뜨락의 야외 테이블마다 두 개씩 놓았었는데, 볼품도 없을뿐더러 눈비를 맞아 칠감이 다 일어나고 좌석 널판들이 삭아서 빠져 매장 앞 정경이 우울했었다. 나는 살려고 그같이 피 묻은 야외용 의자들을 실어 왔다. 봄 장사 준비를 해야 했다.

"올 때마다 사장님은 항상 무슨 작업을 하고 계시지? 저기 있는 거, 이런 거 사장님 혼자 다 해 놓으시는 거야."

"올 때마다 정말 뭐 하나씩 바뀌어 있어요."

몇 차례 왔던 40대 부부가 차에서 내려 서로 하는 얘기였다. 내가 그 야외용 철제 주물의자의 널판들을 다 분해하고 밑판을 새로 박아서 다시 조립한 후에 일일이 종이테이프를 붙이고 이제 한참 페인트를 칠하던 중이었다. 고마운 내외였다.

"한 손에 망치 들고 건설하는 거죠."

내 말에 그네들은 뜻 모르고 웃었다. 여자 쪽이 카페라테를 주문했기에 라테아트가 조금 늘었기로 3단 튤립 비슷하게 만들어서 자리로 가져다주었다. 그네들이 왔을 때 다른 테이블이 하나라도 더 있었으면 보기 나았으련만, 그네들은 올 때마다 줄곧 자기들만의 고즈넉한 시간을 누리다가 가는 것이었다. 페인트칠이 다 마른 철제 주물 야외의자를 뜨락의 먼젓번 것들과 바꿔 놓았다. 그 야외의자들은 바깥에 놔두어도 무방했다. 혹여 나보다 더 필요한 사람이 들고 가도 그만이었다.

나는 나를 알고 적을 알아야 하니 집으로 돌아가는 저녁 길에 골프장 쪽으로 더 올라가는 그 과수원 언덕바지 붉은 지붕의 카페 —여기도 돈가스를 팔았다—에 몇 번 들렀다. 나는 처음부터 '문학적인 숲'을 한다고 밝혔으며 갈 때마다 물론 커피값을 냈다. 벽에 늘어뜨린 크고 희끄무레한 태피스트리에는 '네가 와서 참 좋구나'라든지, 다른 데는 '보고 싶었어', 벽 한쪽에는 '당신은 오늘이 제일 이쁘다' 따위의 의미 없는 말들만 쓰여 있었다. 내가 들르면 돈가스를 먹고 있는 데이트하는 청춘 남녀가 한두 테이블에 꼭 있었다. 내 매장 것보다 더 작은 화목난로가 그 집에도 있었는데, 화염이 크고 연기 냄새란 전연 없기에 물어보니 연통 끝의 흡출기가 빨아낸다는 것이었다. 그 집은 모녀가 같이하는데, 나보다 먼저 문을 열었고 골프장 가는 길에서도 눈에 잘 들어오며 여러모로 나보다 여건이 좋아 보였다.

한 날, 오후 3시가 되도록 차가 한 대도 올라오지 않아 아랫길까지 내려가 그 집을 살피니 차 네 대가 서 있었다. 점심을 싸 오지 못한 날, 나도 그 집에 가서 돈가스를 한 번 먹어보았다. 이런 산골까지 왔으면 내 매장처럼 그에 맞는 산이며 우거진 수풀 같은 자연을 느낄 수 있어야지, 나는 그러한 집에 앉아 있는 사람들이 도통 이해가 되지 않았다. 돈가스를 뜨으려고? 왜 하필 산골짜기까지 와서 그 집 것을 먹어야 하나? 맛이나 있다면 모르겠지만.

사람들은 이 산속에 카페가 있는지 모르는 것이다. 아래 길목에 입간판을 크고 멋지게 높직이 새로 세우면 형편이 나아질 수도 있을 터지만, 나로서는 할 수 있는 일이 아니었다. 어떻게 큰돈을 들일 수 있어 그처럼 입간판을 다시 해 놓는다고 치자. 망해서 그 큰 간판만 덩그러니 남을 어이없는 모양새는 어찌할 것인가. 인생은 실험이다. 내 방법은 망하지 않는 길이었다. 먼저 투자를 하지 않고 흐름을 보아가면서 수입으로 경쟁력을 갖추어 나가는 것이었다.

'두고 봐라. 완연한 봄이 되어 나뭇잎들이 다시 나고 꽃이 피고 카페 앞마당에 그늘이 우거지면-그러니까 내가 처음 카페를 만들기 시작한 절기가 다시 오면 그때부터는-저 돈가스집에 나는 지지 않는다!'

17
나의 투쟁

 나이가 많아지니 나는 더 담대해지기는커녕 심장이 쪼그라든 듯 순간순간 겁이 났다. 나이를 먹었다는 것은 아무것도 아니었다. 오히려 세상이 더 두려웠다. 생존에 대해 겁을 내니까 기억도 자꾸 잊는 것 같았다.
 "무인으로 돌리는 게 낫지 않아?"
 시내에 사는 한 친구가 처음 와서 보고는 에스프레소 머신 너머에서 하는 소리였다.
 "여기 돈 얼마 안 나올 거 같아. 나 같으면 차라리 가끔가다 와서 청소나 해 놓고 딴 걸 하겠다. 너도 시간 버리지 말고 물품이나 채워놓으면서 다른 일 해. 아니면 집에서 글이나 쓰면 되잖아."
 나는 다시금 에스프레소 머신을 보면서 말했다. 값비싼 장비였다.
 "담배 아무 데서나 피워댈걸. 목조건물이라 내가 없으면 금방

타. 낙엽 쌓인 두께를 봐봐. 산으로 옮겨붙으면 어쩌려고?"

　그렇게 잘 아는 너는 왜 그렇냐. 여태껏 집도 그렇고, 승용차 한 대 건사 못해 사무실 승합차나 끌고 다니면서…….

　차로 한 시간여를 가면 근래 유명세를 떨치고 있는 카페 하나가 산꼭대기에 있다는 것이었다. 개그우먼 출신으로 먹는 것을 밝히는 살찐 여자가 텔레비전 방송에서 빵이 그렇게 맛있다고 하여 전국에서 몰린다고 했다. 나도 산속에 있는데 접근성이 더욱 떨어지는 산꼭대기가 그렇다고 하니 나도 지난겨울 중턱쯤 쉬는 날 가서 보아야 했다. 산꼭대기까지 계속 굽이돌면서 올라가는 길은 가파르고 길디길었고 위험스러웠으며 무엇보다도 그 길가의 정경들이 참담했다. 쓰러져가는 폐가들 하며 사람이 들어있더라도 벗어날 수 없는 궁핍으로 다 포기한 듯한 산촌의 너저분한 가옥들을 지나간 다음 바로 무슨 정서로 커피를 마시고 빵을 먹을 수 있겠는지 나는 의문스러웠다. 비슷한 기억이 몇 년 전 것도 있었다. 인접한 도의, 집에서 차로 한 시간 반쯤 거리의 큰 승마장이었는데 국제 규격의 실내 마장에 초대형 샹들리에를 몇 개씩 늘어뜨릴 만큼 호사스럽기로 업계에 소문이 퍼진 시설도 구경할 겸 좋은 말들도 보고 싶어서 찾아갔던 적이 있다. 그런데 그 승마장의 앞 동네가 문제였다. 집과 집 틈바구니의 비좁은 골목골목을 이리저리 틀다가 차가 들이받아 진흙 담장이 넘어오는 것은 아닌지, 삐죽이 튀어나와서 빠져 내릴 듯한 슬레이트 지붕을 깨지 않을까를 긴장해야 했는데, 그 길이 승마장의 유일한 진입로였다. 회원들이 고급 수입차로 그 처참한 길을 통과해야 할 것이고, 방금 지나온 촌락 골목길의 비참

함이 남아 있는데 무슨 심정으로 말을 탈 수 있을까 나는 의아했었다.

　규모는 컸고 한겨울의 산꼭대기인데도 자리마다 빵을 먹고 있는 사람들이 꽤 되었다. 널려있는 프랜차이즈 빵집에서 먹으면 되지 굳이 험한 길에 바람 거센 산꼭대기까지 올라와서 그럴 일인지 나로서는 이해되지 않았다. 나는 역시 그림을 보려고 따듯한 카페라테를 시켰는데 거품은 잘았으나 턱없이 비쌌다. 나는 그 카페에서 내 카페와 그 접근성과 접근로의 정경, 독립된 진입로 등을 떠올렸다. 그렇다. 나는 희망이 아니라 가망성을 믿었다.

　그 변호사 친구가 화가라는 60대 초반의 한 사람을 처음 데리고 와서 커피를 마시고 나가던 참이었다. 그 친구와 몇이 3.1절 관련해서 시내에서 열리는 행사 안내 팸플릿을 받는 중에, 초로의 화가가 내게 대뜸 이러는 것이었다.

　"다른 날도 아니고 우리 민족한테 제일 의미 있는 날에다가 백주년인데, 그런 날은 돈이 문제가 아니라 사장님도 가게 문 닫고 참여하셔야지."

　나는 100주년이라고 생업을 쉬는 것에는 그다지 동의하지 않았다. 그리고 그도 역시 누가 데려오지 않으면 자기 발로 카페를 가지 않는, 카페 문화를 모르는 부류로 나는 보였다.

　내가 숲속으로 들어간 것은 인생을 의도적으로 살아보기 위해서였으며, 인생의 본질적인 사실들만을 직면해보려는 것이었으며, 인생이 가르치는

바를 내가 배울 수 있는지 알아보고자 했던 것이며, 그리하여 마침내 죽음을 맞이했을 때 내가 헛된 삶을 살았구나 하고 깨닫는 일이 없도록 하기 위해서였다. 나는 삶이 아닌 것은 살지 않으려고 했으니, 삶은 그처럼 소중한 것이다. ─ 헨리 데이비드 소로, 《월든, 숲속의 생활》

"어렸을 때는 하도 똑똑해서 난 네가 크게 될 줄 알았는데."

카운터 테이블 건너편에서 그녀가 그렇게 말했다. 나는 친한 사람 이외에는 얼굴을 똑바로 보지 않는 버릇이 있어서 그때는 누구인지 잘 몰랐었다. 혹시 시청 근처 골목에서 식당을 하지 않았느냐고 내가 묻자 벌써 그만두고 쉰다고 했다. 그녀 혼자였고, 내가 어릴 적의 옆집 누나였다.

그렇게 똑똑했었는데 왜 못 했냐고? 나도 나름대로 했다. 예전에 자마(自馬)가 있을 만큼 사업으로 한참 잘 나갈 때의 얘기를 그녀도 들었을 터였다. 그런데 똑똑하다고 다 잘 되는 것이 아니었다.

"그래서 크게 됐잖아요. 소설가."

크게 될 줄 알았다고? 대통령이라도 될 줄로 알았는가. 대통령이 되면 뭘 하나. 자살하거나 감옥살이를 할 뿐이다. 소설가가 별것 아니라고? 소설가는 아무나 될 수 있는 우스운 존재가 아니다. 그 재능을 타고나기도 해야 하며 엄청난 훈련과 창조성이 필요한 것이다.

웬만한 재능 가지고는 애초에 이 세계에 들어오지 않는 편이 좋습니다.
─ 마루야마 겐지丸山 健二, 《아직 오지 않은 소설가에게 *Kitchen Confidential Updated Ed*》

나는 늦게라도 재능을 썩혀두지 않고 힘들디힘든 작업을 해서 작품을 내고 소설가가 되었다. 나는 다시금 인문학으로 나 자신을 돌아보고 더 단단해져야 할 필요성을 느꼈다. 이제 매장 앞마당 가운데의 느티나무 가지마다 새순들이 연둣빛으로 불타오르기 시작했다. 어쩌다가 매장 책장을 둘러보는데 한 책이 눈에 들어왔다. 그 책도 꽂혀있는 줄은 알고는 있었으나 왼쪽 저 끝에 있는지라 나는 그 저자를 좋아하지 않았었다. 밑줄들이 구불거리는 품으로 볼 때 필시 여동생의 책이었다.

나는 여태까지 실존적 상황에 처한 인간의 이야기를 써왔다고 자처하면서도 정작 실존주의라는 말을 설명하려면 마찬가지로 곤란을 느꼈었다. 실존주의라는 개념을 그가 처음 사용했다고 알려져 있으므로 혹시 명료하게 정의해 놓지 않았나 해서 나는 그 책을 빼 보았다. 그 책은 사람의 행동을 주장하고 있었다. 즉, 희망 없이 행동하는 것을 말이다.

실존주의는 사람에게 자기 자신의 행동밖에는 희망이 없다는 것, 사람으로 하여금 살 수 있도록 하는 유일한 것은 행동이라는 것을 말하고 있으므로 사람이 행동하려는 것을 낙심시키기 위한 시도도 아니다. — 장 폴 사르트르, 《실존주의는 휴머니즘이다》

나는 여러 카페를 다녀보았으나 한 번 더 가고 싶은 데를 찾기 어려웠다. 어떤 카페는 들어가는 즉각
'앗! 잘 못 들어왔다.'

하고 후회되었다. 그러함에도 곧장 돌아 나오기는 어려워서 애꿎게 커피값만 버리고는 했다. 아무튼, 나는 다른 카페를 보러 가면 커피 맛은 차치하더라도 얼마나 편안하게 오래 앉아 있을 수 있는지 나 자신을 실험했으나 거의 30분을 넘기지 못했다. 의자가 불편했고 테이블과의 높낮이 차이도 맞지 않았으며 실내 공기와 분위기를 견디기가 힘들었다. 사람이 올 만한 카페를 만들기는 쉽지 않을 것이었다.

카페 운영은 내가 한 번도 가 보지 않은 길이었다. 나는 에스프레소 머신을 만지거나 주문받은 메뉴를 내고 난 후 아내에게 들었던 마음 아픈 이야기가 가끔 떠올랐다. 아내의 직장 상사가 정신에 문제가 있는 미혼의 딸에게 카페나 해 보라고 조그맣게 차려 주었는데, 겨우 몇 달 만에 그만두었다고 했다. 부모가 보니 딸이 처음에는 그 일을 좋아하는 듯했는데, 이용객이 조금 늘어나자 엄청 힘들어했다는 것이었다. 특히 한 번에 여러 가지 메뉴를 주문받을 시는 어쩔 줄을 몰라 했다. 나도 처음 얼마간은 어느 메뉴부터 손을 대야 할지 마음만 급해서 허둥댔었는데, 그녀가 정상도 아닌 머리로 얼마나 힘들었을지 이해가 되었다. 부모가 돈이 있어도 정신의 문제로 조그만 카페 하나를 운영하지 못하는 그 집 딸의 이야기가 생각난 뒤에는 내 딸내미 생각에 잠기고는 했다.

문인 협회에서 사무국장을 하는 그 여자 때문에 칸막이를 해 놓은 창가가 그래도 사람이 들어오면 대부분이 무조건 먼저 차지하는 자리였다. 그 자리의 중고 의자들은 처음에 친구 트럭으로 상판에 고양이 로고가 찍힌 테이블들과 같이 사서 실어 온 것들인데,

식당용인지 등받이가 곧추서서 오래 앉아 있기에는 나라도 불편했다. 그래도 매장에서 가장 인기 많은 자리라 언젠가는 그 의자들부터 바꾸고 싶었지만, 나에게는 원칙이 있었다. 내가 먼저 투자하지 않는 것이었다. 먼저 그 자리에 앉는 사람들이 사 마시면 그 자리에서 나오는 돈으로 더 편안한 의자를 구비할 요량이었다. 즉, 선은 사람들이 의자값을 내고 후는 내가 사든 말든 해야 했다.

한 날, 골프장 쪽으로 더 올라가서 있는 그 경쟁 카페 여자가 왔다. 그녀는 찻값을 내고 직전에 이야기한 그 자리에 앉아 홀짝거리면서 자기 딸이 모 소셜 네트워크 서비스의 '친구'만 1,000명이 넘고 그 때문으로도 카페를 많이 찾아온다고 하는데, 자랑하려고 온 모양 같았다.

나는 카페를 시작한 지 여덟 달이나 되었는데도 장사가 나아질 기미가 그다지 보이지 않았다. 다리에 힘이 들어가지 않고, 무엇을 들고 있다가 문뜩 손에서 놓칠 뻔하고—계속 여러 가지 생각을 해서 그러는 것 같았다—, 자주 무엇을 잊어버리는 이상한 내 증상은 없어지지를 않았다. 앞으로 어떻게 될 것인가…….

"여기 원래 절 아니었어요?"

가끔 이렇게 묻는 사람들이 있었다. 카페 건물이 높다랗고 겹처마에 새 날개 모양의 익공(翼工)*까지 있어서 그렇게 느끼는 모양이었다. 그래서 그냥 돌려 나가는 차들이 있는지도 몰랐다. 나는

---

* 기둥 상부에서 창방과 직교하여 보를 받치는 짧은 부재.

궁금한 점이 그네들은 궁궐과 사당을 가 본 적이 없는가 하는 것이었다.

"궁궐하고 절하고 사당하고 같은 양식이에요."

나는 짜증이 올라서 그렇게 대꾸했으나 아니, 절이면 또 어떻고 광적인 타 교인이 아니라면 무슨 상관인가. 절에서 커피 마시면 고요하고 훨씬 낫지 않은가. 일부러 멀리 강화도 전등사 내 카페나 양양 낙산사에서 운영하는 카페 같은 데까지 찾아갈 필요도 없고 좋지를 않나.

얼마 전 그 누런 고양이의 처절한 주검을 발견한 뒤 한동안 나는 나 자신에 대한 믿음에 의심이 들었다. 점심 끼니를 때울 때는 의자에서 한쪽 다리를 다른 다리에 걸쳐 올려놓고 앉았다. 그러면 위쪽 다리가 아래 다리를 눌러서 흔들림이 잡히는 것 같았다. 오는 사람이 많아서 메뉴를 여러 차례 만들어서도 아니고 오늘은 어떠할 것인가, 하면서 긴장을 놓지 못해서인지 늦은 점심을 먹고 앉아 있노라면 급자기 피로해져 머리는 무슨 생각도 하지 못했고 삭신이 저리고 노곤했다. 그래도 감옥 생활보다는 나은 것이다. 감옥에서는 좀체 나날이 가지 않는다. 그런데 하루마다, 한 주마다 달리 듯이 갔다.

나아질 희망은 없었고 나는 희망하지 않았다. 어제 사람들이 안 왔는데 오늘이라고 올 리 만무하고 내일도 마찬가지일 것이었다. 모든 것은 망하게 되어있고 사람도 결국은 다 죽는다. 흔들의자에 등을 파묻고 얼마 눈을 붙이고 나면 4시가 지나고 있었다. 그쯤 나는 정신이 새로워지며, 그러함에도 불구하고 행동하는 수밖에는 다른 방법이 없는 현실을 직시하게 되는 것이었다. 나는 내가 할 수 있는 것을 하기로 했다.

'그래, 오지 마라. 안 와도 된다. 안 오면 홀가분하게 일하면 된다.'

바꾸고 고치고 새로 만들어놓아야 할 것이 많았으며, 내가 해야만 하고 나밖에는 할 수 없는 일들이었다. 인생은 선택이자 실험이다. 돈을 거의 안 들이고 내 자립으로 얼마큼 해낼 수 있는지 나는 알고 싶었다. 나는 낡은 승마복으로 갈아입었다.

'이제 실존주의를 해야지.'

사람은 자기의 삶에 뛰어들어 자기의 모습을 그려내며, 자기가 그려내는 그 모습 이외에는 아무것도 아니다. ― 장 폴 사르트르, 《실존주의는 휴머니즘이다》

'이렇게 좋은 데를 안 온다고? 그래, 오지 마라. 안 와야 당신들 손해지.'

이제 오후 4시 반경부터는 나에게 나를 증명해 가는 실존의 시간이었다. 여기는 내 승마장이었다. 나는 그래서 더 꼼꼼하게 더 제대로 작업했으며 더 문제점을 찾아 해결해 나갔다. 그런데 내가 실존주의를 하고 있으면 이상하게 차가 한두 대씩 올라와서 방해했다. 나는 흙먼지나 시멘트 가루거나 페인트, 아니면 실리콘 실란트가 묻은 승마복 차림 그대로 주문을 받았다. 하루하루 나는 그 시간에 그런 식으로 해가 떨어질 때까지 실존주의를 했다.

나의 투쟁

오늘의 전투를 또 나가는 거지, 하면서 나는 그날그날 내 카페로 왔다. 다른 곳들은 처음 차리면 '개업 빨'이라는 것을 받는데, 나는 보이지 않는 산속에서 그런 것 일절 없이 맨 밑바닥서부터 올라가야 했다. 몇몇이 내 카페를 절 같다고 하든지 말든지 대수롭지 않았다. 어차피 테이크아웃 전문점이 아니라면, 카페는 공간과 그 분위기를 파는 곳이었다. 내 카페를 감싸안고 있는 푸르른 산자락과 그 수풀, 창가 자리에서 바로 내다보이는 앞마당의 드높은 아름드리나무들도 전부 아웃테리어였다. 매장 안에서 무엇을 하는 중에 차가 한 대 올라와서 세우려고 하다가 그냥 돌려 나가는 경우가 가끔가다 있었다. 그럴 때 나는 다 잡은 물고기를 놓친 것 같은 심정이었다.

'……번듯한 한옥이라 가격대가 비쌀 것 같아서 그냥 내려가는 거라면, 좋다. 더 올릴 테다. 그렇다고 돌려 나갈 차가 내려서 들어오지는 않을 테니.'

나보다 나이가 더 들어 보였지만, 내 짐작에 나와 비슷하거나 몇 살 더 적을 듯한—일반적으로 그러했다—사내 혼자 들어와 주문을 하고 덧붙이는 소리가 이러했다.

"여기 사장님이에요? 커피숍엔 여자가 있어야지……."

그 월급을 제가 줄 것인가. 추한 인간아. 너는 그 몰골로, 그 천박성으로 어차피 안 된다. 여자 둘이 하는 저 윗집에 가도 마찬가지다.

'오지 마라! 다른 사람은 몰라도 넌 필요 없다.'

어차피 그는 그 후로 다시 온 적이 없다.

마찬가지로 독일제로서 세계 최고의 SUV라고 하는 하얀 스포츠 유틸리티 차량이 꽁무니에 다른 차 몇 대를 달고 왔다. 내가 카페 마당에 서 있는 그 차를 구경한 적은 처음이었다. 그 차의 60대로 보이는 여자 차주가 매장을 나와 뜨락에 빳빳하게 서서 터가 좋다며 땅값을 물어본 다음—물론 나는 모른다고 했다—이렇게 말하는 것이었다. 회장이라 불리며 빵빵한 체구에 거동이 원체 당당한 그 늙은 여자가 일행의 우두머리인 듯했다.

"이렇게 근사한 데서는 다른 걸 하셔야지."

"어떤 다른 거를요?"

내가 묻자 그녀는 스타카토처럼 일러주었다.

"음식점."

매장에서 경우 없는 사람들을 상대하다가, 뭐? 문학? 작가? 네가 잘났기는 뭐가 잘났어? 카페나 하는 주제에, 이런 식으로 그들이 나를 치는 듯 보여 자괴심이 들 때 생각이 이렇게 가는 것이었다. 그래. 당신네는 잘 모르는 개념인 소설가는 차치하고서라도 내가 이전까지는 승마 교관이었노라고. 물론, 그런 사람들만 있지는 않았는데,

"저 위 카페보다 훨씬 좋은데?"

남자들이 자기네끼리 수군거리던가,

"사장님. 올라와 보니까 완전히 반전이에요! 너무 좋아요."

낯빛이 환해지면서 이렇게 표현하는 여자도 있었다.

"요새 어떠세요? 바쁘세요?"

나의 투쟁 165

내가 때려치우고 나왔던 승마장에 여태까지 버티고 있는 월급 원장의 전화였다. 내가 그 승마장에서 고역을 치를 때, 그와 일을 나누어서 했던 적이 있었고, 그 대표의 동년배였다. 하루에 10만 원인데, 1주일에 두 번 정도 같이 학교에 가서 지도할 수 있느냐는 요지였다. 필시 대표가 그에게 시킨 바였으나, 그렇다면 한 달에 고정적으로 적어도 80만 원. 돈은 무서운 것이었으나 나는 망설이지 않았다.

"요새는 손님이 좀 늘어서 시간 내기가 어렵겠어요."

"그래요? 잘 되면 좋지요, 뭐. ……그런데 교관님도 안 된다고 하시니 어떡해야 하나."

이틀 후, 이번에는 그 대표가 직접 전화해왔다. 급한 모양이기는 했으나 내 알 바 아니었다. 그가 끝에 말했다.

"그래, 산속에서 찻집을 하고 있어?"

나는 헛웃음이 나왔다.

"여기를 명소로 만들 건데, 빨리 되지는 않네요."

얼마 전 1,000만 원이 날아가 버렸다. 문학창작기금 선정 결과 발표가 떴는데, 해당 장르의 여덟 명 중에 내 이름이 있지를 않았다. 하는 수 없었다.

나는 어느 일요일 하루를 쉬기로 했다. 오랜만의 가족 나들이였으나 당일치기로 갈 곳은 마땅치 않았다. 또다시 강릉 바닷가의 '커피 거리'를 갔고, 큰 공장 같은 카페를 들렀다. 돌아오는 길에 나는 아주 산속 깊숙이 있는 그 카페를 꼭 가 보고 싶었고 아내는 달가워하지 않았다. 언제까지고 계속해서 산길을 타고 숲속으로 올라갔는데, 주차장으로 여겨지는 빈터에 내 차 말고도 우리가 그 카페에서 나올 때까지 다섯 대가 더 있었다. 아주 작은 카페였고 안은 코딱지만 해서 바 자리를 빼고 테이블이 두 개뿐이었다. 그림을 만들어주지 않은 미지근한 카페라테를 절반가량 마시다가 약간 손위로 보이는 주인 남자에게 내가 물었다.

"오면서 보니까 옆으로 비킬 데도 없는데, 차끼리 서로 마주치면 어떡하죠?"

"더 센 놈이 이기는 거죠."

그는 생긴 것만큼이나 불퉁스러웠다. 이런 식인데 여기가 그렇게 유명하다고? 잠시나마, 나는 그를 바깥으로 불러내고 싶은 충동이 일었다. 하지만 나는 자리가 날 때까지 밖에서 기다리는 이용객들을 보았다. 명소란 원래 그러해야 했다.

'이 심산유곡에서 너도 사는데…….'

산중에 깊이 숨어 있는 그 눈곱만한 카페에 비한다면 내 카페는 도심 바로 옆에 있는 셈이었고, 자리도 몇 배나 많았다. 나는 여러 가지 면에서 내 카페가 다시 보였다.

18
프로메테우스의 간

 나는 이제까지의 작품 작업 중 이 소설을 써 가기가 가장 어렵다. 원래 나는 햇빛이 있는 동안 글을 쓰는데, 이 작품은 그날 잘 되지 않았을 때는 밤에 술을 마신 다음에도 붙는 적이 여러 번이었다. 여기까지라도 내가 쓸 수 있었던 것은 결국 무의식이 글의 빈틈들을 채워 주었기 때문이다.
 나는 못 판 날 저녁에는 패잔병 같은 심정이 되었다. 내가 파는 캐러멜 마키아토 한 잔 값이지만, 마음이 처졌을 때 나는 목욕탕에 가면 위안을 얻게 된다. 집 근처의, 헬스장과 찜질방이 있는 6층짜리 목욕탕에 가면 보기 싫은 몸뚱이가 많다. 굵다란 금목걸이를 건 배불뚝이 하며, 한눈에 봐도 못 되게 생긴 종자에, 헬스장의 트레이너쯤으로 보이는 근육 돼지는 샤워하면서 삼각근을 연신 실룩실룩대는 꼴이 영 밥맛이다. 시청의 전 국장, 시의회 전 의장이나 현 의장 등도 마주치는데, 추한 영혼이 그 얼굴과 몸으로 드러난다. 나는 거울 속의 나와 마주 보다가 내가 기어코 예술가가 되지 않았다면 어쩔 뻔했나, 하며 가슴이 덜컥 내려앉는다. 그리고 내 얼굴과 오랜 세월 말을 탔던 내 몸매를 본다.

그들은 너무나 보기 흉했으며 그들의 얼굴엔 천박함이 깃들어 있었다. 그것은 끔찍했다. 그들의 모습은 하찮은 욕망들로 일그러져 있었다. 그들의 모습에선 아름다움 같은 것은 찾아볼 수도 없었다. 그들은 교활한 눈과 힘없는 턱을 갖고 있었다. 거기엔 사악함이 아니라 다만 속물근성과 천박함이 들어 있을 뿐이었다. ― 서머싯 몸 William Somerset Maugham, 《인간의 굴레 Of Human Bondage》

목욕탕에서는 몸이 계급이다. 여하한 일이 있더라도 나를 그들과 바꾸지 않겠다, 어려워도 나로 살리라, 하고 나는 생각한다. 목욕탕에서 나신들을 보고 있노라면 자기 자신을 포기한 사람들이 대부분이다. 늙은 사내들의 몸은 늙어서가 아니라 방치해서 그런 것이다. 나는 끝까지 아름다운 몸매로 살다가 죽으리라, 하고 생각한다. 그 목욕탕은 목욕비가 1,000원 더 비쌌고, 사람들이 꽤 있는 만큼 흉한 몸뚱이 또한 많아서 단골 목욕탕이 끝날 시간이 아니라면 웬만해서는 가지 않는다.

나는 단골 목욕탕에 가면 온탕 물에 몸을 담그고 책을 읽는데, 내가 가는 시간쯤에는 나 혼자든지 한두 명 더 있든지 한다. 나는 땀을 내면 불현듯 더 나은 생각이 든다. 나는 냉탕에 들어갈 때면

개츠비를 떠올린다. 개츠비는 낙엽 쌓이는 가을의 서늘한 자택 수영장에 시체로 떠 있다. 나는 냉탕 물속의 맨 위 계단에 앉는다. 물은 아랫배까지만 찬다. 그렇게 하체만 식히는 것이다. 예전에는 한 번에 뛰어들어 갔었지만, 작금의 형편이 심리적으로 그만큼밖에는 허용하지 않는다. 목욕하면서 캔에 든 시원한 탄산수를 마셨던 적이 언제였던가. 1,000원이었다가 1,500원을 받는 다음부터는 한 번도 사 마신 적이 없다. 온탕 안에서 그 음료를 한 모금 물고 있으면 차가운 알사탕처럼 입안에 동그랗게 말려있다가 짜릿하게 넘어갔었다. 나는 이렇게 참으며 다리만 담그고 있다가 몸이 거의 식을 때에야 냉수에 몸을 온전하게 넣는다. 나는 그렇게 온탕에서 땀을 내고 냉탕에서 몸을 식히고 비누칠을 한 다음 샤워하고 샴푸로 머리를 감고 다시 기운을 차린다.

목욕을 마치면 몸의 물기를 닦으면서 한쪽에 내려놓은 간소한 내 물건들을 본다. 온탕에 들어앉아 있는 시간을 재는 2만 얼마짜리 플라스틱 전자시계, 책 한 권, 돋보기안경, 손바닥만 한 스프링 메모장, 펜 한 자루 등이다. 나는 그 물건들이 무엇보다 귀하다. 없어서 나는 오히려 자유로움을 느낀다.

나는 팬티를 들고 다시 다리에 끼우기 전에 하도 오래되어 허리 신축 밴드를 싼 천의 맨 상단이 해지다 못해 길게 갈라진 모양을 물끄러미 내려다본다. 나는 전혀 상관없다. 누가 보는가? 어떤 물건—이를테면 치약이나 전구, 일회용의 면도기와 가스라이터, 부탄가스, 살충제 에어졸, 주방 세제 리필 백, 커터 칼날 따위—을 마지막까지 다 쓰고 버릴 때의 쾌감이 있다. 물건을 함부로 쓰고 버리려면 커피는 왜 팔겠는가.

  어떤 날은 목욕탕에서 너무 많은 시간을 보내지 않았나 싶어 급한 마음으로 로커에서 옷을 꺼내는데 그 옷에 걸려서 옷걸이가 바닥에 떨어지고, 이것저것 챙기다가 시계며 라이터 등이 또 떨어진다. 서둘러서는 안 된다. 빨리 살고 빨리 죽을 것인가. 나는 허리를 접어 그것들을 줍다가 손이 둘뿐이라는 것을 다시 알게끔 된다. 한 손에 한 개씩 외에는 더 들려고 하지 말아야 한다.

  나는 대형 마트 같은 데서 나 자신을 실험해 본다. 옷이든 무엇이든 무수한 상품 가운데서 그 무엇도 필요하지 않을 때 나는 나 자신에게 만족한다. 옷으로 이야기하자면, 신상품—보다 저렴하다는 대형 마트인데도 코트가 40 몇만 원이었다—이라고 내놓지만, 색상이든 디자인이든 조금도 나아지지 않았을뿐더러 새 옷을 사 입은들 무슨 소용인가. 먼저 몸매를 만들 일이다. 그런고로 나는 돈이 안 나가도 되어 흐뭇해진다. 그렇다면 그 상품들을 만들어서 돈 버는 사람들은 어떡하냐고? 그 사람들 살게 하려고 내가 죽을 수는 없는 노릇이다. 그들은 더 의미 있는 다른 일을 하면 된다.

  또, 나는 옷가지를 웬만하면 털어 입는다. 공기에서 온 것은 공기로 돌려보낸다. 될 수 있는 대로 물로 빨지 않는다. 물을 더럽히지 않는다. 그러면 세제도 쓸 필요가 없다. 우리는 쉽게 말한다. 생산적인 일을 하라고. 쓸데없이 세탁기를 수시로 돌리는 것이 생산적인 일은 아닐 것이다.

  생산적인 일 얘기가 나와서 말인데, 목욕탕 얘기로 다시 돌아가

자. 집 근처의 목욕탕으로, 국가 대항 축구 경기 중계만 한다 하면 로커에 나온 모든 이들이 텔레비전에 정신을 판다. 나는 축구로부터 자유롭다. 국가끼리든 뭐든 편을 지어서 상대편 골대에 서로 기를 쓰고 공을 집어넣는 행위가 무슨 의미가 있는지 텔레비전을 둘러싼 사람들을 볼 때마다 의아하다. 그것뿐 아니라 나는 모든 공놀이에 대해서 그렇게 여긴다. 나는 그런 것에 정신을 빼앗기지 않는다. 그 시간에 나는 오직 계속 생각한다.

나는 목욕탕의 꼴 보기 싫은 군상 속에서 내가 감방에 있다고 생각해 본다. 감방에서는 싫은 인간들과 섞여 있어야 하는데, 술을 마시고 싶으면 목욕탕에서 나와 한두 병 사서 집에서라도 마실 자유가 있으니 얼마나 좋은가. 인간관계가 중요하다고 한다. 인간관계 좋아 보아야 쓸데없이 어울려 술만 마시는 것이다. 그날 6만 원을 벌었다고 치자. 저녁에 한 사람을 불러내어 식당에서 술을 마신다고 하자. 내가 그 사람을 불렀기에 내가 술값을 내는데 대략 소주 세 병 1만 2,000원, 맥주 한 병 5,000원, 안주는 못 해도 3만 원이다. 도합 4만 7,000원 이상이다. 내 왕복 택시비까지 더하면 5만 7,000원으로 주머니에 달랑 3,000원 남는다. 술을 자꾸 사 줘 보아야 좋은 소리도 못 듣는데 돈 버리고 시간 버리고 이것저것 집어먹어 몸을 망가뜨리는 것이다. 차라리 사람 안 만나느니만 못하다. 집에서 마시면 소주 1,500원, 맥주 1,700원 해서 합이 3,200원이면 된다. 그날 번 돈에서 5만 6,800원이 남는 것이다. 나 같은 사람이 많아져 식당, 술집이 망한들 나와 무슨 상관이냐. 남의 식당, 남의 술집 안 망하게 하려고 내가 망할 수는 없지 않은가.

특히 자기가 사는 지역이라는 이유로 소비해 줄 필요가 없다. 예를 들어 이 이야기를 쓰고 있는 지금까지도 그 간판 집의 사람들은 자원봉사한 것도 아니고, 내가 그 전까지 몇 번이나 비싼 간판을 맞추었는데도 한 번이라도 소비자의 업소에 와서 팔아준 적이 없는 것이다.

소비를 더 하게 되면 더 노동해서 돈을 더 벌어야 하고, 노동을 더 하면 체력과 시간을 더 빼앗겨 글을 쓰며 살기가 어려워진다. 글을 써가려면 가능한 한 소비를 하지 말아야 한다. 그러함에도 나는 실수할 때가 있다. 대화할 상대가 필요해서—우리가 살아가면서 외로울 때도 있는 법이다—전화로 지인과 술자리 약속을 잡고는 곧바로 납기 날짜가 코앞인 그달 치 공과금과 바로 시켜야 할 재료비 대금이 떠올라서 후회하기 시작한다. 나는 돈 나가야 하는 것이 정말 싫다.

그날 나는 식당이나 술집에서 그 지인과 맹숭맹숭한 소주와 맛대가리도 없이 비싸기만 한 안주를 먹고 다신다. 술은 취하려고 마시는 것인데, 약해빠져서 소주 맛도 아니고 그렇다고 청주도 아닌 것을 네댓 병이나 비워야 한다. 나는 턱없는 술값을 내고 영수증을 챙긴다. 나는 집에 돌아와서는 이상하게 불쾌한 취기에 누웠어도 분통이 오르며 좀체 잠이 들기 어렵다. 집에서 사다 먹는 알코올 도수 25%짜리 옛날 것은 진짜 소주 같은데, 요즘 대부분의 식당과 술집에서 파는 것은 16%짜리로 거의 청주와 진배없이 약하다. 빨간 뚜껑의 20.1%짜리라면 그래도 조금 나은데, 그 소주를 가져다 놓는 집은 거의 없다. 왜 그러겠는가. 약해서 더 시키게 하려는 장삿속이다―나는 다음부터는 빨간 뚜껑의 소주가 없는 그 집은 가지 않는다―. 나는 나 자신에게 화가 났다가 이제 후회하며 끙끙 앓는다.

나는 쉬는 날 아침이 되면 나갈 것인지, 말 것인지, 차라리 카페나 가서―그 하루를 안 쉬면 2주일이 너무 길다―전날의 매출 부진을 보충하는 것이 낫지 않을지, 여러 가지를 놓고 갈등한다. 다른 곳으로 간다고 해도 누가 오라고 하지도 않았지 않나. 몸은 피로하고, 따라서 머리도 무겁기만 하다. 일처럼 나가려니까 나가기 싫은 것이다. 안 나가면 돈도 굳는다. 그러나 종일 누워있으면 1주일에 하루뿐인 그날이 덧없이 가버린다.

나는 노트북 컴퓨터 가방을 메고 내 차나, 어떨 때는 기차를 타려고 어차피 후회하게 될 것이 뻔한 여정을 나서면서 기름값―차의 기름을 쓰면 다시 돈을 써서 채워 넣어야 한다―이나 차비, 밥값과 커피값 등을 근심한다. 가는 길도 그저 그런 풍경이다.

혼자만의 여행은 언제나 마찬가지로 두렵다. 어느 쪽으로 갈지, 어느 길을 택할지, 무엇을 할지, 어디를 둘러볼지, 점심은 무엇으로 먹고, 잘 못 시켜서 자책하지는 않을지, 그래도 나온 김에야 술집 여자가 쉬는 날 다른 술집에 가서 술 마시며 쉬는 것처럼 어떤 카페를 검색해 탐방해 보았는데 여전히 실망스럽지 않을지, 매 순간 모든 것을 나 자신이 선택해야 하고, 그 선택의 대가는 오롯이 내 몫이다. 돈은 또 나가고 다음 날 아침, 통장이 축난 것을 보며 나는 위축된다.

  살아가는 일은 돈이 많이 든다. 오늘내일 사이 딸내미 용돈도 주어야 하고 각종 세금이며……. 내가 돈을 벌어야 하는 이유다. 그런데 프로메테우스의 간을 독수리가 매일 밤 파먹어도 아침이면 다시 생기듯, 이것저것으로 돈이 나가도 내게 생산수단이 있어 감사하게도 다시 돈이 들어오는 것이다.

  그날 못 벌면 안 쓰면 된다. 하루 6만 원을 벌어서 쓰지 않는 것이나 10만 원을 벌었는데 술값 등으로 4만 원이 나가는 것이나 남는 돈은 6만 원으로 같다. 나는 어떻게든 돈을 모아야 한다.

1파운드 벌어서 19실링 6펜스를 쓰면 부자가 되지만 20실링 6펜스를 쓰면 가난뱅이가 된다. — 서머싯 몸, 《과자와 맥주 *Cakes and Ale*》

  많이 못 벌면 돈을 많이 안 쓰면 된다. 한 달에 300만 원을 벌고 200만 원을 쓰나 150만 원 벌어 50만 원 쓰면 마찬가지다. 카페를 시작한 지 여덟 달 만에 재료비와 공과금을 제하고 내 건물 1층의 임대료를 합쳐 이제 100만 원 넘게 수익이 나게 되었다. 처음에 나는 한 달에 100만 원 이상만 벌게 되면 아내에게 갖다주고 글만 쓸 수 있으면 족하리라 생각했었다. 그렇지 않았다. 한 달에 100만 원가량의 수입으로는 안 되었다. 옷도 안 사는데도 돈이 모이지 않았다. 지난 동안 벌지를 못했으니 건강보험료 미납분이 수백만 원 남아 있었고 지방세는 밀려서 내 성의 대지와 건물이 또다시 압류되었다. 돈이 없으면 살 수가 없는 것이었다. 당장의 건강보험 문제야 병원을 안 가면 그만이지만, 기백 만 원 때문에 가족이 길거리로 나앉을 수는 없는 노릇이었다. 그런 것들을 다 해결하고, 오가는 내 차의 기름값을 빼고, 담뱃값이며 기타 잡비도 제하고 순전하게 100만 원만 되어도 더 욕심을 내지 않을 수 있었다.

그나마 그 정도의 수입이라도 오른 것은 내 궁상을 보다 못한 아내가 블루투스 앰프와 스피커 두 개 값을 마련해 줘서 음악이 밖으로도 나오게 된 덕도 본 듯했다. 행운이 조금 따랐는데, 내가 인터넷 쇼핑으로 블루투스 앰프와 스피커 두 개를 골라서 주문하고 송금까지 했는데 판매자 측에서 전화해왔다.

"그 제품은 품절인데 저희가 미처 못 내렸거든요. 죄송하지만 조금 더 크고 더 출력이 센 그 윗급 모델이 있는데, ……네. 사만 원 더 비싼데, 대신 그 제품으로 그냥 보내드리면 안 되겠습니까? 아니요. 저희가 잘못한 거니 추가 금액은 없고요."

나는 물론 흔쾌히 수락했다. 그랬다. 아무것도 없이 무엇을 하기에는 한계가 있었다. 부탁을 받아 약속을 해주었기에 아들에게 시내버스로 오라고 해서 그날 오후는 카페를 맡길 수밖에 없었다. 물론 아메리카노만 된다고 하라고 일러두었다. 내가 예전에 단기간 일했었다고 말한 바 있는 그 작은 승마장 주인과 말 두 마리를 싣고 어느 초등학교에서 일해 5만 원을 받아 돌아와서 아들에게 물었다. 아들이 판 만큼을 아들에게 주려고 했었다.

"손님 좀 있었니?"

"없었어요."

"한 명도?"

"예."

내 얼굴로 열감이 올랐다. 이튿날 오후까지 그 학교로 같이 가기로 되어있었는데, 아침부터 날이 끄물끄물했다. 시간이 지나면서 가는 빗방울이 간헐적으로 흩뿌려졌다. 돈도 돈이지만, 나는 그날 아들을 부르고 싶지가 않았다. 내가 먼저 승마장 쪽에 전화했다.

"원장님. 오늘 안 되겠죠?"

얼마 뒤 그가 전화해왔다. 다른 날로 수업을 미뤘다는 것이었다. 오후에 비는 오지 않았지만, 카운터 테이블 뒤에 서있자니 새삼 마음이 편했다. 사람이란 환경에 맞추어지는 것인가. 어디서 전화 오지 않고 일 없는 것이 좋은 것이었다.

거의 모든 걱정거리는 돈만 있으면 다 해결된다. 돈을 벌면 되는 것이다. 돈 문제 때문으로의 압박은 조금씩이라도 돈을 벌면서 하나하나 생각해 나가면 풀릴 테지만, 아직은 그럴 여력이 없었다. 버는 것보다 적게 쓰면 조금씩이라도 돈이 모일 것이었다.

택배가 왔고 나는 칸막이를 친 제일 인기 있는 그 자리에 바꾸어놓을 새 업소용 소파들을 조립했다. 카페를 시작한 지 근 열 달 만에서였다. 어떤 카페는 이미 망했거나 문 닫을 준비를 하고 있을 수 있다. 결국, 내가 속으로 정해놓은 기간 동안 그 자리를 쓴 이용객들 스스로 소파들을 사놓은 결과가 된 셈이었다. 조금 모자라서 아들에게 카페를 맡겨놓고 나가서 '말 일' 아르바이트로 번 5만 원을 보태기는 했다. 하지만, 비수기라는 장마철이 시작되었다.

장마 중간의 잠깐 갠 날도 습도와 열기는 대단했다. 나는 그즈음 무슨 생각으로 매장 중간 벽과 출입문 바깥 양옆의 외벽에 색깔 있는 우드 스테인을 칠하고 있었다. 바탕칠이 다 말라서 이제 외벽에 이른바 긋기 단청을 시도해 보는 중이었다. 출입문 앞 맨 위 계단에 역시 주워온 옥외용 스툴을 놓고 올라서서 돋보기안경을 쓰고 연필과 자, 컴퍼스—귀퉁이를 모양내는 데 필요했다—로 밑 선을 치고 선에 맞물리게 종이테이프를 붙이고 하는데 등골을 타고 땀이 흘러내렸다. 나는 잘게 기우뚱거리는 스툴 위에서 작업해 가면서 내 나이와, 인력사무소에서 이런 날의 막노동과 승마장의 노역을 떠올렸다.

순간, 나는 두 계단 아래의 뜨락에 너부러져 있었다. 왜 내가 뜨락의 판석 위에 누워있는 것인지 처음에는 정신이 아득했다. 곧 엉덩뼈에서 끔찍한 통증이 치고 올라왔다. 내 눈에는 나도 모르는 순간에 눈물이 고여 있었다. 나는 안경을 찾아보았다. 돋보기안경 때문이었던 것 같았다. 나는 간신히 일어났다. 갑자기 너무 외로웠고 울고 싶었다. 요의가 있어서 다친 쪽의 다리를 질질 끌며 화장실로 갔다. 다행히 소변이 나왔고, 엉덩뼈를 살살 만져보았는데 어디가 부러지거나 금이 가지는 않은 것 같았다. 그날 밤은 엉덩뼈 동통으로 반쯤은 자고 반쯤은 깬 채 끙끙 앓았고, 사흘 정도 몸살기가 있었다.

찾는 이들에게 휴식을 제공하려고 카페를 만들었는데, 정작 나는 쉬지 못하고, 떨어져 다치고, 여러 이유로 작품 원고도 쓰지 못하고 있는 것이었다. 글쓰기가 내 작업이어야 하건만. 사실 글쓰기는 어렵다. 그러하니 언제부터 인기를 타고 있는 모 소셜 네트워크 서

비스 같은 데나 사진, 짧은 동영상이나 올리는 것이 아니겠나. 그런 것이 무슨 의미가 있을까. 이야기가 있어야 의미가 있을 것이었다. 나는 몸이 안 좋으니 알 것 같았다. 나도 계속 만들지만 말고 쉬면서 풍광을 누리고 즐겨야겠다는 생각이 들었다. 그래야 목적과 과정이 배치하지 않을 터였다.

19
세상을 비켜서

 옛 사업이 속수무책으로 내리막길만 타고 있을 때 운명이라고 여긴 채 그저 그대로 있었다면 어찌 될 뻔했나, 하고 나는 가끔 가슴을 쓸어내렸다. 나이 50이 되기 전에 그 작품을 완성하고 싶었는데 이미 늦어버렸다. 나는 초등학생 시절 운동회에서 100m 달리기를 할 때, 출발해서 뛰다가 이미 늦었다 싶으면 걷다시피 아예 느릿느릿하게 꼴등으로 들어갔었다. 힘을 뺄 필요가 전혀 없었다.

 카페를 찾는 이가 드물다고 작품을 이어갈 수 있는 것은 아니었다. 오늘은 어찌 될 것인가, 하며 신경을 볶고 있다가 자꾸 앞마당을 내다보게 되었다. 점심 먹기 전에 몇 잔 판 날은 그래도 나은데, 그 시간 동안 마수도 못하는 날이 많았다. 늦게 점심 끼니를 때우고 나면 이미 늦은지라 차가 올라오지 않았다. 4시 반 전에 한 테이블은 예상했지만 역시 없어서 나는 또 실존주의를 하는 수밖에 없었다. 이대로 살다가 더 나이 들어 죽을 것인가, 나는 막막했다.

나는 승마장에서의 내 처지를 돌이켜 보았다. 승마장 역시 감옥에 다름 아니었다. 비 내리는 날은 더 지독했다. 마방을 치우고 있자면 마분의 악취가 더욱 풀풀 올라왔다. 나는 그렇게 마방에 갇힐 때는 〈El Condor Pasa〉의 팬플루트 연주곡을 휴대전화로 틀어놓았다. 비와 한기를 피할 수 있는 데라고는 말의 땀이 절어 붙은 안장 보관실 겸의 컨테이너 상자 휴게실뿐이었고, 날씨로 인해 교습이 없어서 시간이 비더라도 책을 읽을 수 있는 환경이 아니었다. 잠깐 내 차에 들어가 앉아도 피로해서 책을 볼 수가 없었다. 승마는 귀족적인 스포츠이고, 승마장도 카페와 마찬가지로 시간과 공간, 분위기를 파는 곳인데 그처럼 구질구질하게 해놓았던 것이다. 나는 책을 읽고 글을 써가는 삶을 위해 여기로 들어온 것이건만…….

자유란 무엇인가? 생각해 볼 수 있는 것이니까 나는 생각해 보았다. 어느 죄수가 계호하는 교도관 없이 하루의 귀휴를 받았다. 그에게는 일정 지역 안을 맴돌면서 담배나 피울 수 있는 정도의 자유, 카페나 식당에 앉아 있어도 될 정도의 자유뿐이 없다. 그는 어디 먼 곳으로 가서 숨을 생각도 하지 못한다. 버스나 기차 안도 갇혀 있기는 매한가지다. 중간에 내릴 수는 있겠지만 어디로 갈 것인가. 몸은 이상스럽게 납덩이처럼 무거워져서 잘 움직일 수가 없다. 정신이 갇힌 이유다. 검문을 당할 테니 비행기나 배를 타고 도망칠 수도 없다. 즉, 그는 밖에 나와 있는 그 하루도 자유로울 수 없는 것이다. 그래도 나는 이제는 그 같은 죄수 처지보다는 나았다.

카페는 오전 11시에 연다고 출입문 앞에 써놓았으므로 나는 아내가 출근한 후에도 한숨 더 자거나 누워서 뒹굴뒹굴하며 휴대전화나 얇은 책을 빼내 보던가 하다가 10시쯤 느지막이 집을 나섰다. 승마장에서라면 마방마다 사료를 한 바가지씩 부은 다음 건초한 덩어리씩을 넣어주고 마방을 일곱 개에서 여덟 개 정도 치우고 나면 9시쯤. 승마복으로 갈아입고 1차로 회원 두세 명의 교습을 마칠 시각이었다. 그때 대표가 오면 마방 두세 개를 남겼다고 한소리 들어야 했다. 나는 차 시동을 걸고 혼자 말했다.

"나는 승마장에 간다. 열 시에."

천천히 살아야 할 일이다. 카페에 도착하면 10시 반이나 40분쯤으로 승마장과 달리 일을 시간에 쫓기지 않고 내 마음 내키는 대로 시작할 수가 있었다. 아직은 그 작품을 이어가지 못하고 있지만, 온전히 나 자신에게 집중한 상태로 이것저것 곰곰이 생각하다 보면 하루는 금방 저물어 금세 집으로 돌아갈 때가 되는 것이었다. 나는 이러한 자연 속에 홀로 파묻혀 있는 것이 좋았다.

시내에서 큰 도로로 오다가 고속도로로 올라타기 전의 마지막 주유소가 있다. 두 동리 전인데, 항상 나는 그 앞에서 비보호 좌회전을 해서 굴다리 밑으로 가는 작은 길을 택해 카페로 왔다.

그런데 이러는 사람도 있었다.

"사장님은 이런 데서 어떻게 온종일 있어요? 외롭고 시간 엄청 안 가겠어요."

아까의 그 굴다리 조금 못미처서 국립대학교가 있다. 그 학교의 어느 학부 교수 한 사람이 몇 차례 혼자서, 혹은 한두 명을 데리고 카페에 왔었다. 그 교수는 처음 왔을 때 이런 혼잣말을 했었다.

"요즘은 카페가 대세야!"

두세 번 더 온 다음에는 시내의 한 군데와 내 카페가 가장 낫다면서 이러는 것이었다.

"이렇게 좋은 데를 왜 사람들이 안 오죠?"

그가 얼마 전은 일행 다섯과 같이 왔을 때였다. 오가는 말들을 듣자니 시내 구도심의 카페 골목길을 꾸미는 시의 지원 사업을 맡게 된 모양이었는데, 예전 공중전화 부스 같은 조형물을 대는 업자가 내게 하는 말이었다. 이 사람은 단지 시간을 때우려고 사는 걸까?

"자연 속이어서 그런지 혼자 있어도 좋고, 생각하다 보면 하루가 짧아요."

내가 대답했다.

"나는 여기저기 돌아다녀야지 답답해서 이런 데 계속 못 있어……."

나는 세상을 비켜있어 좋기만 한데 그는 혼잣말처럼 또 이랬다. 세상은 더 무서운 것이다. 그는 생긴 것만큼이나 사람됨이 무척 가볍게 보였다. 나보다 서너 살 많은 것 같았는데, 그 나이쯤이면 이렇게 고즈넉한 곳에서 자기 자신과 대면하여 골똘히 사유해 보아야 할 때도 되지 않았나? 나는 그렇게 생각했다.

'당신은 그렇게 살아라. 그렇게 평생 길바닥이나 돌아치다가 죽어라.'

문제는 카페로 돈을 어떻게 벌 것인가, 하는 것이었다. 그날의 매출 성적표가 괜찮았던 저녁에는 가슴이 차올랐고, 나빴던 날은 다음 날 아침까지 맥이 빠졌다. 안달을 해봐야 소용없는 일인 줄은 알고 있었다. 어차피 안 되는 것은 안 되는 것이었다. 내가 알던 사람들은, 심지어 처제네마저 주말이 되어도 내 카페를 찾지 않았다.

그즈음 허우대만 멀끔하고 실제는 형편없는 자가 법무부 장관 후보로 지명되었는데, 한 꺼풀 한 꺼풀씩 벗겨지며 그 정체가 드러나자 바깥세상은 매우 시끄러워지기 시작했다. 그자야말로 한국 사회의 고질적인 출세지상주의가 낳은 희대의 괴물이었다. 아니나 다를까. 그쪽 편 소설가들, 즉 무단 방북하여 국가보안법 위반으로 7년을 복역한 황 모와 사회주의에 경도된 조 모, 소설은 안 쓰고 모 마이크로 블로그*micro-blog* 서비스로 수시로 장난질만 치는 이 모, 역시 같은 마이크로 블로그 서비스로 온갖 논란을 만들어내는 공 모 등—작가는 작품으로 말하면 되지 왜들 이럴까—이 그 괴물을 옹호하느라 물고 빨아대었다. 특히 공 모, 이 여자의 말이 가관이었다.

"나는 그를 지지한다. 적폐 청산 검찰개혁 절절했고 그걸 하겠다는 대통령님을 지지했으니까. 대통령님께서 그걸 함께할 사람으로 그가 적임자라 하시니까. 나는 대통령님께 이 모든 권리를 양도해드렸고 그분이 나보다 그를 잘 아실 테니까."

이런 자들이 소설가라니 기가 막힐 일이었다.

하루 쉬어 갈게요.

나는 궁금해서 '친구'가 1,000명이 넘는다는 위쪽 카페 딸의 그 소셜 네트워크 서비스를 찾아보니 그렇게 해놓은 것이었다. 무슨 일로 하루 쉰다는 얘기인데, 그냥 쉰다고 하면 되지 가기는 뭘 가나. 어떻든, 내 카페의 형편은 좀체 나아질 기미가 보이지 않았다.

전에 부친이 현수막이라도 하라며 준 돈을 내가 잃어버렸다고 한 적이 있다. 몇 달 뒤 마음에 걸려서 돈을 만들어 카페 상호를 온통 영문으로 하여 현수막을 맞추었었다. 처음에는 올라오는 길의 석축에 박아 붙였었으나, 아랫길에서 잘 보이지도 않았을뿐더러 괜히 너저분해 말아두었다. 오전에 카페에 와서 또 떼어가려면 떼어가던가, 하면서 사다리를 메고 내려가서 개업 현수막을 떼어갔던 그 자리에 걸고 올라왔다. 화장실 세면기에서 손을 씻는데 창문 너머로 저 아랫길에서 차 한 대가 멈칫멈칫하는 것이 보였다. 그 차는 시야에서 잠시 사라졌다가 붕, 소리를 울리며 카페 마당으로 올라오는 것이 아닌가. 그 차는 꽁무니에 차 세 대를 더 달고 있었다. 문제는 바로 그것이었었다. 나는 그날부터 장사하는 맛이 어느 정도 생기기 시작했다.

이상하게도 현수막은 그 자리를 지킬 수 있었다. 이제 산 비탈길 위쪽에 카페가 있는 줄 알게 된 모양이었다. 이제 나는 돌아섰다. 나는 어떻게 해서든 돈이 들어가지 않을 방법을 강구했다. 한 친구가 와서 무엇을 어떻게 해놓으면 좋겠다고 할 때 나는 말했다.
"난 돈 드는 건 안 해!"
시간을 가지고 가만히 생각해 보면 돈을 안 들이고 할 수 있는

방법이 떠오르는 것이었다. 그리하여 나중에

"저런 게 다 돈이야."

하는 것이 아니라

"돈 들인 것이 거의 없어."

라는 말을 내가 할 수 있기를 원했다. 나는 앞마당에 들어찬 차 지붕들 너머로 물끄러미 고양이들의 무덤 쪽을 바라보고는 했다. 예전의 실속 없는 사업과 다르게 이제는 내가 번 것은 오로지 내 것이었다. 나 자신만 걱정하면 되었다. 나는 자유로웠다. 예전의 사업은 행복하지가 않았다.

'내가 너희들한테 돈을 쓰느니 돈을 모으고, 내 가족들과 맛난 것 먹고 좋은 차를 타겠다.'

과거의 사람들 중에 내가 여기 있다는 것을 아는 자들이 있지만, 어차피 오지 않을 터였다. 출퇴근과 애인과 데이트를 하라고 차를 쓰게 하고, 밥을 먹이고, 술을 사 주고, 옷과 신발까지 사줬었는데……. 이제는 나를 못살게 굴지 못할 것이었다. 숲속은 평화로웠다. 나는 이렇게 평화롭게 숨어 있는 것과 이용객들에게 잠시나마 평화를 줄 수 있는 것이 좋았다.

각종 고지서가 날아들 때 보면 세월 가는 속도가 엄청 빠르다는 것을 알 수 있었다. 금세 한 달씩 지나갔는데, 바깥세상은 이제 가관이었다. 인사청문회 보고서도 채택되지 못한 문제투성이의 그자를 고집불통의 대통령은 기어이 법무부 장관으로 임명을 강행했고, 한쪽은 그자를 지키겠다고 떼거리로 시위하며 길을 메웠고, 다른 쪽은 그자를 파면하라고 맞불 집회의 세를 과시했다. 나는 전문 시

위꾼들을 제하더라도 할 일이 없는 사람들이 그렇게나 많다는 것이 의아했다. 역시나, 전술한 그쪽의 소설가 황 씨, 공 씨가 끼고 시인 안 모 씨를 비롯해 작가 1,276명이 국회에서 그자를 지지하는 성명이라는 것을 발표하는 등 그자로 인해 나라가 쪼개지는 소리가 요란했다. 저 북쪽까지 치면 이제 세 쪽이 나는 판이었다.

바깥이야 어쨌든 내 카페가 잘 되는 것이 우선이었다. 나는 내 삶을 살고 그들은 그렇게 살아야 할 것이었다. 내가 책임져야 할 것은 내가 책임질 것이고, 그들이 책임질 것은 그들이 책임지는 것이 맞았다. 돌아보면, 잘 선택해 왔다고 할 수 있었다. 내가 자칫 잘못 선택했었더라면 경제적 나락으로 떨어진 것은 물론이고 몸까지 망쳐 폐인과 다름없이 목숨만 부지하고 있을는지도 몰랐다.

내 주위에 1,000만 원짜리 에스프레소 머신을 산 사람들이 있다. 내게는 에스프레소 머신 등 장비는 글을 쓰기 위한 수단일 뿐으로 하등 중요하지 않았다. 그렇게 고가 장비를 들여놓고 카페가 안 되면 어찌할 것인가. 카페를 연 지 1년이 지나서야 인터넷으로 샅샅이 훑어서 15만 원짜리 중고 테이블 냉동고를 들여놓았다. 조각 케이크와 아이스크림 등을 넣어두려면 어쩔 수 없었다. 원래는 한쪽은 냉장실, 다른 쪽은 냉동실인 냉동 냉장고—새 제품 가격은 100만 원이 넘었다—가 필요했으나 중고가도 50만 원에서 60만 원까지 했다. 표면이 여러 군데 조금씩 우그러졌으나 당장 쓰기로는 그 정도면 헐값이었다. 운송비 5만 원은 별도로 내야 했다. 이제 냉동고를 마련했으므로 메뉴에 아이스크림이 들어가는 아포가

토와 냉동 과일을 쓰는 주스를 추가할 수 있었다.

　나는 작업 도구가 필요할 때도 먼저 사지 않고 무조건 기다렸다. 한 번 쓰려고 비싼 도구를 사는가. 나는 다른 이에게 빌려 쓰고, 집의 것을 쓰고, 원래 있는 다른 도구를 응용했다. 무엇이든 천천히, 두고두고 생각하면서 해야 하는 것이었다. 예전 같으면 오늘 돈을 써도 사업은 잘 되니 내일도 잘 될 줄 알았다. 아니었다.

　지난여름에는 실로 대단한 물건을 구할 수 있었다. 마찬가지로 그 신시가지 동네에서였는데, 원래는 작은 술집과 퓨전음식점들이 있는데 폐업해서 공실들만 마주 보고 연이은 좁은 골목길에서 무언가 쓸만한 것을 버리고 가지 않았을까 하여 어슬렁거리던 참이었다. 건물 한 동의 뒤편으로 돌았더니 키 큰 공기 순환기가 넘어져 있는 것이 아닌가. 세워보니 허리 높이까지 왔다. 카페로 실어와 전원을 꽂고 다이얼을 돌리니 작동은 하는데 요란한 소리와 함께 마구 흔들리는 것이었다. 예전에 몇 차례 거래해서 안면을 텄던 시내의 환풍기 가게에 가지고 갔더니 미국제라 자기는 못 고친다고 했다. 돌아가는데 왜 못 고치나? 아무래도 이상해서 안전망 속을 자세히 보았더니 날개 세 개 중 하나가 반쯤 부러져 나가 있는 것이 아닌가. 그래서 균형이 맞지 않아 떨리고 소음이 심했나 싶어 날개만 바꾸면 될 것 같았다. 미국제라고 그랬지? 나는 다시 카페로 가져와서 인터넷에 몇 개의 검색어를 넣어보았더니 공기 순환기, 그러니까 에어 서큘레이터를 제일 처음에 만든 회사의 제품으로 새것이 24만 원에서 27만 원까지 했다. 인터넷으로 국내 수입원을 찾아내서 날개를 시켜 끼웠더니 조용하게 잘 돌아가는 것이 아닌가. 송풍 거리가 30.5m에 달한다고 했다.
 필시 젊은 녀석들이었다. 내게는 고마운 일이나, 그렇게 어마어마하게 비싼 물건을 못 쓰는 선풍기처럼 던져놓고 떠난 것이었다. 그들이 다른 곳에서 다른 것을 다시 한다고 하더라도 그러한 삶의 태도로는 어찌 될 것인가. 아무튼, 이제 오는 겨울은 지난겨울처럼 추워서 고생하며 지내지 않아도 될 터였다. 나는 그렇게 하나씩 하나씩 했다.
 카페 앞마당은 간혹 만차가 되었다. 여덟 명씩의 단체 이용객이 두 차례 왔고, 반납대에 머그잔이 겹으로 쌓였던 날이었다. 차는 제2 주차장에 세워놓았는지 위쪽 카페 여자(그러니까 엄마)가 문을 열고 들어왔다.
 "손님이 엄청 많았나 봐요. 이 설거짓거리 좀 봐. 내가 좀 도와줄게요. 항상 준비해 놓으셔야지……"
 그녀는 메뉴를 만드는 내 뒤에서 머그잔들을 씻었다. 심성은 나쁘지 않은 여자였다. 나는 약간 미안한 감이 들었고 조금 서글퍼졌다. 그러나 어쩌랴. 내가 이기는 것이 중요했다. 내 카페가 이용객으로 차면 그녀의 카페에는 없을 터였다. 내가 말했다.
 "바쁘시지 않아요? 이렇게 오셔서 날 다 도와주시고."
 "요새 손님 없어요. 어휴! 현수막이라도 붙이라고 그렇게 얘기해도 말도 안 듣고. 에스앤에스 친구 그렇게 많으면 뭐해요."
 그녀가 푸념했다.
 아직도 한 달 매출액이 승마장 일 다닐 때의 월급도 안 되는데도, 그녀가 그러고 간 얼마 뒤 그 가게를 내놓았다는 소문이 들렸다. 그리고 결국 문제 많은 그자는 35일 만에 법무부 장관을 사퇴했다. 그러길래 대통령은 그런 자를 왜 장관을 시켜서 그 난리를 만들었는가.

20
목숨을 걸고

연보랏빛 광선 줄기들이 나무 잎새들이 사이를 뚫고 내리고 있는 깊은 가을의 청명한 그 오전의 한때였다. 카페 문을 열자 곧 차 두 대가 올라왔다. 칸막이 뒤의 그 자리에 마주 앉은 두 젊은 남녀는 넓은 무슨 도면 같은 것을 펼쳐놓고 한참을 두런거렸다. 나는 느낌이 있었으나, 뜨락의 낙엽이나 쓸고 있을 수밖에는 없었다. 남자 쪽 차가 먼저 내려갔고 여자가 출입문을 나섰을 때 내가 물었다.

"저 위에 카페 하시려는 거 맞죠?"

여자는 그렇다고 하고 나서 겸연쩍은 웃음을 지었다. 지난 여름부터였다. 그 위 카페를 지나 골프장 쪽으로 조금 더 올라가서 길 옆에 터가 닦이더니 H형강들이 세워지는 것이었다. 처음에는 단층의 식당이 또 들어오는 것이겠거니 했다. 건물 구조가 조금 이상했지만, 카페일 리가 없는 것이 잘 해야 차 한두 대 주차할 자리밖에는 없었다. 그런데 날이 가면서 H형강이 2층 높이로 올라가는 것이었다. 그러다가는 또 두어 달 작업이 중단된 듯 보였었다. 내가 다시 물었다.

"왜 그렇게 공사가 더뎠어요? 여름부터 한 것 같은데."

"어쩌다 보니 그렇게 되었어요. 근데 여기 분위기 좋네요! 저도 인테리어 때문에 엄청 고민 많이 했어요. 잘돼야 할 텐데……."

여자가 늘어놓았다.

"아까 인테리어 업잔가 봐요?"

그녀는 그렇다고 했다.

"시내 업체에 맡겼죠?"

"아뇨. 서울서 불렀어요."

그 건물은 필로티 구조라 1층은 주차장으로 차가 여덟 대 들어갈 수 있었다. 얼마가 지난 뒤 가 보니 2층 매장은 인테리어 공사가 거의 끝나 있는 듯했다. 출입문 앞에서 휴대전화로 내부 사진을 찍자 문이 열리더니 한 사내가 나와서 사진을 어디 올리면 안 된다는 것이었다. 며칠 후에 관찰하니 그 앞에 대형 윙바디 트럭이 화물칸의 양 날개를 올린 채 섰고 새 가구들이 내려지고 있었다.

시간이 어떻게 흘렀던가. 커다란 느티나무의 그늘이 앞마당을 덮었었고, 울타리 삼아 늘어선 키 큰 층층나무의 지폐만 한 잎사귀와 긴 가지들이 때때로 춤을 추었다. 이윽고 다 떨어져 낙엽이 노랗고 두툼하게 깔렸다가 어느새 눈으로 하얗게 덮였었다. 개나리가 노랗다 싶더니 본채 옆의 백목련이 순간 만개했다가 금세 덧없이 흩날렸다. 산벚꽃이 잠깐 앞산을 수놓더니 금방 꽃비로 흩뿌려졌다. 진달래꽃이 바람에 떨렸고 그 아래 산자락의 영산홍이 붉었다. 느티나무는 다시 넓은 그늘을 만들었고, 마당보다 한 단 높은 풀밭에 내가 산에서 옮겨 심은 귀족적인 할미꽃(나는 이 꽃을 어쩐지 에델바이스와 느낌이 비슷하다고 생각했다.) 군락은 흑자색으로 어둡게 불탔다. 지난해는 카페를 만드느라 잘 몰랐었으나 무성한 난초 같은 상사화 잎사귀들이 다 스러지더니 그 꽃들이 길게 솟아올랐다. 그것도 한순간. 또다시 누런 낙엽들이 휘날리고 있었다. 나는 이제껏 무엇을 해왔던가.

내가 옳게 사는 것일까? 오직 내 편의만 도모하지는 않았나. 내가 내 성에서 아침 시간의 어느 부분을 누리고, 일하면서 책을 읽고 글을 쓰려고 한 것이 잘못된 것일까? 승마장에서 버텼어야 했나. 아니면 거기서 나와 들어갔던 회사의 화물차 운전기사로 살았어야 했나. 다들 자기 개성과는 관계없이 소위 사회적 책무라는 것을 스스로 짊어지고 아침 8시까지나 9시까지는 일하러 나가면서 그렇게 살지 않나. 힘들면 무리해서라도 예전의 사업을 다시 할 수는 있었다. 하지만 그 사업은 전망이 없었다.

변수는 예견하고 있었다. 그 카페는 개업했고 내 카페는 이용객이 들지 않았다. 몇 차례 차를 몰고 올라가며 지나치면 네다섯 대씩 주차되어 있었다. 나는 개업해서 먼저의 카페에 변수를 주지 못했다. 내가 여태까지 어떻게 견뎠는데. 다시 나뭇잎들이 나고 꽃들이 피고 앞마당에 나무 그늘이 드리워져 간신히 그 집을 이겼건만……

나는 더 하는 수밖에는 없었다. 무광 보라색 조색으로 에나멜페인트를 인터넷으로 시켰다. 칸막이의 색을 바꿨고, 액자를 벗겨서 틀 색을 바꿨다. 나무색 페인트를 사 와야 했다. 색이 눈에 거슬리던, 딸내미가 아기 때 것이었던 5단짜리 합성 목재 책장에 그 페인트를 입혔다. 낮에는 영업해야 하기에 밤에 출입문이며 창문을 죄다 열어놓고 도장작업을 했다. 페인트와 시너 냄새 때문인지, 찬 공기를 마셔선지 목이 칼칼해졌다.

이틀 뒤 나는 병이 났고 좀체 자리에서 일어날 수가 없었기에 카페에 나가지 못했다. 하루 전, 그러니까 지난달은 위쪽에 새로 들어서는 카페가 시작하기 전에 매출을 올리느라, 쉬는 날은 몸이 두드려 맞은 것처럼 구석구석 쑤셨지만, 이틀을 나가서 일했던 데다가―카페를 연 이래 월 매출액을 최대로 찍기는 했다―그 카페로 인해 신경이 많이 소모되었다. 더 경쟁력을 갖추려고 페인트 도장작업을 했던 것이 가장 큰 원인인 것 같았다. 페인트칠은 할 적마다 여전히 힘들었다. 다음날 아픈 몸으로 둘러보는 매장은 전날 술을 많이 마셔 눈길이 피곤할 때처럼 볼품없고 지저분하게 여겨졌다. 몸이 아프니 나 자신에게로 돌아가게끔 되는 것 같았다. 바깥으로 그해의 첫눈이 내리고 있었다.

내 카페의 매출은 곤두박질쳤다. 여자는 화가라고 했다.
"오빠! 나 왔어요."
진하고 천박하게 화장했으나 좋다고 연달아 찾아주어 공은 안 치게 되었으니 고마운 여자였다.

"오빠! 오늘은 여러 사람 데리고 왔어요. 멋진 데 있다고. 나 잘했죠?"

미술가협회의 여기 도시 지부 화가들이라고 했다. 주문한 메뉴들을 가져다주고 돌아오는데 지부장이라는 사람이 지껄이는 소리가 들렸다.

"여기 뭘 볼 것이 있어야지."

볼 것이 없다고? 크로스오버한 귀족적 양식과 문학적인 색감과 통창 밖의 저 자연이 보이지 않는다는 말인가. 그네들, 화가라는 사람들이 무엇을 보는 것인지 알 수 없었다.

두 예술이 지닌 미덕이 서로 비슷하다고 해서, 각 예술에 종사하는 예술가들의 미덕도 서로 비슷하다는 식의 성급한 결론은 내릴 수 없다. 어린아이가 하프시코드를 위대한 명인처럼 연주할 수는 있지만 열두 살짜리 위대한 화가는 찾아보기 어렵다. 음악과 달리 회화에서는 취향과 감각 외에 사유하는 머리가 요구되기 때문이다. 반면, 머리와 가슴이 없어도 바이올린과 하프에서 멋진 소리를 끄집어내는 연주가를 우리는 얼마든지 찾아볼 수 있다. — 그자비에 드 메스트르 Xavier de Maistre, 《내 방 여행하는 법 Voyage autour de ma chambre》

이렇듯 나는 기본적으로 화가들을 존중하는 마음이 있었고, 또 내 소설을 그림 그리듯 써 온 것이 사실이었다. 때로는 소조(塑造)처럼 작업하기도 했지만. 그러나 글쓰기, 그러니까 말의 예술은 더, 아니 모든 예술 중에서 가장 완성된 정신활동의 형태임에랴.

나는 미술을 전공했다는 이가 하는 카페를 몇 군데 가 본 적이 있는데, 더 지저분하고 오히려 안목이 의심스러웠다. 미술을 했다면 더 근사하게 꾸며 놓았으리라 생각했던 것은 내 선입견에 불과했다. 아무튼, 나는 화가들하고는 궁합이 안 맞는 것 같았다.

"오빠! 내가 그 사람들 또 데리고 오려고 그랬는데, 바쁘대서 나만 또 왔어요."

그녀는 한 잔 걸친 낌새가 났다. 여전히 다른 이용객이 올 기미도 없어서 내가 그녀에게 새로 생긴 카페를 같이 가 보자고 했다. 나는 먼저 한 번 가서 커피를 사 마시며 둘러본 적이 있었다. 어디를 가나 뻔한 흰색 일색에 역시 빼놓지 않은 여기저기의 키 큰 초록색 식물의 화분들 하며 너무 낮고 반은 드러누워야 하는 줄을 엮은 철제의자와 값비싼 조명들. 사진을 찍어서 한참 많이들 하는 그 소셜 네트워크 서비스에 올리기는 좋을지 모르나, 어차피 자기 집을 그렇게 꾸밀 수 없는 젊은이들의 허영만 조장할 터였다. 무엇보다도 사람 냄새가 나지를 않았다. 나라면 그렇게 뻔하고 허황한 데는 다시 가서 앉아 있고 싶지 않을 것이었다. 그 소셜 네트워크 서비스에 들어가 보면 젊은 남녀들뿐만 아니고, 그 카페의 포토존이라 할 수 있는 동그란 큰 거울을 배경으로 해서 백발의 끄트머리를 푸릇푸릇하게 물들인 늙수그레한 여자가 자기가 늙었는지도 모르고 찍은 밉상 맞은 사진 같은 따위를 보고, 그녀 또래라면 그 카페를 어떻게 평할지 궁금했다. 내가 처음 그 카페의 인테리어를 본 바로는 커피 파는 카페가 아니라 예전에 마담이 있고 젊은 접대부가 '룸'에 들어오는 술집인 '카페' 같았는데, 어차피 요즘의 젊은 사람들은 경험한 적이 없을 것이었다.

1980년대 후반, 한국에서는 다방과는 달리 널찍하고 밝은 인테리어에 비교적 화려한 테이블과 의자를 갖추어 놓고, 웨이트리스가 서빙 하는 카페들이 주류를 이루었다. 다만 커피보다는 칵테일이나 병맥주 등을 주력으로 했으니 카페라고 하기는 다소 애매하다.

나는 다시 돈이 궁해졌기에 미리 그녀에게 커피를 사라고 했고, 그녀는 흔쾌히 그러겠다고 했다. 그녀는 에스프레소, 나는 따뜻한 아메리카노를 주문했다. 그 집 커피는 무슨 탕약같이 시금털털하고 떫은 것이 애당초 맛이 없었다.
"뭔 에스프레소에 크레마가 안 떠 있어?"
그녀는 그러고서 그 잔을 거의 남겨두고 있었다. 내가 아내와 어릴 적의 큰아이와 함께 두어 번 갔을 때는 레스토랑이었는데 십수 년째 비었다가 얼마 전부터 갤러리 카페로 다시 문을 연 집의 2층 창가에 앉아 있던 적이 있었다. 비탈진 도로변이었는데 바로 아래서 차들이 내리쏘는 통에 괜히 불안해서 오래 앉아 있을 수가 없었다. 2층의 반이 '루프탑' 자리지만 이 카페도 엇비슷한 것이 내리쏘는 정도는 아니나, 골프장 쪽으로 올라가거나 내려오는 차들이 눈에 거슬렸고, 촌구석의 비닐하우스들이며 바로 밑의 식당 굴뚝에서 뿜어져 오르는 연기며 주위의 간섭이 만만치 않았다. 그녀는 내 차에 타기 전에 말했다.
"여기 그저 그래, 오빠. 오빠네가 훨씬 분위기 있고 좋아. 걱정하지 마."

 그 바로 밑의 식당 여주인이 어쩌다가 지인들을 데리고 한 번씩 내 카페에 왔었다. 그녀는 그 카페 젊은 여자의 모친과 잘 아는 관계여서 속사정에 훤했다. 그 젊은 여자는 남편이 없다는 것 같았고, 고등학교 교사였다가 그만두었다고 했다.

 "미쳤어. 삼억(원)씩 들여서 그걸 하게?"

 건축비가 1억 7,000만 원, 간판 포함 인테리어에 1억 3,000만 원이 들었다는 것이었다. 3억 원으로 끝날 수가 없다. 냉난방기에 전산설비에 커피 장비류에 가구, 집기류를 더해야 한다. 그렇게 목돈을 던지고 푼돈을 주워서 어느 세월에 회수할 것인가. 시내 쪽으로 대형 카페가 몇 개 생겼는데 대형은 더하다. 대형으로 하면 대형으로 망할진대 목숨을 거는 것이나 마찬가지다. 내 카페보다 나중에 생기고 내가 가서 앉아 있어 본 적이 있는 시내 변두리의 두 군데 대형 카페, 그러니까 4층짜리는 일찌감치 망했고 빵 많은 3층짜리 카페는 벌써 30억 원에 내놓았으나 통 나가지를 않고 있다.

 겨울이라지만 내 카페에는 거의 이용객이 들지 않았다. 누구보다도 나는 딸내미를 생각했다. 그 집 커피가 그런데도 맛이 좋다며 웹로그에 올리는 이들이 여럿이었다. 각자 입맛이 다르다지만 어느 정도는 기준이 있는 법인데 도무지 나는 이해가 되지 않았다. 다시금 나는 매일매일 고심하러 카페에 나가야 했다. 나는 순간순간 초조했다.

 '돈을 싸 처바르면 누구는 못하나. 아무나 다 한다.'

나는 그것은 그릇된 일이라고 여겼다. 한동안 새것과 오래된 것의 싸움이 될 것이었다. 새것에 대한 호기심은 얼마 후면 시들고 오래된 것, 인간적인 것에 더 호감을 느끼게 되리라.

그래도 이용객이 아예 없지는 않아, 여덟 명에서 열두 명씩 단체로 들어오는 경우가 있었다. 골프모임으로 전에 몇 번 왔던 사람들이었다. 새로 생긴 그 카페로 가지 않고 얼마나 감사한 일인가.

"난 여기가 좋더라고. 돈으로 되는 게 아니고, 하나하나 다 세심하게 정성을 들인 거 같아요."

한쪽 다리를 저는 초로의 한 골프모임 회장이 화목난로 옆의 내 흔들의자에 몸을 묻고, 망하면 다 내다 버려도 하나도 아깝지 않은 것들을 둘러보면서 내게 말했다. 나는 내가 할 수 있는 것을 더 해야 했다. 가을에, 마찬가지로 시내의 그 신시가지에서 '수거'해 온 하얀색 직부등 하나를 화목난로 상방의 중도리에 박느라 사다리 작업을 하던 중이었다. 내부가 다 철거된 전자게임장 바깥으로 빼놓은 물건 중 하나였다. 어차피 겨울이고 새로 생긴 카페로 당분간은 가망 없을 것이었다. 나는 재미있는 소설 한 권이 목마르던 참이었다. 다섯 명의 작가들 위쪽의 벽붙이등으로는 책을 읽기 충분치 않았다.

카페를 만들 때 계속 썼던, 대형 마트에서 5만 원 남짓했던 7.2볼트짜리 전동드라이버는 어디가 고장 났는지 충전이 되지를 않아 집에서 힘없고 조그만 가정용을 가져온 터였다. A형 사다리는 불안하게 끄떡거렸다. 아래쪽에서 화목난로가 한참 달아 있었다. 중도리 밑면에 간신히 조명등을 박은 다음 전선을 새들saddle에 끼워

고정하던 차인데 여간해서는 나사가 잘 들어가지 않았다. 나는 한 손으로 중도리를 잡고 발끝에 힘을 주었는데 사다리의 발판이 밀리는가 싶더니 정신을 놓고 말았다.

나는 어떻게 내가 바닥에 널브러지게 되었는지 알지 못했다. 일어날 수는 있었으나, 오른손의 느낌이 이상해서 내려다보니 바깥쪽으로 소지가 직각으로 꺾어졌고, 약지에서는 굵은 피가 뚝뚝 바닥으로 떨어지고 있었다. 나는 기괴하게 변형된 내 한쪽 손에 한동안 의심의 눈길을 보내고 있었다. 그것이 실제라면 난생처음 겪는 일이었다. 카페를 하다가 무슨 이런 일이 있을 수 있는가.

불행 중에 다행한 점은 타고 있던 화목난로가 사다리와 함께 떨어지지 않은 것이었다. 순 목조건물에 한창 관 화목난로가 넘어져 거센 불이 터지고 불길이 퍼지면 나 혼자 무슨 수로 감당했을 것인가. 그 후의 내 인생은 아예 앞이 보이지 않을 터였다. 속으로 나는 가슴을 쓸어내렸다. 알루미늄 사다리는 반대쪽으로 쓰러지면서 의자 하나를 덮친 모양이었다. 손가락이야 이미 나갔기에 어차피 고치면 될 일이고, 급할수록 정리를 해야 했다. 승마 경력으로 밴 마음가짐이었다. 그 의자를 세워보니 등받이가 아예 못 쓸 정도였다. 없는 돈에 어떻게 사놓은 것인데……. 나는 못내 아까워 속이 상했다. 화장지를 접어 약지에 말아 쥐고, 크거나 점점이 마룻바닥에 흩뿌려진 피를 왼손으로 닦아내다가 문득 나 자신이 이상해 보였다. 영업 준비를 하고 있나……. 정오가 조금 지났을 무렵이었다.

카페를 하고 나서 두어 번 떨어졌지만 이렇게 크게 떨어질 줄은 몰랐다. 결과부터 말한다면 나는 영구히 오른 주먹을 쥘 수 없는 지체 장애인이 되었다. 그날 영업을 접고 피 묻은—다시 쓰려고 했으나 마찬가지일 터였다—안내문을 출입문에 붙여 놓고 한 손으로 차를 몰고 시내로 나가면서도 나는 걱정이 태산이었다. 건강보험 적용도 안 되는데 병원에 가서 그 돈은 어찌할 것인가. 나는 계속 머리를 짰다. 몇 차례 차를 세우며 갈등했으나 어쩔 수가 없었다. 나는 휴대전화로 한 사람에게 사정을 말하고 그의 동의를 받았다.

시내의 정형외과 병원으로 가니 바깥 방향으로 젖힌 손가락은 부러진 것이었고 피가 떨어지던 손가락은 첫마디가 반쯤 잘려있었다. 의식 없는 추락 중에 그 알루미늄 사다리의 어느 날카로운 부분에 그렇게 된 것 같았다. 으드득 소리가 나게 잡아당겨서 맞춘 다음 손목 밑에서부터 길게 철심을 박고 약지를 꿰매고 팔꿈치까지 반깁스까지 했는데, 거기서 끝난 것이 아니라 의사가 합병증의 위험이 있으니 이틀간 입원을 해야 한다는 것이었다. 내가 물었다.

"오늘 하룻밤만 있으면 안 될까요? 내일 중요한 일이 있어서요."

중요한 일이라 하는 것은 사진동호회 20명의 예약 건이었다. 꼼짝없이 링거를 꽂고 입원실에 누웠다. 카페는 목숨을 걸어야 하는 것이었다. 창밖은 어둠에 덮였고 아내가 내가 먹고 싶다고 전화했던 채소 샐러드 빵 두 개와 200ml 짜리 우유 한 팩을 사 들고 딸내미와 함께 들어왔다. 종일 아무것도 먹지 못해서 배가 고팠다. 그 빵을 딸내미도 먹고 싶다기에 하나씩 나누었다. 딸내미가 빵을 입안 가득 우물거리면서 아내에게 물었다.

"엄마. 병원에서 아빠를 왜 다른 이름으로 불러?"

나는 돈이 없어서 내 이름을 사용할 수 없었다.

카페 운영이란 대단히 어려운 일이었다. 이제 해 볼 만하니까 촌 동네인데도 불구하고 근처에 덜컥 새 카페가 들어선 것이었다. 나는 오른손잡이인데 왼손으로서만 커피를 갈고, 내리고, 자리로 나르고, 설거지하는 수밖에 없었다. 여간 불편한 것이 아니었다. 아무리 겨울이라도 나는 다시 첫겨울과 다름없이 견뎌야 했다. 조금 잦아들었는가 싶더니 다시 느낄 수 있을 정도로 다리가 흔들리기 시작했다. 내 확신이 흔들렸던 것일까. 나는 화목난로 옆에서 그 흔들의자에 몸을 깊숙이 묻고 존 스타인벡의 방대한 소설 《에덴의 동쪽》을 펴고 있었다.

"그는 바보였어요." 케이트가 말했다. "난 그가 우리 집 문 앞에 와서 애걸하는 소리를 듣고 밤새도록 웃었어요." ─ 존 스타인벡*John Ernst Steinbeck*, 《에덴의 동쪽*East of Eden*》

전에 내가 군대 제대 1년 후 본가 마당의 눈을 쓸다가 문득 며칠 전 첫 밤을 가졌던 여자의 순결을 의심하면서 괴로워했다고 했다고 얘기했던 그 여자와 살았더라면, 살 수 있었더라도 나는 작가가 되지 못했을 것이었다. 나는 감옥 생활을 하는 것처럼 그 책을 읽는 중에 쓰거나 그리운 옛 추억들을 곱씹고는 했다. 그러할 나이였다. 문인 협회 사무국장인 그 여자는 언제 한 번 더 왔다가 제 말대로 칸막이를 더 해놓지 않아서인지 발길을 끊었다. 지역 문인들이 찾게 하려 했던 애초의 도모도 영 틀어진 것 같았다.

알던 사람들도 여전히 오지 않았다. 아직도 한 번 와보지 않은 친구도 몇 있었다. 카페를 하니 사람들이 정리되었다. 어쩌면 그네들은 카페 문화를 모를 수도 있었다. 누가 거저 주는 커피나 커피믹스를 먹으면 되는데 아메리카노며 카페라테 등속을 턱없이 비싸게 받는 카페에 갈 이유가 없다고 여길 수도 있었다. 나도 예전에는 그랬으니까. 그렇다면 카페는 커피가 아니라 공간과 시간을 파는 곳임을 그네들은 모르는 것이다. 일반화하기는 싫으나, 내 경험으로는 카페 마당 바로 밑의 길로 지축을 울리면서 요란하게 지나다니는 대형 화물차들의 운전기사 같은 이들, 굴착기 등의 기사들, 남의 일 해주는 목수들, 전기나 용접 기술자들, 기름때 묻히는 일을 하는 사람들 대개가 카페 문화를 아예 모르는 것 같았다. 그런 사람들은 내가 시킨 일을 하고 내 돈을 받아 가면서도 내 카페에서 커피 한 잔 사 마시는 법이 없었다. 그들은 에스프레소 머신으로 내려 만드는 아메리카노를 믹스커피 정도로 여기는 것 같았고 거저 얻어먹기를 바랐다. 또, 여럿이 같이 와서 한둘이 자기는 안 마시겠다는 부류도 있었다.

"안 드시는 분은 밖에 나가 계시면 됩니다."

나는 물론 농담처럼 말했고, 그들은 웃었으나 내 진심이었다. 다시 말하지만, 카페는 공간과 시간을 파는 곳이기 때문이었다.

나는 내 삶이 불행하다는 심정이 들 때, 화목 난롯가의 흔들의자에 앉아서 나와는 다르게 일생을 엘리트 코스만 밟아오다가 이제는 남사스러운 존재가 된 한 기형적인 인간에 대해 생각했다. 그자는 이 나라의 대개 부모가 그렇게 키우고 싶은 출세하는 자녀의 전형이었다. 유복한 집안에서 자랐고, 고등학교 때는 전교 학업 성적 1, 2등을 다투는 모범생으로 이 나라 최고 학부의 법과대학과 동 대학원을 나오고 미국유학까지 가서 법학박사 학위를 받아 모교의 교수를 하다 청와대 민정수석비서관까지 되었는데, 거기서 말았어야 했다.

'나처럼 어디 촌구석에나 가서 카페나 하고 있지 뭘 그리 더 출세를 해보려다…….'

더 출세하려고 용을 쓰지 않았으면 제 이름과 돈을 지켰을 것이련만, 그자는 이제 제 식솔과 함께 범죄자로 떨어질 것이었다.* 나는 그자보다는 내가 나았다.

나는 예전과 같은 사업을 하는 것도 아니었고, 피고용인도 아니었기에 그러고 싶으면 쉴 수 있는 자유가 있었다. 나는 2주간 카페를 닫았다. 한겨울에 팔 하나도 불편한 데다 위쪽에 들어선 그 카페 때문으로의 소나기는 일단 피하고 보자는 것이었다. 그동안 그 작품을 이어보려는 생각이었다. 그런데 얼마 뒤부터는 생각지도 못했던 끝 모를 거대한 암운이 덮이기 시작했다.

---

* 이 소설이 출간되기 석 달여 전, 결국 그자는 대법원에서 징역 2년을 확정받고 감옥으로 들어갔다.

21
재앙은 공평하다

    나는 쉬는 동안 결국 내 소설을 쓰지 못했다. 헤아려 보자니 카페를 만들기부터 시작하면서부터 1년하고도 9개월이 넘게 덮어두었었고, 이제는 이야기의 맥과 주요 인물들의 감정선이 끊어진 터였다. 장편 소설에 대해 혹자는 '작품을 시작했을 때에 축적되어 있던 기량만큼만 발휘할 수 있기 때문에 중간에 막혀버리면 이어나가기 힘들고, 심지어는 글을 쓰지 못할 수도 있다'고 했다. 그것보다도 나는 마음이 불편해서 그 소설을 붙들 수 없었다.
    나는 왜 이 지방 소도시를 떠나지 못했던가. 서울은 싫었고, 내 사업을 크게 하려고 다른 큰 도시로 사업장을 옮길 생각을 해 본 적은 있었다. 서른 후반쯤 내 사업의 홍보차 열게 된 세미나로 미국에 갔을 때는 세계적으로 크기 위해 차라리 그 나라에서 살까 고민한 적도 있었다. 그러나 나는 사업이 커지지를 않아도 좀체 이 조그만 도시를 떠날 수가 없었다. 이 지역 곳곳에 내 청춘의, 내 지나온 인생의 추억이 묻어 있었고 길마다 깔려있었다. 유배 가듯 굳이 추억도 없는 먼 데로 떠날 이유가 어디 있을까. 나는 이 땅을 지키고 있고 싶었다. 확실하지도 않은 성공을 위해 내가 물러날 수는 없었다. 그러나 종국에는 이처럼 한 외진 산속에 틀어박히게 된 것이었다.

'나처럼 일생의 사업이 망해 보라. 나처럼 돈을 벌기 위해 아무것이나 하겠다는 처지가 되어 보라.'

이런 심정으로 시작했던 것이련만…….

쉬는 동안의 어느 날 이르게 눈이 떠져서 나는 옆 동네까지 가보았다. 사람 없는 길에 서서 수년 전에 폐업한 한 작은 호텔을 올려다보았다. 이 지역에서도 내 지난날의 문학적 유적들이 하나둘씩 사라져 가고 있었다. 2층은 내가 20대부터 30 초반까지 잘 가던 목욕탕이었었다. 목욕탕으로 통하는 계단은 막아 놓았기에 호텔 출입문 쪽으로 가 보았다. 문은 잠겨있지 않았다. 깨진 커피잔이며 이런저런 기물들이 로비 바닥에 나뒹굴어 있는 인적 없는 요금소 앞에 서있자니 나는 묘하게 어떤 서러움이 올라왔다. 역시 전기가 끊겨 승강기가 동작하지 않았다. 나는 계단으로 3층까지 올라갔다. 긴 복도 양쪽으로 객실 문이 몇 개 열려있었다. 원래는 하얀 시트로 씌워졌음직한 침대는 전체가 잿빛 먼지로 덮여 있었지만, 어느 노숙자가 숨어서 겨울을 난다면 최소한 얼어 죽지는 않을 것이었다.

그때도 하얀 겨울이었다. 3층이었던 것은 확실했으나, 내가 한 여자와 어느 방에서 묵었었는지는 기억을 되살릴 수가 없었다. 나는 한 객실로 들어섰다. 조그만 창문을 통해서 미미한 아침 일광이 비스듬히 새어들고 있었다. 나는 원목의 둥근 차탁을 사이에 두고 마주 보고 있는 1인용 소파 두 개를 내려다보았다. 바로 그 세로줄 무늬였다. 나는 뭉클한 감흥에 젖었다. 이렇게라도 남아 있어 주다니 무척 반가웠다. 나는 추억을 옮겨놓기로 마음먹었다. 내 카페 한쪽에 그 추억을 구현해 놓을 것이었다. 벽의 키 높이쯤에는 특이해서 기억이 생생한 그 벽붙이등도 그대로였다. 그것도 새로 자리 잡을 그 추억의 자리에 필요했다. 나는 그다음 날 새벽같이 벽붙이등 하나를 떼고 그중 깨끗한 가구로 골라 이동시켰다. 나는 한쪽 앞발을 잃은 늑대처럼 움직였다.

내 건물 아래로 찾아오는 2 행정 기관 언더본 오토바이 특유의 굉음과 진동 때문에 나는 책도 편안히 읽고 앉아 있을 수가 없었다. 돈 없이는 집에서 쉴 수도 없는 것이었다. 나는 차를 가지고 나가야 했다. 도내에서 제일 가까운 시는 예전에는 큰 고개를 넘어가야 했었다. 이제는 아래쪽으로 평탄하고 큰 도로가 똑바로 뚫려 그 고개를 넘는 차들은 거의 없었다. 고갯마루를 조금 넘어가 보니 길가에 잘라 쌓은 마른 통나무 더미가 눈에 들어왔다. 차에서 내려 보니 그 뒤쪽은 간판은 달고 있었지만, 문을 닫은 지 오래인 듯한 식당이었다. 산 아래로 큰길이 나는 바람에 역시 망한 것이었다. 나는 길고 높게 쌓인 그 땔나무 더미가 탐이 났으나, 혼자 팔 하나로 몇 번씩 실어 나를 재간이 없었다. 게다가 엎친 데 덮친 격으로 한쪽 팔만으로는 도끼질은 불가능했다. 무엇보다도 너무 멀어서 채산성이 없었다.

한 날은 굽이굽이 도는 강변길을 타고 그 길이 끝나는 막다른 촌락까지 가 보았다. 몇 해 전까지 그 동네 초입에 카페 겸 레스토랑이 하나 있던 것이 기억났으나, 휴대전화로 인터넷 검색을 해보니 꽤 전에 폐업한 것 같았다. 굽이굽이 돌아서 그 먼 막바지까지 찾아가 사진이며 이용 후기를 올리던 사람들이 발길을 끊었던 탓이었다. 세상에 영원한 것은 아무것도 없는 것이다.

멀리 사는 오랜 친구가 내 집 행사에 다니러 와서 하룻밤 묵었을 때 드라이브 삼아 그 강변길로 해서 물속으로 다리를 박고 나무 덱을 깐 그 카페의 테라스 자리에서 두어 번 커피를 마셨었다. 본디 잔디를 깔았던 마당은 잡초가 무릎 높이로 무성했다. 출입문을 밀어보았더니 잠겨있지 않았다. 출입문 바로 안쪽 옆의 카운터 테이블에는 에스프레소 머신과 커피 원두 그라인더가 고스란히 있었다. 내가 진작 그 카페를 가 보았더라면 아예 돈 한 푼 없이 카페를 차릴 수도 있었겠다는 생각이 들었다. 그랬다. 그곳은 너무 멀었다. 한 번이면 몰라도 바쁜 사람들이 구불구불한 강변길로 30, 40분을 가서 커피를 마시거나 음식을 먹기에는 접근성이 너무 떨어졌던 것이다.

나는 그 건물 외벽에 붙여 망에 담긴 참나무 장작이 꽤 많이 쌓여 있는 것을 보아두었다. 내 카페는 땔 수 있는 것은 다 땠고, 그 정도면 잘하면 남은 겨울을 날 수도 있을 듯했다. 나는 그날 밤늦게 계속 굽이지는 그 길을 다시 가야 했다. 입구를 쇠사슬로 쳐놓은 마당을 장작 한 망씩을 들고 가로지르는데 개들이 멀리서 짖었다. 원체 집 몇 채 되지 않는 고요한 촌락이었던 탓이리라. 나는 한참씩 멈출 수밖에 없었다. 나는 코맥 매카시의 소설 《로드 The Road》*의 그 사내처럼 다시 움직였다. 아직 망하지 않은 사람은 어떻게든 살아야 했다. 따지고 보면 산다는 것 자체가 범죄와 다름없을 터였다.

내 삶은 다시 위태위태해졌다. 그래도 카페를 차리기는 쉽다. 문제는, 돈벌이가 되지 않는데 계속 붙들고 있을 수 있느냐 하는 것이다. 나는 집으로 돌아가는 저녁에 음료와 함께 내주는 비스킷을 사러 며칠마다 1000원숍에 들렀고, 그 길의 호프집을 지날 때마다 입을 앙다물었다. 모든 것은 선택이다. 나는 그 호프집을 여러 번 가서 팔아주었는데, 중학교 동기인 그 집 주인은 여태 내 카페에 한 번도 오지 않은 것이었다. 그런 곳이 한 군데 더 있는데, 이번에는 고등학교 동기가 하는 데로 내 집 근처의 그 6층짜리 목욕탕 앞 큰길 건너 맞은편 자기 건물 2층에서 돈가스와 술도 파는 카페였다. 내가 거기서 몇 차례나 술을 사 마셨고 내가 카페를 한다는 것을 아는 터인데도 역시 내 카페는 한차례도 오지 않았다. 이것으로 끝이었다. 인간은 한순간 선택을 하는 것이다. 왜 그렇게 원망의 마음만 생기는 것인가. 아무튼, 그 두 집을 내가 갈 일이 다시는 없을 것이었다.

---

* 미국의 작가 코맥 매카시의 소설. 2007년 픽션 부문으로 퓰리처상을 받았다. 작가가 자신의 어린 아들과 자기가 황량한 세상에 남겨진다는 가정하에 아들을 생각하며 썼다고 한다. 이 작품은 2009년 할리우드에서 재난 영화로 만들어졌다.

나는 넋 놓고 있지 않았다. 사람들은 카페에 오로지 커피 등 음료를 사 마시러 오는 것이 아니다. 커피나 음료의 맛은 어디나 거기서 거기다. 앉아 있는 그 공간이 어떠한지가 관건이다. 비싼 커피값을 내면서 꼭 그 카페에 가야 할 이유가 있어야 할 것이었다. 그 공간을 어떻게 해놓느냐가 중요했다. 나는 지난 동안은 망하면 다 내다 버려도 좋은 것들로만 늘어놓고 세상을 조소했으나, 이제 어떻게 하면 위쪽에 새로 생긴 그 카페보다 더 낫게 꾸며 놓을 수 있을까를 연구했다. 카페라는 공간은 무엇보다 재미가 있어야 한다고 나는 생각했다. 나는 재미있게 해 놓은 카페는 보지 못했다. 나는 유명한 소설가나 시인들의 서재 사진을 실은 책들을 넘기면서, 소품들을 더 구했다. 서재보다 재미있는 곳은 없는 것이다.

어느 때부터인가 내 카페 앞마당까지 올라왔다가 곧바로 돌려 내려가는 차들이 늘어났다. 위쪽의 그 카페로 가는 중이었거나 갔다 오다가 아랫길의 현수막을 보고 궁금해서 들러보는 것 같았다. 무서우면 모래 속에 머리를 파묻는 타조처럼 되지 않으려고 나는 차를 몰고 그 카페 상황을 '정찰'하러 갔고, 지나치면서 두 눈으로 역력하게 관찰했다. 1층의 주차장도 모자라 도로변까지 차들이 길게 대어져 있었는데, 조금 전에 내 카페 앞마당에서 돌려 나간 차들도 끼어 있었다.

월요일은 그 카페가 쉬는 날이었다. 나는 몇 번이나 그 카페에 가서 커피를 사 마시며 말을 붙였으므로 쉬는 날인지 모르고 찾아갔던 차들이 산속에 있어 보이지 않는 내 카페로 대신 오도록, 양해를 구하고 그 카페의 출입문 계단 아래쪽에 내 카페의 위치

안내판을 갖다 놓을까 고민해 보았지만 구차했다. 그러던 중 갑자기 그것이 퍼졌다.

국내에서도 신종 코로나바이러스 감염증, 이른바 '우한 폐렴' 확진자가 나왔다. 질병관리본부는 1월 19일 중국 우한시에서 입국한 중국 국적의 35세 여성(중국 우한시 거주)에 대해 신종 코로나바이러스 감염증 검사를 시행한 결과, 20일 오전 확진자로 확정됐다고 밝혔다. ― 〈○○신문〉

그것의 확진자가 다녀갔다고 알려지면 그 영업장은 문을 닫아야 했다. 내가 저녁에 집으로 돌아가면서 그 카페에 들러보았더니 그 여자는 벌써 하얀 보건용 마스크를 끼고 있었다. 내가 물었다.
"상황이 이런데 어떻게 할 거예요?"
"글쎄……. 어째야 할지 모르겠어요."
그 카페 여자가 대답했다.
"이왕 이렇게 된 거, 서로 카페 문 걸어 잠그고 이 동네 카페 발전 협의회의 대책 모색 겸 어디로 같이 여행이나 갔다 옵시다."
내가 농을 쳤더니 여자는 마스크 너머에서 웃었다. 그 카페는 바로 이튿날부터 문을 닫았다. 그 여자는 별 고생 없이 살아온 모양이었다. 나는 나 자신에게 속으로 우스갯소리를 했다.
'코로나로 죽으나, 굶어 죽으나…….'
갑자기 내 카페 앞마당에 차들이 들어차기 시작했다.
"여기 말고는 웬만한 데는 다 영업을 안 해서 갈 데가 없네요."
어린아이와 처를 동반한 젊고 통통한 아빠가 주문하면서 내게 말했다. 내 카페에는 그렇게 어린아이를 데리고 오는 젊은 부부나 골프 때문으로는 보이지 않는 이삼십 대가 많아졌는데, 필시 위 카페를 갔다가 문이 닫혀 이 산속으로 온 것이었다. 매장 안의 자리들이 거의 다 찰 때도 있었다.

그러고 보니 새로 생긴 그 카페가 모 소셜 네트워크 서비스로 사람들을 끌어들인다고 해서 내 카페에 악영향만 주지는 않는 모양이었다. 아니면, 그런 젊은 사람들이 숨어 있는 내 카페에 올 일이 없을 터였다. 위쪽의 그 카페는 2주 조금 넘어서 화요일부터 다시 문을 열었지만, 내 카페의 그달 매출이 전년 가을만큼 회복된 것은 요행한 일이었다.

모든 것은 자신의 선택이다. 간소하게 살겠다고 나는 때마다 생각했다. 간혹, 조각 케이크 말고 음료와 곁들일 다른 먹을거리를 찾는 이용객들이 있었다. 나는 에이드용 과일 청이나 빵 같은 것은 여하간 만들지 않을 생각이었지만, 그래도 어느 때는 어떤 업소에서 엄청나게 나간다는 찐빵 만드는 공정이며 하루에 100개, 1,000개씩 판다는 토스트를 길거리의 철판 위에서 계속 만들어내는 과정 등을 인터넷 방송으로 찾아보고 있는 나 자신을 발견하고는 했다. 그러나 그런 영상들을 보노라면 그렇게 무한 반복의 공업적인 일을 너무도 싫어하는 나 자신을 다시금 확인하게끔 되는 것이었다.

나는 남들이 그러듯이 처음부터 한 번에 사놓지 않고, 천천히, 고심해가면서, 필요가 생길 때에서야 하나씩 하나씩 마련했다. 이를테면, 갈색 플라스틱 쟁반 같은 것도 개업 직전에 작은 것으로 네 개를 산 다음 모자라서 얼마 뒤에 두 개 더, 이용객이 늘어난 13개월 후에 큰 것 하나, 거기서 다시 5개월이 지나서 봄 준비—바깥 자리로 많이 나갈 것이었다—로 작은 것 두 개를 다시 더 사는 식이었다. 나는 머핀이나 조각 케이크와 같이 내는 디저트 포크 같은 것은 모자랄 때마다 개당 1,000원밖에 하지 않는 1000원숍에서 두 개 정도씩만 샀다. 1000원숍의 물건은 장점이 있는데, 일정 정도 지나면 그 상품은 없어져서 값싼데도 희소가치가 생기는 것이었다.

상품의 유동이 빠르다는 게 단점이자 장점으로, 전에 샀던 물건을 다시 사려고 가면 없는 경우가 종종 있지만 대신 빠르게 새로운 물건들이 들어오는 편이다.

맨 처음에 산호색 에스프레소 잔 두 세트를 샀었는데, 시간이 흘러 더 필요해서 사려고 했더니 더 이상 나오지 않았다. 쉬는 날 당일 여행 중에 다른 도시의 그 상점에도 가 보았지만 찾을 수 없었다. 전통적인 문양의 청잣빛 디저트 접시의 경우도 같았는데, 다섯 개를 그나마 짧은 간격으로 세 번에 걸쳐 사 두었기에 망정이지 그다음부터는 어디에서도 구하지 못하게 되었다. 나는 그 균일가 잡화점에 들르면 새로 나온 제품을 구경하는 소소한 재미가 있었다. 한참 고민한 후—싸다고 함부로 사는 것은 아닌지 싼 것을 살 때 오히려 나는 더 고민스러웠다—무엇을 산다고 해도 2,000원 정도밖에 들지 않았다.

　내 카페로 가는 길에 내가 이용객이라면 그 촌 동네에서 과연 어느 카페로 가고 싶을 것인가를 따져보고는 했다. 물론, 나라면 어디를 가나 식상하게 비슷한 데가 아니라 수풀이 뒤덮어 햇살을 가리고 작가의 숲속 서재 같은 운치 있는 한옥 카페를 응당 선택할 터였다. 나는 그다음 순서로는 내 카페에 들어가게 되면 따뜻한 아메리카노로 해야 할지, 시원하게 아이스 아메리카노로 만들어 마셔야 할지를 택해야 했다. 나는 벌써 전부터 믹스커피를 마시기 어렵게 되었다. 다른 데 들렀는데 거기서 타 주거나 예전 생각이 나서 한 잔 타면 한 모금에 바로 속이 메슥거리며 올라올 것 같았다. 내 카페 아랫길에 줄 이은 식당마다 식사를 끝내고 나온 식객들이 작은 종이컵으로 공짜 믹스커피를 홀짝이고 있는 모습을 보면서 모든 식당에서 공짜로 믹스커피를 마실 수 있는데 카페로 오겠나, 했었지만 그렇지 않았다. 믹스커피만 마시는 이는 믹스커피만 마실 테고, 나처럼 아메리카노를 자꾸 마시다 보니 입맛이 들게 된 사람은 다시 믹스커피로 돌아가기는 어렵게 되는 것이었다. 또 나는 이전까지는 편의점에서 파는, 얼음이 채워진 컵에 부어 마시는 들큼한 아이스커피도 좋아했었는데 이제는 설탕이나 시럽을 넣지 않게끔 되었다. 그렇다면 아직도 수많은 이들이 믹스커피와 편의점의 단맛 나는 아이스커피를 그렇게 마시고 있으니 제대로 된 아메리카노를 파는 카페는 앞으로 잘 되면 잘 되지 더 안 되지는 않을 것이었다.

오늘은 어떠할 것인가. 카페에 와서 청소 등 그날의 장사 준비를 하면 나는 묘하게 긴장되었다. 돈이 들어오는데 왜 그렇지 않겠는가. 장사는 재미가 있었다.

"오늘 재미 좋았어?"

"재미 못 봤어."

해 보니 이러한 말들은 장사에 맞는 것이었다. 돌아보면 내 예전의 사업에서는 그런 표현들을 한 번도 써 본 적이 없었다. 처음에는 점심 먹기 전에 한 잔만이라도 팔았으면 했었다. 이제는 일곱 잔 정도 팔면 아내에게 전화해서 자랑한 다음 마음 편히 점심 도시락을 푸는 적이 드물지 않게 되었다. 나는 바쁘다 싶을 때 통창 너머로 무심코 고양이들의 무덤 쪽에 시선이 가고는 했다.

아들내미가 어느 때부터 아르바이트하지 않고 집에만 있는 것 같았는데, 그 편의점이 장사가 잘 안되어 그 시간에 주인이 직접 일한다고 내보내더라는 것이었다. 돈 쓸데가 많은 나이라 용돈을 줄 겸 내 카페에서 한주에 연이틀 일하겠냐고 물었더니 그러겠다는 것이었다. 이참에, 물 들어올 때 노 젓는다고 저 위 카페와 싸워나가려고 하루도 쉬지 않고 한 번 카페를 돌려보기로 했다.

아들내미가 일하는 하루째는 내가 메뉴 만들기를 가르치며 같이 있으면서 그날 매출의 50%가 일급이었고, 다음날은 아들 혼자 나가서 일하되, 재료비 조로 당일 매출의 30%를 뺀 금액을 지급하기로 약정했다. 첫날은 두 명분의 도시락을 싸서 왔고, 이튿날은 제 혼자 도시락을 싸서 시내버스로 가야 했지만, 나는 자못 마음이 안 되어서 내 차로 태워다 주고 저녁에 데리러 갔다. 아들내미만 카페에 두고 오니 내가 쉬어야 하는 날인데도 마음이 놓이지 않아 글을 쓰면서 앉아 있을 수가 없었고 온전히 쉬지도 못했다. 점심때가 지날 때 나는 전화해야 했다.

"점심 먹었니?"

"네. 좀 전에 먹었어요."

"손님 있었니?"

"아뇨. 아직까진 없었어요."

"한 명도?"

"네. 한 명도요."

오후 두 시가 넘었건만 이용객이 한 사람도 없었다는데, 예전처럼 차라리 나 홀로 감내하고 있는 것이 낫지, 차마 못 할 노릇이었다. 어느 날 그때쯤 전화했더니 두 잔을 팔았다는데 그래도 마음이 조금 나았다. 날이 가면서 점차 나아졌다. 어느 때는 아들내미가 전화를 받지 않았고, 얼마 뒤 전화해서는 메뉴 만드느라고 바빴다는 것이었다.

"좀 돌렸니?"

"한 장도 못 줬어요. 아빠! 전 도저히 못 하겠어요."

새로 생긴 그 카페 바로 밑의 식당이 이 동네에서 차가 제일 많은 곳이었다.

"차에서 내릴 때나, 식당에서 나와 차를 타려고 할 때 인사하고 줘."

나는 다른 식당들보다는 그 카페 바로 아래 식당 주차장부터 뒷면에 약도가 있는 카페 명함을 들려서 아들내미를 보냈는데, 해 보려고 했을 터나 한 시간여 만에 굳은 얼굴로 돌아왔던 것이었다.

나는 내 아들이 이 험난한 세상을 어떻게 살려는지 근심스러웠다. 물론 나도 쉽지는 않은 일이었지만, 그렇다면 직장인으로는 몰라도 자영업자로 살 수는 없다. 배고픈 늑대가 있다. 그 늑대는 먹이를 찾아 헤매다가 목줄에 묶인 개가 맛있게 밥을 먹고 있는 것을 발견한다. 늑대에게 개가 제안한다.

"굶지 않으려면 나처럼 목줄을 매고 주인에게 사육되는 것을 선택하면 돼."

"나는 아무리 배가 고파도 목줄로 묶이기는 싫다."

늑대는 그러고서 묶이지 않는 삶으로 계속 나간다. 자영업자는 배고픈 늑대와 같다. 사냥에 성공하면 배를 채울 수 있지만, 실패하면 계속해서 굶어야 한다. 늑대가 자유로이 살아가는 환경은 엄청난 변동성과 불확실성이 넘실거리고, 그 선택의 결과에 대한 책임을 오롯이 져야 하는 야생의 환경이다. 자영업자의 환경도 마찬가지다. 늑대나 자영업자나 그 같은 환경에서 살아남으려면 야성이 필수적이다. 나는 이제는 장성한 내 자식에게 그런 식의 야성을 조금 가르쳐 보려 했던 터였다.

나는 생각하고 또 생각했다. 이 일이 나은 것인가, 예전 사업이 나았던 것인가를. 10년 동안 갖다 바친 건물 임차료 수억 원, 시설비, 직원들 급여, 업무 차량의 보험료며 수리비와 유지비. 얼마 전 안면이 있는 예전의 동종업자를 은행 앞에서 마주친 적이 있었다. 그는 아직도 그 사업을 하고 있었고 은행 대출을 받고자 했다.

내 예전의 사업은 지금보다 훨씬 돈이 많이 들어왔지만, 그만큼 많이 나갔고 일을 너무 많이 해서 밤이면 거칠게 먹고 마셔야 했었다.

내가 거친 노동을 오랫동안 지속하는 데에 반대하는 가장 큰 이유는 그런 노동을 하고 나서는 거칠게 먹고 마셔야만 했기 때문이다. — 헨리 데이비드 소로, 《월든, 숲속의 생활》

내 아들이 혼자 일하는 날에 나보다 더 버는 때까지 생기기 시작했다. 나는 아들을 데리러 와서 함께 마감 작업을 하고 정산한 다음 즉시 그의 계좌로 이체했다.

나는 카페를 시작해서 근 1년 8개월 만에서야 조각 케이크 모형 두 개를 제작 주문해서 구비해 놓을 수 있었다. 냉장 쇼케이스에 넣고 며칠 지나면 곰팡이가 피었는데, 몇 개나 버리지 못해 내가 먹어치우거나 집으로 가져가야 했던가. 돈이 있어서 먼저 갖추어 놓고 시작했다가 이제 망했다면 이처럼 그 물건들이 값어치 있게 여겨질 것인가. 엉덩이가 무거울 필요가 있었다. 이때까지 참으면서 진득하게 견뎠더니 이런 날이 오는 것이었다. 이런 식으로 장사되는 것을 봐서 하나씩 갖추어가는 기쁨은 컸다.

나는 차를 세워놓고 계단을 오른다. 이런 촌 동네까지 와서 왜 2층까지 올라가야 하나. 여전히 하얀 보건용 마스크를 끼고 있는 그 여자는 진동벨을 건넨다. 마땅하게 앉고 싶은 자리가 없다. 줄로 된 반쯤 누워야 하는 불편한 의자와 무릎 높이의 역시 불편하기만 한 테이블을 놓은 한쪽 창가는 희끗희끗한 비닐하우스에 밭

떼기들, 축사의 너무 오래되어 검버섯이 핀 것같이 거무튀튀한 슬레이트 지붕이나 눈으로 들어온다. 그 고통들이 보이는 것이다. 서향이어서 사선으로 꽂히는 오후의 불볕을 막느라고 반대편 창가는 통째 허연 커튼을 늘어뜨려 놓았다. 나는 카운터 테이블 앞 편에, 처음의 인테리어와는 안 어울리게 나중에 임시방편으로 들여놓은 듯한—어디든 자리 배치가 큰 골칫거리이기는 하다—2인용 테이블 자리를 택한다. 나는 탕약같이 쓰기만 한 커피를 넘기다가 녹색의 매트로 덮은 '루프탑'으로 나가 본다. 의자들은 하나같이 불편하고 바로 아래의 길을 올라가고 내려가는 차들의 질주와 그 소음이 거슬린다. 나라면 여기 안 오겠다. 그렇게 나는 위쪽에 새로 생긴 카페를 상상했다.

처제의 이혼하고 혼자 사는 친구가 있다. 내가 카페를 시작한 해의 늦가을에 처제가 그녀를 데리고 온 적이 있었다. 그 친구의 그 모 소셜 네트워크 서비스에 내 카페 사진들을 올려 홍보해 준다는 것이었다.

"터가 워커힐 호텔 뒤에 있는 한옥 카페와 비슷해요. 눈이 내릴 땐 더 멋지겠어요."

처제의 친구가 내게 말했다. 몇 달 뒤 나는 쉬는 날 기어이 구리의 그 한옥 카페를 찾아가서 너른 앞마당을 둘러보았고 빈자리 없이 들어찬 이용객들의 틈새에 간신히 끼어서 앉아 있다가 왔다. 처제의 그 친구는 그때 처음 딱 한 번 오고 여태 오지 않았다. 두 번째 겨울을 맞으며 첫눈이 오고 있는 날이었다. 나는 그녀에게 눈 내리는 정경이 그만이니까 오늘 오면 좋을 것이라고 그녀의 그 모 소셜 네트워크 서비스 계정에 메시지를 보냈지만, 그녀는 '그렇겠네요'라고만 했었다. 어디서 비싼 것을 먹는 사진, 비싼 옷을 입고 있는 사진, 근사하게 인테리어를 해놓은 어디에 앉아 있는 사진, 어디 여행지에서 찍은 사진들만 숱한 그녀의 그 모 소셜 네트워크 서비스에 들어가 보았더니 골프복 차림으로 위쪽의 그 카페에 앉아 있는 것이었다. 다시 말하지만, 그녀는 바로 지척의 내 카페에는 다시 오지 않았다. 그 카페와는 기나긴 싸움이 될 터였다.

지네처럼 생긴 이상한 벌레들이 카페 앞뜰로 기어오르기 시작했다. 그것들을 건드리면 역겨운 냄새를 풍겼다. 그것들은 날마다 더 많아졌고, 어느 틈으로인지 매장까지 들어와 천장에서 떨어져 내렸다. 곧바로 장마가 시작되었다. 빗줄기는 퍼붓는데, 나는 앞뜰에서 부탄가스 토치를 쏘았다. 나는 혼자서, 어느 때는 내 자식과 교대로 그 역겨운 냄새가 나는 징그러운 벌레들을 연신 태워 죽였다. 벌레들의 사체는 조그만 분묘처럼 쌓여갔지만, 앞마당에 깔린 쇄석에서, 아니 산자락의 석축으로부터, 아니 산에서 기어 내려와 계속 카페 건물로 몰려들었다. 나는 날마다 환장할 노릇이었다. 전원에는 그런 데가 많다고 했다.

세상은 진짜 망해가는 것인가. 저녁에 집으로 돌아갈 때 보면 전조등이거나 후미등 한쪽이 나간 채 그냥 돌아다니는 차들이 점차 더 눈에 띄었다. 그 모양에서 가난이 묻어났다. 언제 끝날지 알 수 없는 감염병으로 가난도 확장되고 있는 것 같았다. 일단 내가 안 망하는 것이 중요했다. 비는 하루도 쉬지 않았다. 하늘에 구멍이 뚫린 것 같았다. 세상이 떠내려갈 듯했다. 그 와중에 현직 서울시장이 산으로 가서 자살했다. 무슨 '인권변호사'인 연하며—변호사면 변호사지 '인권'은 왜 앞에 붙이는가. 그냥 변호사는 인권 보호를 하지 않는다는 말인가—물렁한 밑창의 뒤축을 뜯은 로퍼를 (일부러?) 신고 다니다가 서울시장이 되더니 성 비위를 저지른 것이었다. 권력에 맛을 들이면 그렇게 되는 모양이었다.

"검찰총장이 저의 명을 거역한 것입니다."

검찰 간부 인사 단행 문제로 야당 의원의 지적을 받자 마이크에다 대고 버젓이 이러는 여자였다. 국회 법제사법위원회 전체회의에서 야당 의원의 질의를 받으며 텔레비전으로 다 나오는데 팔짱을 낀 채 의자 등받이에 몸을 기대질 않나, 대단히 오만하고 표독스러운 여자로서 내가 극도로 혐오하는 여자 유형이었는데, 내 아내가 그런 여자가 아닌 것이 너무나 다행스러울 정도였다.

장마 가운데의 다시 그 회의장에서 '소설' 같은 일이 벌어졌다. 나는 이 대목을 쓰기 위해 보고 싶지 않은 그 여자의 지난 영상들까지 다시 면밀하게 찾아보아야 했다. 좌충우돌 형의 그 여자는 35일 만에 떨려 난 괴물의 후임 법무부 장관이었다.

"소설을 쓰시네."

이번에는 야당 의원의 질문에 그 성정을 못 숨기고 이렇게 뱉어 버린 것이었다. 회의장이 발칵 뒤집혔다. 그 야당 의원이 그 여자에게 따졌다.

"국회의원들이 소설가입니까?"

"질문도 질문 같은 질문을 하세요."

그 여자가 핏대를 세우며 맞받았다. 회의장은 아수라장이 되었다.

이 장면을 보고 많은 소설가들은 놀라움을 넘어 자괴감을 금할 수 없었다. 정치 입장을 떠나서 한 나라의 법무부 장관이 소설을 '거짓말 나부랭이' 정도로 취급하는 현실 앞에서 이 땅에서 문학을 융성시키는 일은 참 험난하겠구나 하는 생각을 했다. 또한, 이번 기회에 걸핏하면 '소설 쓰는' 것을 거짓말하는 행위로 빗대어 발언해 소설가들의 자긍심에 상처를 준 정치인들에게도 엄중한 각성을 촉구한다.

법무부 장관이 소설이 무엇인지 모르는 것 같으니, 우선 간략하게 설명부터 드려야 할 것 같다. '거짓말'과 '허구(虛構)'의 개념을 이해하지 못한 듯하여 이를 정리한다. 거짓말은 상대방에게 '가짜를 진짜라고 믿게끔 속이는' 행위다. 소설에서의 허구는 거짓말과 다르다. 소설은 '지어낸 이야기'라는 걸 상대방(독자)이 이미 알고 있으며, 이런 독자에게 '이 세상 어딘가에서 일어날 수 있을 법한 이야기'로 믿게끔 창작해 낸 예술 작품이다. 이런 소설의 기능과 역할을 안다면, 어떻게 "소설 쓰시네."라는 말을 할 수 있겠는가.

1,300여 명의 회원의 소설가 단체가 그 여자의 공식 사과를 요구한 성명서 일부분이다. 하지만 소설을 그렇게 취급하는 부류가 한둘이랴. 그런데 웃기게도, 거짓말과 소설을 구분하지 못하는 그 여자가 나중에 제가 소속한 정당이 도로 야당이 되자 현 대통령과 법무부 장관을 힐뜯으려고 자전적 소설을 한 권 낸다. 그 여자의 말대로라면 제 소설 역시 온전히 거짓말이라는 얘기가 되는 것이다.

바깥세상이야 어떻든지 매장 안은 보송보송하고 시원했다. 비는 그치지를 않았지만, 여러모로 승마장보다는 나았다. 빗속에서 온종일, 진창인 승마장에서 움직이는 것은 상상도 하기 싫었다. 나도 나이가 드니 낮에도 어느 정도 자야 했다. 나는 사람 없는 시간에는 뿌옇게 김이 서린 통창 곁의 그 2인용 소파에 드러누워—무릎을 세워야 하지만—잠잠한 빗소리 속에서 잘 수 있어 좋았다. 비는 장장 54일간이나 쉼 없이 내렸다.

22
좌판

 나는 이번 장을 시작하기 전에, 바로 전 장의 맥락과는 맞지 않는 것 같아서 그 막돼먹은 여자의 이야기를 붙일까 말까, 며칠 고민했다는 것을 먼저 솔직하게 말하지 않을 수가 없다. 그리고 미래는 알 수 없기에 혹여 나중에 그 여자가 더 상위의 권력을 쥐게 된들 나를 어찌할 텐가. 어차피 소설인데.
 언제부터인지 잘 기억나지는 않으나, 내 위쪽 앞니 하나가 나날이 미세하게 흘러내리고 있었다. 이제는 그 이 한 개만 길쭉하게 늘어져서 보기가 싫었는데, 실내 마스크 착용이 의무가 되어 내게는 그나마 다행이었다. 몇 달 전 쉬는 어느 날이었다. 시내 어느 맛없는 순두부찌개 집에서 혼자 점심으로 그 찌개를 시켜서 길게 빠져 내린 그 이에 음식물이 스치지 않게 하려고 애쓰며 넘기고 있는데, 그 이가 아직 매달려 있는 잇몸 쪽이 너무나 아파서 숟가락을 놓을 수밖에 없었다. 그 이를 잡아보니 앞뒤로 점점 더 크게 흔들거리더니 이내 그 자리에서 빙빙 돌아가는 것이었다.

내가 무슨 죄를 저질러 감옥에 들어가야 하는 것보다 나는 돈이 없을 때가 더 두려웠다. 움직이기 시작해야 할 오전이 특히 그러했는데, 욕실에서 준비할 적에 근심 속에서—손가락 하나가 정상이 아닌 탓도 있었겠지만—어떤 물건을 들어도 손에 제대로 쥔 것 같지를 않았다. 집이나 카페의 전기 요금 납기 일자, 휴대전화—고정비를 줄이려고 카페에 애초 유선 전화를 놓지 않았기에 이용객의 연락을 받으려면 없앨 수가 없었다—요금 납부일, 3개월분의 자동차 보험 만기일 등등이 줄을 섰고 나갈 돈을 또 만들어야 하는 것이었다. 무엇보다 가장 크고 근원적인 걱정이 언제나 내 어깨를 무겁게 내리누르고 있었다. 나는 이제 공치는 날은 없었으나, 벌고 또 벌어도 예전보다는 어느 정도 나아질 뿐, 그 2,000만 원을 모으기는 고사하고 연체된 세금 정도도 만들기 요원했다. 세금이란 절대로 사면되지 않는 범죄 전과처럼 남는 것이었다.

무슨 가는 줄이 톡, 끊어지는 것 같더니 금방 아주 시원해졌고 손가락 사이에 집힌 그 이를 내가 내려다볼 수 있었다. 나는 그 이를 냅킨으로 닦아서 한참 더 내려다보았다. 치약이나 전구와 마찬가지로 모든 것은 그 종말이 있게끔 되어있다. 이가 빈틈으로 바람이 들어오고 발음이 샐 테지만, 승마장에서 마방 치울 때 마스크를 계속 썼더니 이제 그렇게 불편하지도 않았고 흉한 모양도 가릴 겸 나는 더 나았다. 세상의 대부분은 돈 문제였다. 돈이 있으면 무엇을 못하겠나. 치아는 어차피 건강보험 처리가 안 되기에 나중에 돈이 생기면 어떻게 해 넣을지라도 그렇게 중요한 문제는 아니었다.

"여보! 아들 라테 그림 만드는 것 좀 가르쳐 줘요. 손님들이 짜증 낸대잖아."

아내가 몇 차례 이렇게 말했으나, 그것은 쉽지 않은 일이었다. 처음부터 나는 아들이 혼자 일하는 날은 '지금 바리스타님이 자리에 안 계셔서' 따듯한 라테는 안 된다고 하라고 일러두었었다. 그래도 제 딴에는 자꾸 그 말을 하려니 창피한 모양이었다.

"글쎄, 가르친다고 되는 게 아니라니까 그러네. 자기가 절실해서 달려들어야만 가능한 거라니까."

내가 사실을 이야기했지만, 아내는 아무래도 이해를 하지 못하는 것 같았다. 못하면 아예 안 하는 것이 더 나았다. 이용객이 그림이 엉망인 라테를 앞에 두어서는 여태껏 그 고생을 해서 그나마 쌓은 평판은 여지없이 무너지게 된다.

점심을 먹기 전에 한 잔이라도 팔면 일단 그날은 공을 안 쳤다는 안심이 되었던 것이 언제였던가. 점심 전에 일곱 잔 넘게 파는 적이 많아지더니, 1인 1차라도 이제는 앞마당에 빈틈없이 들어차면서 일급으로 계산하면 승마장 이상 올리는 일이 그다지 어렵지 않게끔 되었다.

하루 매출에서 재료비와 이것저것 다 빼고 계산하고, 낮잠까지 자면서도 막노동판의 잡부 일당보다는 나은 적이 더 많아졌으며 목수 일당까지 넘긴 날도 있었다. 그런 일은 기상 등의 사유로 나가지 못하는 날이 꽤 되지 않은가. 게다가 나는 이제 어느 정도 피곤하면 잇몸이 들떠 욱신거려서 험한 일은 못 할 것 같았다.

"이 없는 거 영 보기 안 좋아."

오랜만에 가진 술자리에서 그 친구가 말했다. 나는 돈이 없어서 그렇다고 했다.

"그러면 나처럼 노가다 뛰는 게 낫겠다."

그는 내가 여태까지 힘든 줄로 아는 모양이었다. 내가 답했다.

"노가다보다는 더 나아."

일순 그의 안색은 굳어졌다. 그가 얼굴을 푼 뒤 말했다.

"그래? 그럼 룸살롱 가야겠잖아?"

룸살롱! 커피 팔아서 미쳤다고 그런 업소들을 다닌단 말인가. 아무래도 제정신 같지 않은 말이었다. 그렇게 당하면서도 왜 돈을 그렇게 하찮게 여기는지. 돈이 얼마나 무서운지 정녕 모르는 것일까.

젊었을 때. 그때는 돈이 있었고, 그런 데 갔었을 때는 그러나 일이 괴로웠던 듯했다. 사람들을 이끌고 해야 하는 일. 다시 말하지만 나는 그런 일이 맞지 않았다.

나는 언제나 그 일만은 당면하고 싶지 않았으나, 또다시 한걱정을 해야만 하는 시기는 돌아오고야 말았다. 옷도 안 사 입고, 바깥에서 술도 안 사 먹고, 필요한 것도 1000원숍에 가서 1,000원짜리를 사도, 8년 동안 나는 그 돈을 메꾸지 못했던 것이었다. 내 건물의 2층은 살림집으로 원래 보증금 3,500만 원에 월 임차료 20만 원의 세를 주고 있었다. 살던 여자가 나간다고 했고, 당장 너무나 곤궁했었기에 5,500만 원의 전세로 돌렸던 것이었다. 그래서

좌판　227

2,000만 원의 빚을 졌고, 그 돈이 어떻게 없어졌는지는 1장에서 전술했다. 그렇다. 나는 그 2,000만 원 때문에 두려웠다. 전 세계적인 그 바이러스 감염증 시국으로 남들이야 어떻든, 지키지는 못할망정 곶감 빼 먹듯 하나씩 빼 먹으며 살 수는 없는 노릇이었다. 혹여, 독자 여러분 중에는 2,000만 원이 얼마 되지 않는다는 사람도 있을지 모르겠다. 적은 돈이라고 할 수도 있다. 너무 큰 것은 운명이라고 포기해버리면 되나, 작은 것은 내 힘으로 어떻게 해 볼 수 있을 것 같은데 되지를 않아서 이제 나는 큰 것보다는 작은 것에 겁이 난다. 그렇다. 겨우 국산 '준중형' 새 승용차 한 대 사기에도 부족한 돈이다. 그러나 이렇게 살아서는 내가 20대에 생애 첫 승용차로 장만했던 등급의 차 한 대도 새로 살 능력이 안 되는 것이다. 할부로든 단번에든 이제 나는 그런 새 차를 사는 사람들이 대단하게 보였다.

  2층의 젊은 부부가 나간다고 초여름에 말했기에 나는 공인중개사 사무소 여러 군데에 알려 놓았다. 그네들은 계약 만료 일자 두 달여 전에 이사해 나가면서, 어디서 무슨 얘기를 들었는지 짐을 깨끗하게 다 안 빼고 큰 트렁크 하나를 덜렁 남겨놓은 것이었.

  이제 그 날짜는 다 되어가는데 그동안 두어 차례 역시 그냥 보고만 간 이들이 있었을 뿐이었다. 거실이 넓고 방도 세 개지만, 처음에 지을 때 사무실 용도였던 층이라 욕실 겸 화장실이 하나뿐이고 작은 것은 여건이 불리했다. 그것도 세탁기를 들여놓지 못할 정도로 조그마했다. 요즘은 욕실부터 번듯한지 따지는지라 돈이 모자라도 토지주택공사의 전세 임대를 신청해서 넓고 좋은 집으로 일단 들어가고 보는 세태였다. 비슷한 넓이의 근방 지역의 아파트 전세보증금은 내 건물 2층의 3배가량, 그러니까 1억 5,000만 원 정도로 나오고 있었다.

나는 하루하루 속이 타들어 가면서도 점점 닥쳐오는 그 날짜를 무력하게 맞고 있었을 뿐, 다른 수가 없었다. 그날을 1주일 앞두고 2층 남자가 내용 증명 우편을 보내왔다. 나는 일단 그것을 꼼꼼히 읽었다. 인접한 도시의 아파트를 분양받았는데, 잔금을 지급해야 하므로 그 날짜까지 정확히 임대보증금 전액을 입금하라면서, 아니면 자기가 계약 불이행으로 아파트 측으로부터 연체료 납부 등 불이익을 받게 된다며 나를 조였다. 그것은 제 사정이라 내 알 바 아니었고, 제 계좌번호 밑으로는 임대보증금 미반환 시 연체료는 그 전액에 연 18%의 연체 요율을 적용하여 청구하겠다는 말을 덧붙여놓았다.

그따위로 내용 증명 우편을 보내오는 바람에 나는 오히려 유리해졌다. 그네들은 처음 1기 2년의 주택 임차계약 기간이 끝나고 묵시적 갱신(주택 임대차보호법 제6조 : 자연 연장 2년)이 되어 2층을 사용했는데, 그 갱신 후 해지권 통지 시 그 통지로부터 3개월 후부터 임대보증금 반환 청구가 가능하므로 나는 그만큼 시간을 벌 수가 있었다. 그리고 그네들에게도 일정 정도는 귀책이 있었다. 가장 보기 안 좋은 것은 방문들로 너무 오래되어 필름이 떨어져서 군데군데 찢겨나가 있었다. 그네들이 아직 있을 때 집을 보러 온다는 사람이 있었기에, 내가 카페를 쉬는 날 방문들의 필름을 아예 다 뜯고 페인트칠을 하고 욕실과 주방 싱크대도 닦아 놓고 전등 스위치며 이것저것 보수해 보려고 하루 낮 동안만 비우게끔 양해를 구했으나 곤란하다는 것이었다. 결국, 지저분한 집을 보고 간 이의 소식은 없었다.

'처음의 구두 전달은 증거가 없다. 삼 개월 동안이면 나갈 수 있을 것이다. 너도 내가 피를 말리리라…….'

라테아트를 가르쳐 주지 못했는데 내 아들은 마스크를 쓴 채 군에 입대했다. 아내 혼자서 아들을 데려다주고 나는 그날도 카페를 열었다. 무엇보다 조금이라도 돈을 벌어야 했다. 그리고 다시 실존주의를 시작했다. 아침에 새벽같이 일어나서 2층으로 내려가서 내가 해야만 하는 일들을 혼자 하다가 카페로 갔다. 피곤했다. 피곤한 인생이었다. 무엇 때문에 3층에서 물이 타고 내려가 안방 천장이 내려앉은 부분이 있었다. 나는 석고보드를 사 와서 혼자 안방 천장 전부를 갈았다. 다음으로는, 방 두 개의 천장과 방문들을 페인트로 도색하고, 인터넷으로 미리 시켜놓았던 타일 페인트로 욕실 바닥을 칠하고, 안방의 천장 직부등을 보기 좋은 것—이것도 인터넷으로 미리 준비했는데 보기보다 쌌다—교체하고, 전등 스위치들을 갈고, 주방 후드에 절어 붙은 기름을 닦아냈다. 어느 하나도 노력 없이는 되는 것이 없었다. 모든 작업을 나 혼자서 했기 때문에 비용은 얼마 들지 않았다.

공인중개사 사무소들은 여전히 연락이 뜸했다. 외국에 있다가 온 한 친구가 자기네 셋집도 그것으로 구했다며 '당장 마켓'이라는 온라인 중고 직거래 플랫폼을 알려 주는 것이었다. 그 시초는 이러했다. 그 플랫폼에 돈을 보내면 그 금액만큼 맨 위에서 네 번째쯤 매물을 계속 띄워주는 방식이었다. 가격이 싸서 그런지 조회 수는 많이 쌓였으나, 보러 오겠다고 문자를 보내는 이는 드물었다. 나는 사람 없는 매장의 화목 난롯가 흔들의자에 웅크리고 앉아 하루마다 애를 태웠다. 드디어 어느 여자 혼자 왔는데 집안을 이리저리 둘러보면서 자꾸 한숨을 내쉬는 것이었다.

"여기 작은방에 이건 또 뭔가요?"

굴뚝이 없어 실제로 불을 지필 수 있지는 않고 애초에 그 분위기만 내려고 만들었을 붉은 벽돌을 쌓은 벽난로였다. 나는 인테리어로 해 놓은 벽난로라고 알려주었다. 그 여자는 아휴, 아휴, 하면서 연거푸 한숨만 쉬었다. 돈이 얼마 없어서 이런 집을 보러 온 것이 아닌가. 아니면 아예 신축 아파트로 들어가면 되지 않는가. 왜 남의 집을 둘러보면서 한숨을 푹푹 쉬고 있나. 나는 그 여자의 등짝에 대고 뭐라고 한마디 해주려다가 꾹 참았으나 나중까지 분이 가시지 않았다.

말 나온 김에 이상한 여자들 얘기를 마저 꺼내야겠다. 다른 사람 지나가지도 못하게 대형 마트의 무빙워크 한복판에 딱 버티고 서있는 배짱 좋은 아낙들—젊은 여자들은 그렇게 생각 없는 경우가 드물다—이며, 바로 옆이 계단이고 맨손인데도 조금이라도 덜 걸으려고 2층에서 승강기를 잡아 1층에서 내리는 밉상 맞은 여자들. 이런 여자도 있었다. 검투사 처지였던 그 승마장의 실내 마장 앞이었다. 분명 낯이 익어서 여기서 뵙네요, 하면서 내가 반갑게 인사를 했더니 나를 몰라보는 것 같았다.

"김 영양 교사님 맞으시죠? 백 부장이에요."

'부장'은 내가 그전에 다른 회사에서 시간제로 1톤 냉동 탑차를 몰 적에 그 나이에도 미혼이었던 그 여자가 임의로 내게 붙인 직함이었다. 그 여자는 배송 기사들 사이에서 마귀할멈으로 통했지만, 나는 그 여자가 식자재를 다시 가져오라면 군말 없이 몇 번이고 새로 갖다주었기에 나와 마찰은 없었다. 그 근래에 정년퇴직했다던가 하는 그 여자는—이제 시간이 남는 모양이었다—분명히 나를 기억하련만 일부러 모르는 체하는 태도가 눈에 보였다. 원장이 그 여자를 나에게 맡겼다.

"팔을 니은 자로 하세요."

그 여자가 볼썽사납게 팔을 쭉 펴고 말고삐를 쥐었기 때문이었다. 그 여자가 이번에는 팔을 직각으로 만들었다.

"너무 접었어요. 팔꿈치를 조금만 펴세요."

"니은 자가 구십도 맞잖아요."

그 여자가 말 위에서 말대꾸했다. 그때부터 알아보았어야 했다. 다른 여자 회원이 말을 끌고 실내 마장 출입문을 열었다.

"문 닫아요!"

마귀할멈처럼 눈꼬리가 쭉 찢어진 그 여자가 말 위에서 소리를 빽 질렀다. 나는 누구한테 문을 닫으라는 것인지 의문스러웠다.

"빨리 문 닫으라고요!"

그 여자는 다시 소리쳤다. 말을 끌고 들어오려던 회원이 깜짝 놀라서 출입문을 닫으려고 해서 내가 그냥 두라고 했다.

"아니, 왜 문을 못 닫게 하는 거예요?"

그 여자는 온몸이 부아로 꽉 채워져 있는 것 같았다. 아니, 말이 뺑뺑이만 똑같이 도는 놀이 기구란 말인가. 그러려면 왜 말을 타는가. 게다가 정 출입문을 닫고 싶으면 제가 말에서 내려서 닫으면 될 것이 아닌가. 누구한테 문을 닫아라, 마라, 한단 말인가. 내가 일러주었다.

"회원님. 문이 열려있든 닫혀있든 관계없어요. 문 전서부터 부조를 더 강하게 써서 보내세요. 그게 승마예요."

그 여자는 말을 딱 세우더니 씩씩대면서 뛰어내렸다.

"에이, 성질나서 못 하겠네. 나 말 안 타."

4. 마장 내 승마 시 교관의 지시에 순응하여야 한다.

그 여자는 실내 마장 앞에 높다랗게 서 있는 안전 수칙도 읽어보지 않은 것 같았다. 그 성질 더러운 여자는 그대로 승마장을 그만두면서 원장에게 들렀던 것 같았다. 얼마 뒤 원장이 오더니 내게 말했다.

"말 타는 여자를 우습게 본다고 그러데요. 아니, 말 타는 여자가 그렇게 대단하면 말 타는 거 가르치는 우리는? 참, 나······."

그 얘기가 대표에게 안 들어갔을 리가 없었다. 100가지를 잘 해도 한 가지를 잘못하면 대표가 나를 좋게 볼 리 없을 터였다. 그러나 이제는 그 승마장 역시 사람이 없을 것이었다.

'당장 마켓'에 넣었던 돈이 다 쓰였고 나는 다시 1주일 분을 넣어야 했다. 두서너 명 와서 보고만 갔다. 나는 집이 나갈 때까지 매일 가격을 올리겠다고 게시글을 수정했다. 광고를 본 날 오지 않으면 100만 원 단위로 손해가 되게끔 날마다 실제로 100만 원씩 올렸다. 한동안 그러다가 그 플랫폼에 이런 문자가 왔다.

'얼마큼까지 오를지 궁금한데요?'

나는 이렇게 답했다.

'시세에 맞을 때까지요.'

나는 서너 번이나 그 플랫폼에 돈을 보냈지만, 결국 다 헛일이었다. 카페는 그 전염병으로 인한 사회적 거리 두기가 2단계로 격상해 매장 내 취식이 금지되어 오는 이용객도 없는데 큰일이었다. 한겨울에 누가 테이크아웃을 하러 일부러 멀리, 그것도 산속까지 찾겠는가.

카페 매출은 처참했다. 바깥은 점점 지옥처럼 되어갔다. 나는 가을에 한 트럭 들여놓은 참나무 통나무를 자르고 쪼개서 하릴없이 화목난로만 때고 있었다. 2층은 여간해서는 나가지를 않았다. 나를 도울 수 있는 사람은 나 자신뿐이었다. 8년 전쯤 사업을 망해 먹고 일전 한 푼 없었을 때, 길거리에 좌판을 깔고 여러 가지 내 물품들을 팔고 앉아 있어 볼까 생각해 본 적이 있었다. 지금껏 없었던 온갖 재미있는 경험을 해 볼 수 있을 것 같았지만, 시도할 만큼 그때의 나는 정신의 자유가 없었다.

맨 처음은 이렇게 시작되었다. 아내는 나보다 먼저 그 '당장 마켓'을 알고 있었던 모양이었다. 단 지 1년여밖에 안 되는 것 같은데 3층 욕실 벽의 전기온수기가 맨 밑부분이 벌겋게 부식되어 물이 계속 떨어지고 있었다. 애초의 대리점에 수리를 의뢰했더니 부식은 수리 불가능하다며 새것으로 바꿔야 한다는 것이었다. 나는 뭔가 당한 심정이었다. 아내는 같은 용량의 중고 전기온수기를 '당장 마켓'으로 사놓았다며 싣고 오자고 했다. 내가 들고 올라와서 살펴보자니 벽에 박으려면 꺾쇠가 필요했다. 그 회사에 전화해 돈을 얼마 부쳐서 꺾쇠를 받아놓은 다음 사람을 불렀다. 온 사람은 그 작업에 30만 원을 불렀다.

"새로 바꾸면 설치비 포함이니까 원래 대리점에서 시키는 게 훨씬 싸겠다."

내가 돈을 대기로 하고 아내에게 말했다. 카페 수입은 처참할 정도였지만 어쩔 수 없었다. 이제는 아내가 4만 원 주고 산 덩치 큰 애물단지를 치워버리는 일이 남은 것이었다. 사 왔던 금액만 받자니 뭔가 억울한 점이 있었다. 나는 꺾쇠 대금과 배송비, 애초 아내와 가서 실어 온 운송비며 계단으로 들어 올린 내 인건비를 포함해서 6만 원에 올려놓았다. 추워서 급했는지 바로 사러 오는 사람이 있었다. 이것 봐라? 나는 아내에게 그 6만 원을 줄 수가 있었다. 우선 '당장 마켓'에 2층 전세 광고로 버린 돈이 속 쓰렸다. 나는 갖가지 물건들을 '발굴'해서 깨끗이 닦으며 흠이 없나 확인하고 거기에 올리기 시작했다. 이를테면 아주 예전에 내 사무실에서 남생이를 키웠던 작은 어항, 부탄가스를 쓰는 야외용의 소형 바비큐 그릴, 외국 여행 중에 샀던 관광기념품이나 장식품 같은 것들로 끊임없이 나왔다. 남들은 내 물건들을 어떻게 볼 것인가. 내게는 이미 그 소용을 마쳤는데, 남들은 그것들을 보면서 어떤 생각을 할 것인가. 그런데, 내어놓은 지 얼마 지나지 않아 어떻게든 팔리는 것이었다. 그냥 둔다면 아무 쓸모 없이 언제까지고 집안만 어지럽힐 텐데 팔아 치우니 돈이 되었다. 나는 '당장 마켓'으로 날린 돈을 회수하려 했다.

'당장 마켓에서 넘어졌으니 당장 마켓에서 일어나겠다.'

거기에서 팔 물건들을 찾아내면서 지난날 쓸데없는 것들을 터무니없게 많이 샀었다는 것을 나는 알게 되었다.

자기의 가구가 거지 같은 빈 상자들의 모습으로 수레에 실려 많은 사람들의 눈길을 받으며 대낮에 시골길 위를 끌려가는 모습을 보고 부끄러움을 느끼지 않을 사람이 철인 말고는 누가 있겠는가? 흠, 저게 바로 스폴딩 씨네 가구구먼! 이삿짐만 보아서는 그게 소위 부자라는 사람의 것인지 또는 가난한 사람의 것인지 나는 분간할 수 없었다. 주인은 항상 가난에 찌든 사람 같았다. 사실 말이지 그런 가구가 많으면 많을수록 그만큼 더 가난한 법이다. 그런 이삿짐 하나는 판잣집 열 채에 들어있던 것을 모아 놓은 것처럼 보인다. 한 채의 판잣집이 가난의 상징이라면 이것은 열 배나 더 가난한 모습인 것이다. ― 헨리 데이비드 소로, 《월든, 숲속의 생활》

그즈음 그 중고거래 플랫폼에는 유명한 모 리듬 체조 선수의 이름을 붙인 자세교정 의자와 모 적외선 전기 그릴들이 허다하게 올라왔다. 텔레비전 광고와 홈쇼핑을 보고 좋다고 너도나도 사들여놓고 보았는데, 의자는 불편하고 그 그릴은 굽고 익히는 데 너무 오래 걸리는 터라 다 내놓는 것이리라. 그러니까 왜 함부로 사서 거의 새 제품을, 의자는 반값에 전기 그릴은 거의 10분의 1 가격으로 처분하는 식으로 터무니없는 손해를 보는가.

  내가 커피만 팔라는 법은 없었다. 매장 내 영업금지라 팔지 못하면 다른 것을 팔아도 그만이었다. 예약되면 저녁에 내 집 앞에서 거래했고, 어차피 버려도 될 것들이라 다음날에 그 전날의 카페 매출로 잡았다. 그러다가 그 플랫폼이 아니고 다른 경로로 내 집 2층이 재계약되었다.

23
지옥에서

바깥은 점점 더 지옥처럼 변해갔다. 나는 쉬는 날 그편이 싸서 기차를 탔지만, 마스크를 조금도 내릴 수 없게 감시를 받았다. 문학관이나 전시관 같은 데는 죄다 문을 닫아걸었기에 나는 태백선을 타고 하릴없이 탄광촌에 내려 고지대의 더 차고 매서운 바람을 맞다가 돌아오고는 했다.

우리는 모든 것을 너무 쉽게 잊는다. 그즈음 전국에서 자영업자들이 생활고로 목숨을 끊고 있었다. 가깝게 시내만 해도 어느 한우 음식점 업주와 한 측량사무소 소장, 상영관 5개의 신축 영화관 대표가 유서가 될 만한 것도 남기지 않고 자살했다. 그 영화관 건물은 거의 은행 빚으로 올렸으리라. 1층에서 3층까지 상가이고, 열에 아홉은 공실인 채로인데 무슨 대책이 있었겠는가.

카페의 매장 내 취식이 금지된 동안에 대형 카페가 여럿 망했다.

겨울이 끝나가는데 비수도권은 다시 매장 안 자리를 사용할 수 있게 되었다. 나는 위쪽 카페는 어떤가 보려고 올라갔다. 모녀가 하다가 나간 카페는 남자가 새로 들어왔지만, 돈가스에 더해 이번에는 냉면에 만둣국까지 파니 내 관심 밖이 되었다. 처음에는 직원 한 명을 두고 시작했었으나, 이제는 마스크를 꼭 덮어쓴 여자 업주 혼자뿐이었다. 나는 카운터에 놓은, 이용객들 각자가 일일이 수기로 작성하는 출입 명부에 눈길을 떨궈보았다. 나는 카페를 하려고 건물을 짓지 않았으며 인테리어 업자를 쓰지 않았는데도 꼴좋게 내 매장 사정만도 못한 것이었다. 그 여자는 이제까지 더러 내 카페에 들를 만도 했건만, 그 카페의 초기에 저 쉬는 날 딱 한 번 온 것이 다였다. 낯을 가려서 그러지는 않은 것 같았다. 저나, 나나 외로운 산골에서 카페를 한다고 서로 친하게 지내려 적어도 열 번은 넘게 가서 커피를 사 마시며 이야기를 나누었기 때문이었다. 나는 그 여자가 괘씸했다. 나를 우습게 보는 것일 터였다. 그 뒤로 나는 다시는 그 카페에 들어가지 않았다. 예전에 내가 알았고 여태까지 내 카페에 한 번도 오지 않았던 사람들도 더욱이 바이러스 감염증 팬데믹이라는 핑계까지 있으니 마음에 걸림이 없을 터였다. 나는 그들이 하는 모든 일이 안 되기를 바랐다.

숍 인 숍이라 할 수 있었다. 커피를 못 팔면 다른 거라도 팔면 되는 것이었다. 나는 그날 느낌이 안 좋다 싶으면 집을 나서기 전에 '당장' 거리를 해서 카페에 왔다. 상품을 깨끗하게 닦으면서 흠결의 유무를 확인한 다음 사진을 찍고 줄자로 실측해서 내용을 올렸다. 낚시꾼의 마음이 이 같은 것일까. 커피를 파는 것과는 또 다르다. 나는 두근거리는 마음으로 기다린다. 조금 후에 휴대전화가 "당장!" 하고 외친다. 옳지, 물었다! 상대는 채팅 창으로 물건에 관해 묻는다. 나는 이것만 팔았으면 하는 마음이 된다. 이상하게도 그 거래에서의 5,000원은 일상의 5,000원이 아니다. 몇 배나 값지게 여겨진다. 나는 상대와 거래 약속을 잡고, 제발 상대가 구매 약속을 지켰으면 하는 심정이 되어 거래 약속 시각까지 다시 기다린다. 다행히 상대는 약속을 지키러 온다. 5,000원에 올려놓은 물건이 나가도 큰 성취감을 맛보고, 5,000원짜리 물건을 하나 사려고 해도 반드시 필요한 것인지 나는 여러 차례 고민한다. 5,000원이라도 허투루 쓸 수 없다. 그럴 것이면 무엇 때문에 커피를 팔겠는가. 물건이 나가면 나 자신이 인정받는 느낌이 든다. 오후 두 시가 넘어서까지 차 한 대도 올라오지 않을 때는 아침에 그것이라도 팔지 않았다면 어찌 될 뻔했나, 하면서 나는 안도의 숨을 내쉬었다. 카페가 쉬는 날, 한 친구가 담배 살 돈도 없다는 것이었다. 내가 그 친구에게 말했다.

"담뱃값 정도는 (글 쓰는 것처럼) 무에서 유를 만들면 되지."

버리려면 돈도 들고 귀찮아서 그 중고 플랫폼에 '무료 나누기'로 내놓은, 시트가 두세 줄로 길게 갈라진 팔걸이 회전의자를 받아다 두었다. 의자 항목을 훑어보니 다 멀쩡한데 리프트의 가스가 빠져 높일 수가 없다는 팔걸이 회전의자를 '무료 나누기'하고 있었다. 나는 그것을 실어 와서 멀쩡한 리프트의 먼저 의자 하부와 새로 가져온 의자의 상부를 결합하는 방법으로 상품화했다. 1만

5,000원에 올리자 얼마 지나지 않아 누가 돈을 가지고 왔다.

"자. 이렇게 하는 거다."

나는 그 친구가 피우는 외산 담배를 세 갑 건네주며 말했다.

나는 그 플랫폼으로 물건을 살 때 생활 흠집 있습니다, 이런 식으로 설명되어있는 것을 좋아했고, 전연 상관없었다. 새로 사도 어차피 헌 물건이 되기 때문이었고, 자원 재순환에 기여한다는 마음도 들었다. 어느 때는 그 좌판 놀이가 재미있지만은 않았는데, 이런 일례도 있었다. 거래하다 보면 별의별 사람이 다 있었지만, 어느 아침의 여자는 유별났다. 매장에 전구 빛 LED 램프 한 개가 필요했기에 전날 밤 자기 전에 그 전구를 사야 하나, 생각을 굴려보다가 딸내미가 쓰다가 이제는 안 써서 내 서재 책상 위에 있는 탁상용 전등이 눈에 들어왔다. 그 전등에는 내가 전에 무엇을 하느라고 몇 개 샀던 전구 빛 LED 램프가 끼워져 있었다. 나는 그 전구를 빼내는 즉각 그 전등을 '당장 마켓'에 올렸다. 다음 날 아침 6시 반쯤 "당장!"이 울렸다. 두 시간 뒤에 그 여자가 사가기로 했다. 그 여자는 제시간에 와서 도착 메시지를 보냈다. 검은 마스크는 꼈지만 검은 치마 정장으로 깔끔하게 차린 안경 쓴 여자였다.

"이십육 베이스가 뭐죠?"

그 여자가 물었다. 나는 친절하게 소켓 규격을 적어두었다.

"전구 사이즈예요. 이십육 베이스를 끼워야 해요."

"그런데 뚜껑은 없나요?"

무슨 뚜껑? 아니, 인터넷으로 한 번 찾아보지도 않았나? 그 탁상용 램프는 원래 아래위가 뚫린 원통형이었다. 좋지 않은 예감이 왔다.

"원래 뚜껑 없는 거고요."

그 여자는 내가 친절하게 넣어 준 종이 가방에서 탐탁지 않은 듯이 그 상품을 약간 빼 보더니

"상태가 그렇게 좋지는 않네요?"

이른 아침부터 깨끗하게 닦은 것이었다. 어디 우그러들거나 한 부분도 없었다.

"그러니까 싸게 팔지요."

내가 말했다.

"죄송하지만, 상태가 좀 그래서 다른 분에게 주셨으면 해요."

아니, 중고가 그렇지……. 나는 부아가 치밀었다. 옷매무새는 말끔하면서 뭐 이런 거지 근성이 있나. 그러면 2만 사오천 원 주고 새것으로 사지 뭣 하러 식전 댓바람에 5,000원짜리를 사러 왔나. 내가 따졌다.

"예약까지 하시고 이러시면 어떡해요?"

죄송하다면서 여자는 총총히 갔다. 나는 어이가 없었다. 그 여자는 도대체 어떤 물건을 바랐던 것일까. 그 플랫폼의 물건이야 손때 묻고 사용감이 있는 것이 당연하지 않은가. 그 여자는 아주 새 상품을 원했던 것일까? 그런 것이 바로 도둑 심보다. 오로지 새것, 새것, 새것……. 그런 여자는 몇 푼 안 되는 돈으로 대체 무엇을 바라는 것일까? 정말 희한한 종류의 인생이었다. 아마 내 카페에도 그런 여자들, 그런 사람들이 꽤 왔었을 터였다. 용모와 옷차림은

단정한데 이상한 인생들 말이다.

　방만했던 생활의 찌꺼기들은 부지기수로 나왔다. 나는 그것들을 팔면서 필요한 것은 사기도 했다. 거기에는 카페에서 쓸 수 있는 테이블이며 의자, 소파, 빙삭기, 전자레인지, 미니 전기오븐, 무선 전기 주전자, 커피잔, 수동 우유 거품기, 시럽 저그가 헐값에 나와 있었다. 내가 그 플랫폼을 미리 알았더라면 훨씬 더 돈을 안 들이고 카페를 차릴 수 있었을 것이었고, 앞으로 생활비도 대폭 절감할 수 있을 듯했다. 나는 특히 '알뜰매장'에 준 중고 전자레인지값 5만 원이 아까웠는데, 그 플랫폼에서는 2만 원짜리가 허다했다. 아는 사람들은 이제 '알뜰매장'에 갈 일이 없을 터였다.
　나는 아침마다 오늘은 무엇을 팔아야 하나, 궁리했다. 딸내미 용돈을 줄 때가 되었는데……. 큰 건을 하나 한다면 용돈을 줄 수 있을 텐데……. 사실 몇 건은 딸내미 용돈을 만들 수 있었다. 매장의 매출로 통장에 입금된 돈은 이상하게 나는 쓰기 싫어서 목욕비나 담뱃값 등 기타 잡비는 물건 판 돈으로 지출하고는 했다. 나는 나중에 보기 좋은 내열 유리 티포트를 샀기에 예전에 1000원숍에서 임시로 샀다가 마음에 안 들어 내어놓기 꺼려졌던 시꺼먼 도기 티포트—그 문학을 아주 싫어하고 덩치 큰 영감태기가 보이차를 마셨던—를 1,000원 빼서 팔았는데, 2년이 넘도록 1,000원어치를 사용한 셈이었다. 나는 이제는 쓸 일이 없을 60L짜리 장거리 산행용 배낭과 스웨덴제 전문가용 나침반도 그 플랫폼으로 현금화해서 카페의 메뉴 재료를 사기도 했다. 물건을 하도 많이 팔다 보니 그 플랫폼에서는 나를 아예 그런 업자로 알고 팔 물건이 더 없느냐고 내게 묻는 사람까지 있었다. 그날 돈을 벌면 벌었다는 사실을 잊어버려야 돈이 모이는데, 팔 물건을 발굴해서 세척하고 규격을 재고 사진 찍고 기다리고 약속 잡고 시간 맞춰 넘기고 나면 공돈처럼 필요 없이 쓰게 되는 것이 폐해였다. 카페처럼 그리 힘들이지 않고 모은 돈은 한 푼이라도 아끼고 싶지만, 너무 고생해서 번 돈은 보상심리로 쉽게 써버리게 되는 것이었다. 소설을 써 갈 환경을 만들어 보려고 갖은 고생을 다 해 온 지가 벌써 몇 해째인데, 나는 그런 식으로 좌판 놀이에 빠져 있었다.

세계에 퍼진 그 바이러스로 마스크 세상이 된 지도 1년이 훌쩍 넘어버렸다. 나야 이런 세상이 되기 전에도 자주 마스크를 써야 하는 돈벌이를 했었기에 금방 적응되었고, 땀이 차는 여름날 말고는 그다지 불편하게 여기지 않아 왔지만, 길에서 보면 마스크를 썼으나 눈매가 예뻐서 얼굴이 예쁠 것이라 짐작이 가는 여성들도 꽤 되고—마스크 때문에 더 얼굴을 보고 싶었다—얼굴의 반을 마스크로 가렸는데도 못생긴 것이 확연히 드러나는 사람들도 대단히 많았다. 그렇다면 대체 얼마큼이나 추한 것임에랴.

핏이 이렇게 예뻐도 되나. 주변에서 마스크 어디서 샀냐 물어봐ㅠ

노트북 컴퓨터나 휴대전화로 무엇을 검색하고 있으면 검정 마스크를 쓴 젊은 여자 모델이 그런 문구와 함께 한 마스크를 광고하는 팝업창이 자꾸 떴는데, 그녀는 크고 서글서글한 눈에 미모가 상당했다. 물론 그녀가 쓴 마스크 윗부분을 말한 것이다.

나는 새하얀 마스크를 쓴 사람들을 볼 때면, 특히 여성은 제 팬티를 입 위에 덮고 있는 것 같은 느낌을 받을 때가 종종 있었다. 은밀한 부위에 착용해야 할 것을 얼굴 하관에 씌운 듯한 야한 감정을. 그것은 일전에 국회 국정감사 장면들에서 얼굴은 번듯하나 지독한 성정의 그 여성 전 법무부 장관의 마스크에서도, 그 여자 뒤로 배석한 젊은 여성의 마스크에서도 비슷한 감흥을 가진 적이 있었다. 나는 그런 마스크를 조용히 벗겨 내려보고 싶은 충동이 일 때도 있었다. 그것을 벗기면 수줍게 무엇인가가 드러날 듯한 기대감 비슷한 것이었다.

예전에, 이런 세상이 아닐 때 여름 바닷가에서 몸매를 거의 드러낸 늘씬한 여자들이 얼굴의 상부를 다 가리는 커다란 알의 선글라스를 쓰고 마주쳐 지나가는 순간 나는 항상 그런 여자들의 전체 얼굴이 무척 궁금했었다. 하얗고 깨끗한 피부며 콧날과 예쁜 입술 형태만으로는 그런 여자들의 얼굴이 예쁘다는 것을 담보할 수 없었기에 그런 큰 선글라스에 무척 답답했었다. 지금 세상이 그런 짝이었다. 나는 세상이 답답했다.

그랬다. 눈매가 예뻐도 믿을 수는 없는 것이었다. 팬티 같은 마스크를 벗기면 입 끝이 한쪽으로 치켜 올라갔을 수도, 조커처럼 입가가 찢어져 있을 수도, 어쩌면 아예 입 자체가 없는지 어찌 알겠는가.

아무리 그래도 마스크 세상은 옳지 않았다. 그냥 마스크든 팬티 같은 마스크든 '연예인 마스크'든 다 벗어버리고 얼굴 전체를 드러내고 활보하는 세상이 맞는 것이었다. 이런 세상은 답답해서 괴로웠다.

　이런 시국에도 카페는 관내만 해도 계속 생겼다. 그나마 나는 카페 건물 임차료를 내지 않아도 되는 것이 다행한 일이었다. 카페는 지하수를 쓰기에 상하수도 요금을 못 내어 단수될 일도 없었다. 한 날 20대로 짐작되는 젊은 남자의 전화로 시작되었다. 모 포털 사이트에 내 카페 관련 글이 잘 뜨지 않으나, 가능성이 커 보여서 자기네 회사에서 광고 지원 대상으로 선정했고, 자기네가 1년 동안 무료로 온라인 마케팅 작업을 통해 1년 후 현재에서 6,000만 원 이상의 연 매출을 약속한다는 것이었다. 자기네가 내게 바라는 것은 단지 성공사례 자료, 그러니까 1년 후에 잘 되어 내가 인터뷰 영상 촬영에만 응해주면 된다고 반복적으로 열정적이며 끈질기게도 떠들었다. 세 번째의 그 긴 전화에 내가 물었다.
　"이 시국에 광고한다고 되겠어요?"
　젊은이는 그러기에 오히려 이럴 때 '진행'해야 차후 더 효과를 크게 본다며 사람을 못살게 굴었다. 나는 다시 물었다.
　"아무리 그래도 얼마는 내가 부담해야 할 돈이 있을 거 아니에요? ……그러니까 그게 얼마냐고요."
　젊은이는, 모 포털 사이트 장소 등록란 최적화 및 로직 업데이트에 맞추어 상위 노출 작업이며 웹로그 게시물, 방문자 게시글 등은 전부 무료로 '진행'하는데, 다만 내 카페 담당 관리자가 몇 명 필요하니 관리비로 1년 동안 145만 2,000원이며 한 달에 12만 원꼴인데 다달이 분납은 안 되고 전액을 납부만 가능하다는 것이었다. 그러면 그렇지………!

"난 여력이 안 돼요. 내 카페가 홍보 효과가 클 것 같아 회사 차원에서 나중에 시범적으로 다른 업체들에게 내세울 계획이라 하니 그 돈까지 무료로 지원하시든가."

물론, 젊은이는 그것은 어렵다고 했다. 세상도 지옥 같은데 새파란 것들이 벌써부터 어떻게든지 남의 돈이나 빼먹으면서 살려고 하니……. 내가 처음 당해보는 것이라 그토록 시달렸지만, 이후부터 그런 전화가 오면—젊은것들이 처치 곤란했다—바로 이렇게 말했다.

"글쎄, 난 돈 드는 건 안 한다니까요."

바깥이 지옥 같든 말든 나는 내 삶을 살았다. 나는 내가 할 것을 했다. 그간 불편했었는데 하나씩 편리해지는 즐거움이 있었다. 애초부터 집에서 가져와 쓰던 유선 청소기는 흡입력은 세지만 긴 전선을 빼내야 하고 길이가 닿지 않아 이 콘센트, 저 콘센트로 옮겨야 하며 이리저리 끌고 다니느라고 발과 의자 다리에 걸리는 등 매번 불편하고 귀찮았다.

귀찮은 것이라? 일하다가 매장 앞마당에 다시 나가서 차를 제자리에 주차시키는 것 따위가 나는 귀찮다. 말할 수 없이 귀찮다. 그러나 창의력을 요하는 일은 그렇지 않은데, 그래서 내가 제도권 교육을 그다지도 싫어했을까? 주입식의, 창의력이 필요하지 않은 두

뇌 노동이었으니……. 그렇게 공부를 한 자들은 창의력이 필요 없는 노동이나 하며 살다 죽는 것이다.

한 날, '당장 마켓'에 고가의 유명 제품인 중고 무선 청소기가 2만 9,000원에 나와 있었다. 나는 그 물건을 사 왔다. 흡입력은 조금 떨어졌으나, 편하고 자유로워 나는 매장 바닥을 청소하면서 삶의 기쁨 같은 것을 누릴 수 있었다. 무엇이든지 미리 다 갖추고 시작할 것이 아니다. 전에 주워온 공기 순환기의 경우처럼 나중에 하나씩 하나씩 좋아지는 즐거움을 빼앗기는 것이다. 불편했던 날들을 겪은 다음에 편리해지니, 얼마 안 되는 돈으로라도 그 희열은 컸다. 이런 것이 삶의 행복이라면 행복이라 할 수 있었다.

그나마 골프는 감염으로부터 비교적 안전한 야외 스포츠로 여겨지고, 해외 골프 여행도 제한되어서 오히려 골프장들은 더 성업 중인 모양이었다. 내 카페 매출이 전년 정도로는 회복되었지만, 여름도 되었고 어쨌든 작년보다는 나아져야 하는데 며칠 이상하게 그럴 기미가 없었다. 이유는 그것인 듯했다. 아랫길의 내 현수막을 바로 길 건너에서 아래 식당 현수막이 딱 막고 있었다. 내가 골프장 쪽으로 차를 몰면서 확인해 보니 내 카페의 현수막은 통째 가려져 보이지 않았다. 그 현수막만 믿고 있었는데 큰일이었다. 아무리 그렇기로서니 제 땅에 제 현수막을 건다는데 나는 달리 따질 도리가 없었다.

나는 오랜 시간 고심했다. 문제가 생기지 않기를 바랄 것이 아니다. 문제는 계속 생긴다. 어떻게 해결하느냐가 중요하다. 하나하나 극복해 나가면 되는 것이다. 문제가 생기면 나는 가급적 돈을 적게 들여서 해결할 방도를 궁리했다. 그 현수막도 문제가 많았다. 센 바람에 바람이 현수막 줄이 늘어지면 그때마다 사다리를 메고 내려가 고공 작업을 해야 하니 여간 번거롭고 신경 쓰이는 것이 아니었고, 늦여름의 태풍이며 갑작스러운 돌풍에 찢겨 다시 맞출 때마다 얼마나 돈이 아까웠나. 숲속에 숨어서 보이지 않기에 아무리 카페가 운치 있는 한옥 건물인들 소용없었다. 간혹 이용객들이 이런 식으로 말하는 소리를 들었다.

"바로 길가에 있으면 훨씬 나을 텐데······."

그래서 진입로 입구의 입간판 터에다 아예 한옥을 한 채 지어놓으면 골프장을 오가며 대거 몰려들 것 같았다. 즉, 한옥 기와를 얹어서 넓고 높다란 간판을 세우는 발상이었는데, 중기도 불러야 하고 내 기술로는 어림없었다. 아연 사각 파이프로 싸게 만들어도 용접이며 콘크리트 기초며 베이스 판 앵커 등등을 다 어찌할 것인가. 언제 알만한 사람에게 물어보았더니 인건비 포함 700만 원에서 800만 원이나 견적이 나왔다.

나는 진입로를 내려가 한참을 궁리하며 서 있다가 돌아오려는 중에 바로 길 건너에 붙어있는 절 소유 밭의 가장자리 언덕 비탈에 기대놓은, 커다란 도로 안내 표지판만 한 길 간판에 눈길이 멈췄다. 전해의 그맘때 진입로 입구 쪽에 웰 트럭이 한 대 섰는데, 무엇을 박는 소리가 들려서 내려가 본 적이 있었다. 내 입간판 바로 옆에 면 소재지 쪽으로 5km나 떨어진 염소탕 집의 큼직한 길 간판을 심고 있었다. 내가 그 인부들에게 말했다.

"여기 절 땅이에요. 세우시면 안 돼요."

지옥에서 249

한 인부가 말했다.

"도로 바로 옆인데 시 땅 아니에요?"

나는 그 옆의, 내 현수막을 맨 전신주도 전력 공사에서 절 측의 허락 없이 세워놓은 것을 알고 있었기에 시 땅이 아니라고 했다. 그들은 그 안내판은 싣고 갔지만, 맞은편의 똑같은 것은 며칠 서 있었던 것 같았다. 얼마 뒤 내 입간판 뒤쪽에 그 안내판이 내팽개쳐져 있었다. 카페 바로 밑의 그 식당 주인이 누가 자기 땅에 심어놓았다고 뽑아서 거기에 휙 던져버린 것이었다. 나는 보기가 싫어서 그 밭 가에 안 보이게 치워 놓았었다. 나는 근 1년 만에야 고안할 수 있었다. 길에서 내 카페를 볼 수 있게끔 하는 것이었다.

나는 거래하던 그 간판 집에 예전에 찍어 두었던 카페 본채 사진을 이메일로 보냈다. 근사하게 플렉스 출력되었고 5만 원에 찾아와 그 틀에 작업해서 차를 탄 사람들의 눈높이와 각도가 맞게끔 길가로 붙여 세웠다. 물론 그 위치도 절의 토지였다. 바로 다음 날, 쓸데없는 것을 '당장 마켓'으로 3만 원에 팔았으니, 실상 한옥을 실사 출력한 입구 간판 제작에 든 내 돈은 고작 2만 원이었다.

24
카페 전쟁

내 차에 기름이 얼마 남지 않았다. 나는 오늘 할 일을 내일로 미룰 것이다. 그날 기름값을 벌어서 다음날 넣으면 된다. 예전의 삶을 돌아보면, 그날 생각한 것을 그날 바로 했기에 얼마나 손해가 막심했던가. 내 카페 쪽으로 가는 길에서 나는 수차례, 나라면 그 시골 동네의 어느 카페로 가고 싶은가를 고심했다. 내가 카페를 시작한 뒤에 다녀보았던 카페 중 여러 군데가 그사이에 망했다. 사람들은 왜 카페에 가는 것일까? 나는 왜 내 카페로 가고 있는가. 사실, 안 가도 그만이다. 나에게는 자유가 있다. 얼마든지 운전대를 다른 쪽으로 돌릴 수 있는 것이다. 그런데 아니다. 나는 돈을 벌어야 한다. 돈을 벌어야 하기에 나는 그날의 내 전장으로 나간다. 나는 돈을 벌면서 책을 읽으며 소설을 써보려고, 쉬려고, 그리고 돈을 안 들이고도 그런 것들이 가능함을 증명하려고 카페로 간다.

나는 내 카페의 아랫길에 당도한다. 다 내가 구상해서 내가 만든 내 병사들, 아니 수문장들이 내 외성의 진입로 입구에 서 있다. 나는 매장 앞마당 끄트머리에 차를 받치고, 예전에 야외 대마장에서 훈련할 때 쓰던 뿔테의 미러 선글라스를 벗어두고 내린다. 하얀 반바지에 슬리퍼 차림이지만 여전히 승마장에서 회원들 교습할 때의 모자를 쓴다. 일 자체가 반바지를 입고 슬리퍼를 신어도 아무 상관이 없다. 나는 땀 냄새가 안 나면 이틀씩 같은 옷으로 나온다. 전날 왔던 이용객이 다음날도 올 확률은 극히 낮고, 와도 무슨 상관이랴. 나는 간편하게 사는 것이 좋다.

나는 커피나 차를 마시는 공간에 대해 다시 생각해 본다. 카페를 하기에 카페 여러 군데를 탐방하면서 사람들이 단지 그 가격의 커피 등 음료를 마시러 가는 것이 아니라 그 가격 이상의 무엇인가를 즐기기 위한 것임을 알았다. 그 공간은 아무것도 없이 깨끗하기만 하면 안 되는 것이다. 우리가 남의 집을 방문한다고 했을 때, 그 집에 가서 보고 싶은 것은 무엇인가. 그 집의 주택 양식, 실내 장식과 장식품이며 소품들, 생활 집기 같은 것들을 보는 재미가 있는 것이다.

감염병 시국 가운데서도 아랫길의 그 실험은 적중했다. 이용객들이 몰려들기 시작했다. 나는 세상을 비웃고자 주워다 놓은 것들과 못 쓰는 물건을 고쳐서 카페를 꾸며 놓았건만, 다행히 오묘한 격조를 풍겼고 사람들이 그것을 좋아하게 된 것 같았다. 내 창조물이 인정받고 있다는 심정이었다.

매장에 들어와서 뭐가 못마땅한지 떨떠름한 눈초리로 불퉁스러운 태도를 보이는 여자들도 간혹 있었다. 마치 자기가 하면 더 잘 할 수 있다는 듯이. 그 여자들은 돈 없이 나처럼 못 할 것이었고, 손가락 하나 날릴 자신도 없을 터였다. 그러나 다른 이용객들이 들어차면 그들의 안색이 변했다. 또 가끔 다른 여자 유형도 있었는데, 차를 세우고 들어와서 매장을 둘러보고 이러는 것이었다.

"여기가 다예요?"

카페의 크기가 내가 혼자 관리하기에 알맞았다. 더 크면 관리가 안 되어 다른 사람을 써야 하는데 인건비가 비싸서 남는 것이 없을 터였다. 차를 보아하니 별로 좋지 않고 집도 작을 것이면서 얼마나 더 넓은 데를 원하는가? 그러고는 그런 여자는 그냥 갔다. 그래. 어디 한참 멀리 대형 카페나 가라지. 그런데 설거지를 할라치면 다시 차가 올라와 빈자리를 채웠다. 나무 약사여래불!

가게에 사람 많은 광경이 최고의 인테리어이자 권위가 되었는데, 아무도 없을 때 카페에 들어온 사람들은 자기들만의 세상인 양 큰 소리를 치다가도 이내 다른 자리들도 차면 주눅이 드는지 조신해지는 것이었다. 내 옛 사업은 내가 모든 것을 중심에서 이끌어야만 했었다. 그러나 이제는 내가 만들어놓은 환경이 다 하는 것이었다. 나는 그저 메뉴만 만들어 팔기만 하면 되었고, 이용객들은 내가 하나하나 만들어놓은 환경 속에서 즐기기만 하면 되었다.

욕실에서 카페로 갈 준비를 할 때 두려운 마음은 여전했으나 일단 집을 나서면 그래! 오늘을 또 싸워나가자, 하는 결의가 생기는 것이었다.

'오늘도 나는 간다. 나의 승마장, 나의 전장으로.'

나는 카페로 오는 길에 일말의 정감을 품었다. 사람의 일생에 많은 것을 못하는가 보다. 나는 그동안 소설도 같이 써왔을 수 있었으련만 통 그러지 못했다. 핑곗거리를 대고 싶지는 않다. 나는 지난 30여 년 동안 무엇을 해놓았던가.

"여기 꼭 와보고 싶었어요."

와서 이렇게 말하는 사람도 몇 있었다. 그래도 나는 숲속에 하나의 다른 세계를 이루어 놓기라도 한 것이다. 다른 데보다 특별히 좋은 가게를 만들기가 어디 쉬운가. 그것도 산속에서 사람들이 올 만한 카페로 만든 것은 결코 쉬운 일이 아니었다. 테이크아웃 컵용 홀더에 내가 직접 글씨를 썼다고 얘기한 적이 있다. 읽던 책의 문장을 일일이 쓰다가 점차 감당이 안 되어

#숲속의 사색
#숲속으로의 여행
#여름 샹그릴라
#한 번쯤 뒤돌아볼 시간
#세상을 비켜서

이런 식으로 그때그때 떠오르는 간단한 글귀를 적고 있었는데, 이제는 그것도 어려워져 시내 인장 집에서 아예 자동 스탬프를 맞추어 왔다. 나는 그 스탬프로 찍으면서 나중에 편리해진 즐거움을 누리는 한편 군대에 간 내 아들을 생각했다. 내가 미리 써 놓은 홀

더가 떨어져서 아들의 미숙한 필체를 몇 번 본 적이 있었다. 자식 고생 안 시키고 진작에 만들었을걸, 하고 나는 후회되었다.

월요일은 위쪽 카페가 쉬니 원체 바쁜 날이었고 화요일부터가 진정한 승부였다. 아무리 산속이라도 희한하게 사람들은 몰릴 때 몰렸다. 사람들은 커피나 음료를 마시고 싶은 생체 리듬의 주기가 대개 비슷한 것이 아닌가 하는 생각이 들었다. 손이 달릴 때는 시간의 흐름이 아주 더디게 느껴졌고, 그러는 와중에 내 자식과 함께 일하던 때가 떠올랐다. 내 매장에 이용객이 많은 날은 어떤 카페들은 그 수만큼 사람들이 없을 터였다. 그 사람들이 그곳들로 갈 것을 이리로 온 것이기에. 세상은 원래 그렇다. 고양이들의 볕 잘 드는 두 무덤이 내 카페를 축원하는 듯했다. 어느 순간은 웃기는 주문도 받았다.

"따듯한 아이스 아메리카노 한잔하고요."

"……따듯한 아메리카노에 얼음을 넣어 드릴까요?"

또는 이랬다.

"복숭아 아이스티 뜨겁게 되나요?"

"아이스틴데요?"

"아! 그렇지."

나는 다른 사람의 눈에 띄지 않게 아무도 모르는 산속에 조용히 숨어서 돈을 벌었다. 예전에는 남들에게 어떻게 보일지를 많이 신경 쓰며 살았으나, 이제는 그런 것은 전혀 상관없었고 돈만 벌면 되었다.

주문이 밀릴 때는 그냥 내가 카운터 테이블에서 부를 수밖에 없었는데, 주문해 놓고 바로 바깥 자리로 나가 앉는 치들 때문에 곤란했다. 메뉴를 만들어서 자리까지 가져다주면 열에 아홉은 그 자리에 쟁반째 고스란히 놓아두고 몸만 빠져나갔는데, 바빠서 불러 직접 가져가게 하면 십중팔구는 빈 용기를 반납하는 것이었다. 나는 대책을 강구해야 했는데, 포털 사이트의 큰 중고거래 커뮤니티형 소셜 네트워크 서비스를 훑어서 신품으로는 30만 원 후반대의 진동벨 세트를 2만 원 깎아서 10만 원에 구했다. 먼저 다 갖출 일이 아니라 하나씩 경험해 보고 모색하는 것이 역시 옳았다.

꿈이라도 이상하게 꾸고 나면 큰일 나는 날이었다. 예를 들면 카페 마당으로 차가 줄줄이 올라오거나, 바깥은 밤 같은데 이용객들이 주문하려고 줄을 섰는데 전기가 나가 에스프레소 머신이 작동하지 않거나 하는 꿈이었다. 그런 날은 한 번에 진동벨이 네 개씩 나갔다. 전날도 바빴기에 몸이 고될 때는 예전의 승마장 일을 생각했다. 승마장에서는 그날 아침에 몸 상태가 안 좋을 때는 하루 몸을 사리면서 슬슬 움직였다. 나는 이제 오히려 연일 바빠도 흥이 났다. 몸이야 고될망정 그만큼 돈이 들어오고 카페는 살아나는 것이었다. 이용객들이 밀려 단시간에 신경을 팍 당겨쓰는 바람에 몸이 안 좋아질 때가 있었다. 나는 분주하게 움직이면서 어느 문장을 생각했다. 승마장 하루 쉬는 날 어디로 갔을 때 보고 적어왔던 글귀였다.

누렇게 뜬 마누라의 얼굴, 배고프다 보채는 어린 자식들의 울음. 막장

사람들은 여기서 이를 악문다.

나는 다른 일을 하다가 작업복 차림 그대로, 이를테면 헌 여름 승마바지를 입은 채로 주문을 받을 수도 있었고, 오전에 집에서 간편하게 입고 나올 수 있어서 좋았다. 매장에 이용객들이 들어차고 메뉴를 만들어 순서대로 호출하랴,—티오프 시간이 다 되었다며 바쁘다는 한두 명은 눈치껏 슬쩍 중간에 끼워 주는 경우도 있었지만—날카로운 눈으로 살피면서 좋은 자리가 나면 권하랴, 화장실 가르쳐주랴, 앞마당에 차들이 엉키면 뜰로 나가서 손짓으로 뒤쪽 주차장으로 유도하랴, 내가 무슨 오케스트라의 지휘자인 것 같다는 생각이 들었다. 내 옛 사업과는 달리 나 혼자서도 해낼 수 있는 일이었다. 내 카페는 오롯이 내가 통제할 수가 있었다.

아들과 같이 쉬는 날 없이 했을 때보다 월 매출이 훨씬 많았다. 앉아 볼 틈이 없어서 이만하면 되지 않았나, 하는 마음이 들 적도 있었다. 나는 그라인더의 레버를 연신 당겨 포터 필터에 커피 가루를 받으면서 그래! 자동차세 1기분이라도 만들어서 내자, 하고 마음먹었다. 그러면서 지친 나는 옆구리에 팔꿈치를 앞뒤로 슬슬 스치면서 손의 힘을 풀고 말고삐를 조작하듯 장비와 도구들을 다루고는 했다.

나는 예전의 사업들을 돌아보았다. 이제야 참다운 돈벌이를 하는 것이었다. 나는 이용객들이 빠지는 시간에 창가에 앉아 카페 마당의 나무 그늘과 듬성듬성한 뙤약볕을 내려다보며 3년 전 그맘때 타는 듯한 더위에 카페를 만들고 있던 나를 떠올려보았다. 승마장에서처럼 시간을 죽이고 있지 않고, 이제껏 카페의 하루하루는 내 삶의, 혹은 내 경제적 삶의 토대를 만드는 작업이었다. 어느 날 저녁 아내가 말했다.

"여보! 우리 카페 참 없이 시작했었어."

명소가 되면 한 번도 찾지 않은 과거의 사람들에게 다 보복이 되는 것이었다. 장사 잘 된다는 소문은 어떻게든 나게끔 되어있다. 실제로 내 카페가 주말에는 차 세울 데도 없다는 소문이 났다고 몇 사람이 일러주었다. 하지만, 이제 나는 알던 사람들이 일부러 찾아와 팔아주는 돈은 제값이 안 되는 것 같았으며 그다지 탐탁지도 않았다. 내 카페에 거의 오지 않았던 아는 사람들이 나 때문이 아니라 단지 내 카페가 좋아서 와보고 싶게끔 하는 것이 우선이었다. 점심때가 다 지날 무렵까지 이용객이 한 사람도 없는 날도 물론 있었다. 그런 날은 아침에 물건을 발굴해서 '당장 마켓'에 올려놓지 않은 것이 후회스러웠다. '아무것도 하지 않으면 아무 일도 일어나지 않'기에 나는 때때로 그 플랫폼에 물건을 올렸다. 장사가 안되는 날이더라도 뭔가는 팔 수 있었고, 하루를 헛되이 보내지 않은 듯한 마음이 그날의 끝까지 지속되었다.

'오늘은 뭐 팔아넘길 게 없나?'

그것은 금단 증상과 비슷했다. 가게가 하나 더 있는 셈이어서 무엇을 하나 올려놓으면 카페가 바쁜 날에도 괜스레 설렐 것이었다.

내 카페의 안팎을 둘러보면 아직도 미비한 부분이 있었다. 그러나 나는 이제 완벽한 것을 바라지 않게 되었다. 예전에는 완벽함을 바라고 원래의 기물이 조금이라도 손상되면 내다 버리고 무리해서라도 다시 새것으로 들여놓고는 했었다. 완벽하지 않은 것을 용인하지 못했기에 아예 옛 사업 자체를 망쳐버렸던 것 같았다.

꽃이 내가 아니듯 내가 꽃이 될 수 없는 지금 — 박인희, 〈얼굴〉

이제는 그저 그럴싸하기만 하면 되었다. 내 카페가 내가 아니듯 내가 내 카페는 아니었다. 아침나절의 카페 가는 길에 몸은 뻐근한데 그날도 역시 바쁠까 봐 두려움이 들고 부담이 되어 어디 다른 데로 가고 싶거나, 아니면 쉬거나 집에 돌아가 누워있고 싶을 때는 승마장에서처럼 카페를 남의 일로 생각해 보고는 했다.

내 카페가 바로 길가에 면한 것처럼 이용객들이 드는 것으로 미루어 위쪽 카페는 이전만큼 장사가 잘될 턱이 없었다. 그러기에 물은 아래쪽으로 흐르기 마련이었고 사람도 마찬가지였다. 나는 짬을 내어 차로 정찰가 보았다. 그 여자의 차 말고 두 대 더 있었다. 이제야 어느 정도 공정하게 서로 출발선에 선 것과 같았다.
　'선생 하다가 카페를 하고 앉아 있으니 좋으냐?'
　궁벽한 시골 동네에서 서로 친하게 지내보자고 나는 그렇게 여러 번 갔건만, 그 젊은 여자는 딱 한 번 오고 여태 발길을 끊은 것이다.
　'너는 이제 나의 적일 뿐이다. 용서하지 않겠다.'

전쟁이 있어야 평화가 값지다. 역시 위 카페는 내용이 없었다. 비교 우위에 있을 때 행복할 수 있었다.

"많이 바빴어요? 아까 전화를 안 받길래."

아내의 전화였다.

"엄청."

내가 대답했다.

"돈 많이 벌어서 좋겠네."

"난 아직도 배가 고파."

휴대전화 저편에서 아내가 웃었다.

쉬는 날, 어디서 혼자 점심밥을 사 먹을 때도 나는 선택의 실수를 할까 봐 적이 긴장되고 불안했다. 돼지갈비를 먹고 싶으면 혼자라도 무조건 2인분 이상만 주문받기에, 그렇다면 2인분을 시키면 되었다. 돈이 있어야 자유가 있는 것이었다. 나는 고깃점들을 양껏 씹으면서 과거에 내가 수도 없이 밥과 고기를 사 먹였던 사람들을 생각했다. 나는 이제 목욕탕에서 땀을 흘린 다음 단박에 목 바로 밑까지 냉탕에 담갔다. 목 바로 밑에 수면이 걸치니 목이 말랐다. 내 카페는 순항 중이었다. 이 나라에서 카페의 3년 생존율은 47%라는 통계가 있다. 나는 선택과 집중을 통해 산속에서 일단 살아남은 것이었다.

카페 문을 걸고 무인모텔들 앞을 지날 무렵 나는 이제 재즈를 내보내는 라디오 채널로 맞췄다. 마스크를 벗게 될 날은 요원했지만, 철로 상공의 구름다리를 넘을 때 시내에 불빛들이 아름답게 깔려있었다. 이런 날이 올 줄 알고 있었다. 거의 망했던 자가 다시 일어서는 것은 이렇게나 힘든 일이었다. 나는 점점이 반짝이는 불빛들을 내려다보니 정든 가난을 떠나는 듯한 느낌이었다.

25
마군들

다른 목적으로 내 카페를 찾아오는 사람들이 있었다. 초기에는 두 명씩 왔는데, 몇 번 온 다음에는 그 실체를 드러내기 시작했다.

"성경을 읽어보시면 더 좋은 작품을 쓰실 수 있을 텐데요."

내 책을 읽어본 일이 없으면서 그러는 것이었다. 이제 그쪽이라는 것을 알게 되었으나, 오는 사람 막지 않는다고 했고 그네들이 내는 돈도 돈이기에 나쁠 것은 없었다.

"사장님. 어서 이리로 앉아보세요."

다른 이용객들이 있는 시간을 용케도 피해서 오는 그 여자들이 나를 자꾸 채근했다.

"글쎄, 커피 떡부터 빼야 한다니까 자꾸 그러시네."

"저흰 잘 몰랐어요."

언제 관심이나 있었나? 자기네들 목적에만 급하지. 그래도 그 여자들은 내 카페의 이용객이기에 나는 어쩔 수 없이 맞추어 주었다. 그 여자들은 죽음 이후에 대해 주로 얘기했고, 나는 문학에 관해 말했다. 한 여자는 인물 사진들을 한쪽 벽에 왜 붙여 놓았느냐고 물었다. 나는 그들이 내가 소설 작가가 되게끔 한 선생들이며, 빌헬름 프리드리히 니체와 헤르만 헤세의 부친은 목사였다고 알려주었다. 나는 특히 서머싯 몸을 지목하면서 절망에 빠졌던 내 청소년기에 그의 소설 작품 한 권으로 영혼의 구원을 받았다고 말했다. 나는 다시 강조했다.

"문학은 인간을 구원할 수 있는 것이에요."

여자는 끈질겼다.

"낮에는 바쁘시니까 저녁엔 뭐 하세요?"

"목욕탕 가서 땀 흘려요."

"그다음에는요?"

"집에서 맥주 마셔야죠."

"그럼 쉬시는 날은 시간 되시죠?"

"아뇨. 취재 안 가면 자야 해요. 이 일이 보기보다 힘들어요."

이런 식으로 나는 넘어가지 않았다. 일정 기간이 지나자 다른 여자가 더 온다는 것이었다.

"아주 예쁜 분이세요."

단정한 옷차림의 여자는 전도사라고 했다.

"우리 전도사님 예쁘시죠?"

나는 그 여자들이 보낸 강의 영상들을 보고 있다가 내가 왜 이러고 있어야 하나, 짜증이 났다. 전도사라는 곱상한 여자가 나중에 혼자서 왔을 때 인물들 사진 밑자리에 마주 앉았다.
"또 누구한테 그러시면 안 될 거 같아서요. 소설가한테 무엇 때문에 소설을 쓰느냐니요? 성경에 다 있다고요? 아니, 그러면 음악가도 음악을 할 필요가 없고 미술가도 미술을 할 필요가 없겠네요? 결론은 오직 성경! 인문학적 기본 바탕도 없이 무조건 하나님만 알면 되는 건가요?"

나는 여태 꾹꾹 눌러놓고 있었던 분풀이를 했다.

처음에 종일 한두 잔씩 팔 때 몇 차례 와서 나와 소설에 관해서 얘기하던 또래쯤의 사내가 있었다. 언제는 가는 눈발이 휘날리던 겨울날이었는데 그가 오더니 나는 모르는 가수와 노래인 폴 앵카 Paul Anka의 〈파파Papa〉를 듣고 싶다고 했기에 내가 그 곡을 찾아 틀어주었던 기억도 있다. 또 언젠가 그가 몇 사람을 데리고 왔을 때 매장 안에 다른 이용객이 여럿인 것을 보고 그가 내게 반가운 눈길을 보낸 다음에는 이제 되었다고 여겼는지 그 뒤로는 오지 않았다.

마찬가지로 이용객이 몇 안 되던 시절어 몇 번 온, 옷차림과 행동거지가 처녀 같은 여자가 있었다. 그녀가 언제는 자기가 가끔 간다는 도내의 꽤 먼 작은 읍의 카페를 얘기하길래 쉬는 날 친구를 차에 태워 가 본 적이 있었다. 40대 초반의 남자가 하는 작은 카페였고, 카운터 앞쪽으로 '정치 얘기 금지'라고 쓴 나무 팻말을 걸어 놓았다. 시골 읍이어서 오른쪽 사람들이 대다수라 40 초반에 왼쪽인 저 듣기가 아주 싫은 모양이었다. 그 카페는 2년쯤 후 그

쪽으로 지나갈 일이 있어서 보니 진즉 망해서 흔적마저 없었다. 한 날, 그녀는 시모에게만 돈을 가져다주는 남편 문제로 내게 푸념했다. 나는 그녀의 처지를 안쓰러워하며 듣고 있었는데, 그녀는 이렇게 말했다.

"제 말을 안 듣고 계시네요?"

물론 내가 그녀의 말만을 집중해서 듣고 있지는 않았을 것이다. 그녀도 그 후로는 다시 찾아오지 않았다.

살집이 있고 목소리가 걸걸한, 낙이 없는 어두운 얼굴을 한 서른 초반 나이의 여자도 가끔 왔었다. 그녀는 올 때마다 반주를 한 잔 걸치고 난 낯빛이었다. 그녀가 얘기하지는 않았지만, 위쪽의 골프장 캐디라는 것을 어려움 없이 알 수 있었다. 어느 날 그녀는 매장 책장에서 책을 한 권 빼내서 빌려달라고 했다. 여동생의 책이었던 제인 오스틴의 《오만과 편견》이었다. 그녀는 1주일 정도 뒤에 그 책을 가져왔는데, 그녀가 그 책을 읽었는지는 의문이었다. 그녀는 그 후로 다른 골프장으로 갔는지 발길을 끊었다.

나보다 나이가 조금 더 들어 보이는 남녀는 서로 너, 너, 하는 것으로 보아 수십 년 만의 동창회에서 만나 눈이 맞은 듯한 사이로 역시 오는 사람 얼마 없을 때 가끔 각기 차를 가지고 왔었다. 여자의 스포츠 유틸리티 차는 흰색 독일제였는데, 눈이 가늘고 듬성듬성 내리기 시작하던 때 먼저 올라와 내리더니 아랫길 쪽을 멀리 바라고 섰다가 애틋한 손짓을 했다. 이윽고 남자의 차가 올라왔고 역시 서로 좋아 죽었다. 매장 안의 한 테이블에만 다른 이용객들이 있었지만, 그 남녀는 쌀쌀한 기온인데도 굳이 나가서 뜰의 한쪽 구석 자리를 택했다. 나는 그들의 사랑이 어느 정도 안쓰러웠으나 그다지 문학적이지는 않았다. 그네들은 그런 식으로 서너 번 온 후로는 다시 찾지 않았다.

비슷한 경우로 이번에는 30대 후반쯤의 남녀였다. 몇 번 여자 혼자서 와 따듯한 카페라테와 조각 케이크를 시켜놓고 앉아 있었다. 내가 왜 혼자 있느냐고 물었다.

"아직, 그 사람 골프 치고 있어요."

각자의 차 두 대가 같이 올라오거나, 그런 식으로 여자가 먼저 와서 한참을 기다리는 편이었다. 어느 추운 날 남자는 화목난로 곁의 흔들의자에 몸을 묻고 한 시간 넘게 자다 간 적도 있었다. 그 남자와 여자의 얼굴빛도 올 때마다 그다지 밝지 않았었다. 서울에서 왔다고들 했는데 어느 때부터 더는 오지 않았다.

나는 매장 안이나 바깥을 손보면서 장사 준비를 할 때 어떤 자리들 앞에서는 그런 사람들의 모습이 쓸쓸하게 떠올랐다. 카페는 훨씬 좋아졌는데 그들은 과거의 사람들이 되었다. 잘 오는 이용객을 혹여 내가 쫓았던 것은 아닐는지……. 왠지 나는 다 무상하게 여겨졌다.

"동물은 영혼이 없다고요? 동물도 다 생각하고 움직여요. 사람도 동물이에요."

내가 항변했다. 나는 온몸으로 생각하기에 그것이 옳다는 것을 알았다. 대부분 이런 식의 쓸데없는 대화였다. 그녀들은 계속 와서 나를 괴롭혔다. 그녀들은 잘못된 정의를 내리고 무조건적으로 추종

하는 무슨 범죄 집단과 비슷했다. 죽음에 대한 두려움 때문에 집단적 정체성이나 문화에 속하려 하고 그것을 통해 위안을 찾으려 하는 것이 그녀들 종류였다.

불굴의 그 여자 전도사는 내게 이제부터는 시간에 맞추어 실시간 강의를 시청하면서 서로 간에 소통까지 해야 한다고 했다. 미치고 환장할 노릇이었다. 나는 한 번은 그녀에게 언제 카페를 문 닫을지 모르겠다고 했다. 산속에서 단단하게 살아가는 나를 왜 자꾸만 방해하나. 그냥 돈벌이만 하면서 살기도 벅찬 일이다. 일반 사람들은 카페 하나 하는 것도 힘들다. 그런데 나는 그것에 더해 생각하고 또 생각하며 책을 써낼 궁리까지 해야 하니 얼마나 힘들겠는가. 그런데 왜 이런 나까지 못살게 구는가. 나는 그럴 겨를이 없는 것이다. 나는 그 여자 전도사에게 문자메시지를 보냈다.

문학적인 숲 운영자예요. 가진 것 없이 오직 소설을 써가기 위해 이 산속에 들어온 지도 벌써 3년이 넘었네요. 자금도 없이 카페를 시작했기에 이루 말로 다 못할 고생을 하며 이만큼 만들어놓았지요. 하지만, 그러느라고 그 3년 넘게 소설을 못 썼어요. 어젯밤에도 돈 문제로 아내와 대판 다퉜어요. 그래요. 내가 이 카페를 하는 것은 오로지 돈을 벌면서 틈틈이 소설을 써가려는 목적밖에는 없어요. 처음에는 오는 손님 막지 않는다고 여러 말씀, 열린 마음으로 경청하고 알아가려고 했는데, 내 사정도 모르고 부담만 가중되어 마음이 고통스러워요. 이제는 실시간 강의에 소통까지 해야 한다니, 돈을 벌며 소설을 써야 하는 게 목적인 작가에게는 너무나 방해되네요. 앞으로는 훼방 받고 싶지 않습니다. 다시 내 본질을 찾아 카페 돈벌이와 집필에 전념할 생각이니 양해 바랍니다. 그럼, 건강하세요.

가까스로 물리쳐서 얼마간 평화롭다가 제2진이 왔다. 1진의 패퇴를 모르는 것으로 보아 1진과의 소통이 없었던 듯했다. 나는 이제는 처음부터 귀찮아서 실존주의를 꺼냈다.

"피투성이라고 하죠. 인간은 아무런 목적도 이유도 없이 그냥 세상에 내던져진 존재일 뿐이에요."

여자의 대꾸가 웃겼다.

"그럼 실존주의를 믿으세요?"

맨날 꼭 무엇인가를 믿어야 하는가? 그리고 실존주의는 믿고 말고 할 것이 아니었다.

내가 매장 앞마당에서 집게로 담배꽁초들을 주워내고 있는데 친구 차가 올라왔다.

"뭐해? 이런 데 와서 담배꽁초 버리는 사람들도 있어?"

"불국사에서도 버릴 사람들이지."

바쁜 중간중간 여전히 정찰 차량이 올라왔다가 댈 데가 있는데도 그냥 돌려 내려갔다. 하릴없이 차 기름 닳아가면서 뭣 하는 짓인지 알 수 없었다. 어쨌든, 그해 10월은 지금까지의 최고 매출을 기록했다. 나는 그달을 마감하면서 잇몸이 부었고 몸의 피로를 절감했다. 나는 그래도 내가 쉬는 날 날씨가 끄물끄물하거나 비 소식이 있으면 좋았다. 아무래도 서로 장사가 다소 못할 것이었다. 곧 저녁 식사를 해야 해서 이용객이 뜸해지는 오후 5시 무렵에 나도 위쪽 카페를 정찰 갔다. 그 카페도 주인 차 한 대만 서 있었다. ……너와 나는 이게 뭣 하는 짓이냐……. 덧없고 무의미한 일이었다.

돈으로도 안 되는 것이다. 일 매출이 내가 더 많으니 포털 사이트에서의 상위 노출 같은 것은 전연 관계없었다. (그 카페가 쉬는 날보다 다른 날들이 내 매출이 더 높을 때가 많았다.) 나는 돈을 들이지 않았으니 설사 장사가 덜 되더라도 괜찮지만, 너는 더 팔아야 하지 않나. 뭔가 차별성이 있어야지 남들 다 하는 대로 해놓으면 되나. 너는 그 대가를 받는 것이다.

나는 밤 장사를 안 했으므로 저녁에 집으로 돌아갈 때 보면 그 카페는 이용객 차가 한 대도 없었다. 나 같아도 을씨년스러운 산골 저녁에 오지 않을 것이었다.

'너와 나는 반대다. 나는 무에서 유를 만들었고 너는 계속 내리막길이며 나는 계속 올라왔다.'

이 지역 문인 협회의 사무국장을 했던 여자와 나를 오빠라 부르던 화가를 비롯해서 아까 말한, 이제는 오지 않는 사람들이 여럿이어도 나는 여태껏 매출 그래프를 우상향시켜왔으나, 앞으로 6개월 정도를 보면서 이유 없이 그래프가 하강하면 때려치우리라고 생각했다.

'난 네 것만 뺏으면 되는 거야. 한 사람이라도 먹고살자……!'

위쪽 카페 여자는 무슨 생각으로 버티는 것인가. 혹여 언젠가 감염병 시국이 끝나면 나아질 것이라는 희망이라도 하고 있는가. 독자 여러분은 안다. 나아지기는커녕 훨씬 더 나빠진다는 것을. 나는 정신없이 바빴던 날보다 몇 잔 안 나갔던 날이 더 피로했다. 전날 장사가 시원치 않았으면 잘될 때까지 옷뿐만 아니라 매장 음악도 같은 것을 연일 틀었다. 기침과 가래가 이상했던 것으로 보아

내게도 그 감염병이 몇 차례 왔다 갔던 듯했다.

 이제 벌써 3년이 넘게 지나가 버렸다. 오전 10시 언저리에 집을 나서면서도 나는 혹여 이용객이 벌써 와 있을지도 몰라 마음이 조급해질 때가 있었다. 카페 가는 길에서 생각했다. 나는 사업을 하는 것인가. 돈을 벌어야 할 이유는 많았다. 하지만 돈 때문에 그 산속으로 들어간 것인가. 가만히 내버려 두어도 나날은 간다. 세월이 가는 만큼 돈으로 남을 것인가, 나라는 존재의 어떤 가치로 남을 것인가.

26
행복한 아침

 얼마 전부터 아침에 눈이 떠지면 손과 발이 아주 멀리 있는 것 같다. 이전에는 그렇게 느껴진 적이 있었던가? 나는 손과 발을 불러들이기 위해 손끝이나 발끝을 움직이려고 노력하다가 그만둔다. 내 성은 고요하기만 하다. 나는 누운 채 그 고요를 즐긴다. 나는 혹시 그날 걱정거리가 있는지 짚어본다. 당면한 걱정거리가 떠오르지 않아 다행이다. 당장 내일이 근심되지 않는 삶을 나는 얼마 만에야 사는 것인가. 휴대전화에 메시지 도착 알림음이 울리기 시작한다. 대체로 입금되는 소리다.
 오전 8시가 된다. 승마장에서라면 일을 시작할 시간이다. 나는 누워서 즐긴다. 늙은 나는 몸이 안 결리는 데가 없는 것 같다. 나는 그럼 결림도 즐긴다. 승마장 일 다닐 때나 아르바이트 나갈 때는 아침이 불행했었다. 그런데 언제부터인가 잠에서 깬 아침에 행복감이 들기 시작했다. 이제부터는 하루하루가 고통스러울 것 같지 않았다. 모두 다 일을 나간 다음에 느지막이 준비하고 나가는 이 같은 삶이 나는 좋다. 사업을 해서 남들을 거느리고 신경을 쓰며 남에게 보여야 하는 머리 꾸밈이며 복장에 차종 말고 나를 위한, 내가 편한 차림새로 내게 좋은 차를 누릴 수가 있다. 예전에는 돈은 벌었었지만, 도로 투자하느라 돈이 남지 않았다. 오히려 지금이 더 나은 것이다. 투자하지 않으니 돈이 쌓이고 필요할 때 바로 쓸 수가 있다. 예전에는 돈이 모일 때까지 기다린 연후에야 쓸 수 있었다. 돌아보면 돈 되는 것도 없이 얼마나 거추장스럽고 힘이 들었던가.

나는 나갈 준비 와중에 내가 만들어놓은 카페를 생각해 보았다. 내 집은 성처럼 생겼지만, 나는 그런 집을 성답게 꾸몄던 재주가 있었다. 나는 그런 재주로 아무리 카페 문화를 모르는 사람이라 해도 와보고 싶어 와서 커피 한 잔쯤 마시고 싶어지는 정체성 있는 카페를 만들어놓을 수 있었던 것이다.

나는 집을 나서면서 다짐했다. 이 평화를 지키리라. 그러려면 또 돈을 벌어야만 한다. 카페 앞마당에 올라오자 휴대전화가 울렸다. 중년 남성으로 딱딱한 말투였다.

"백승영 씨죠?"

이제 나는 불안하지 않았다. 내가 물었다.

"무슨 일이죠?"

"통장입니다."

무슨 세대원 수를 파악한다는 것이었다. 다시 겨울이 오고 있었다. 나는 매장에 들어오면 맨 먼저 화목난로의 재를 긁어내는데, 아직 이른 시간인데도 등 뒤에서 차가 올라오지 않을까 하고 긴장이 되었다. 하지만, 차가 올라와 이용객이 어쩌다 들어왔는데 후회되지 않는 카페를 만들어놓았다는 자신이 내게 있었다. 이 산속에서 카페를 안 했으면 어떻게 감염병 시국을 지내올 수 있었을까, 하고 나는 돌이켜보았다. (차후 알게 된 바지만, 소상공인 상당수는 감염병 사태 내내 대출로 생계를 유지했다.) 세상에 쉬운 것은 하나도 없었다. 예전 삶에 비추어볼 때 이 같은 것이 삶의 진실이었다. 나이 50이 넘어도 배울 것은 있는 것이다. 사업에 열중했던 30대에서 40대까지보다 카페를 시작하고 이제까지 나는 특히 돈의 문제를 비롯해 인생에 있어서 더 많은 것을 배운 것 같았다.

길을 지나갈 때면 장사 안되는 집처럼 슬퍼 보이는 것도 없었다. 얼마 뒤면 자그만 상가 임대 현수막이 붙을 것이었다. 그러면 돈 들어간 것들은 다 어떡하나. 그간에 전의 그 후배 처는 반대편 시내 끝으로 더 작게 카페를 줄여 옮겼다는 이야기가 들려왔었다. 안주까지 만들면서 밤에 술을 팔아도 장사가 안될뿐더러 임차료까지 올랐기 때문이라고 했다

장사하면서 무심의 경지는 있을 수 없다. 나는 여태껏 끝없이 확신해 왔지만, 카페 운영이란 힘들고 힘들었다. 나는 고양이 로고가 박힌 테이블들을 닦고 그 테이블들에 딸린, 맨 처음에 중고로 샀던 값싼 의자들을 정렬하다가 창밖으로 자연스럽게 고양이들의 무덤 쪽을 보게 되고는 했다. 나는 내열 유리 티포트—애초에 아내

가 두 개 사 주었었는데 이용객이 다 깨버려서 단단한 제품으로 새로 장만한 것이었다—며 인터넷으로 한 조에 3,000원 주고 샀던 카페라테 잔 등을 씻어놓으면서 카페를 시작하고 이제까지 야무지게 산 나 자신이 흐뭇했다.

어쩔 수 없어서 내가 술을 한 번 받아줘야 했기에 뼈아픈 후회를 하고 나서도 그다음 날 바로 채워지고도 남았고, 1000원숍에서 비스킷을 살 때 눈에 들어서 1,000원짜리 디저트 스푼을 네 개 샀다고 해도 내가 점심을 먹기 전에 벌써 그 소소한 지출의 20배는 넘게 들어왔다. 나는 왠지 그러고 싶어서 탄산수를 많이 사 온 날은 에이드가 많이 나갔고, 우유를 많이 사 온 흐린 날은 라테가 계속 나가는 경지까지 되었다.

쉬는 날 나는 어느 대형 마트에 갔고 겨울을 날 털 슬리퍼 한 켤레를 장만해 보려고 했다. 역시 돈이 있어야 자유가 있었다. 나는 그날 내 차의 먹통이었던 후방카메라를 수리했고, 통장에는 여유가 있었으며, 대중목욕탕의 더운물 속에 앉아 있자니 처음으로 내가 카페를 하기 잘했다는 생각이 들었다. 카페에 나가만 있으면 돈이 들어왔다. 돈은 몹시 중요한 것이다. 세상살이에 필요한 것은 돈만 있으면 거의 해결되었다. 나는 땀방울을 떨구면서 이제야 비로소 한 번에 머리까지 냉탕 물속에 완전히 넣었다. 나는 잠영하다가 머리를 물 밖으로 빼고 혼잣말을 했다.

"아! 시원해. 보람이 있다. 보람이 있어."

장사가 잘된 날은 힘이 나서 돌아갔고, 장사가 별로였던 날은 자기 전까지 몸이 축 처졌다. 돈 벌기란 참 어려운 것이었다. 혼자서 다 해야 하니 50명 넘게 온 날이면 진이 다 빠졌다. 지난가을로 예를 들면 그렇게 바빴건만 순수익이 승마장 월 급여의 두 배가 채 못 되었다. 나는 차에서 〈눈물의 술〉을 안 튼 지가 오래되었다.

"커피가 맛있어요. 직접 로스팅하시나요?"

또는

"빵이 없네……? 청은 직접 담그시는 거죠?"

이렇게 묻는 이용객들, 특히 여자들이 있었다. 나는 소설가이기 때문에 그렇지 않다고 대답했다. 그 분야의 일류 전문가들이 각고의 연구와 최고의 기술로 만드는 공산품이라고 나는 덧붙였다. 소설가가 그럴 시간이 어디 있나. 소설가는 어떻게든 자기 시간을 많이 만들어야 한다.

다른 경우로는, 진열장을 둘러보다가 카운터 테이블 앞에 서서 이렇게 묻는 여자도 있었다. 그녀는 눈빛이 맑았으며 하얗고 몸에 들러붙는 칼라 티셔츠에 미끈한 다리를 거의 다 드러내는 짧은 골프 치마 차림이었다.

"작가님이시죠?"

나는 소설가라고 대답했다.

"멋있으세요!"

어쩌라는 말인가……. 같이 온 남자가 뜨락에 있었다. 그녀를 굳이 미인이라고 하기는 어려웠으나 몸가짐이 우아했다. 멋있는 것이 아니라 힘든 일이라고 나는 말했다. 그녀는 카운터 테이블 너머로 경청하는 태도였다. 예술을 하는 것은 하나의 저주며, 일반인들은 돈만 벌면 되지만, 예술가들은 오직 그것을 하지 않으면 돈을 많이 벌었어도 만족이 안 된다. 물론, 재능을 타고나야 하지만, 재능만 있어서는 안 되고 그것을 해야만 하는 것이다. 그것을 못하고 살면 평생 불행할 수밖에 없고, 술이나 마약 중독자가 될 수도 있다. 어렵고 힘들지만, 그것을 하게 되면 그 이상 영혼의 충만감은 없다. 나는 에스프레소 추출 작업을 하면서 대강 이런 내용으로 말해주었다. 여자는 생각하면서 듣는 것 같았다. 이렇게 나는 마무리했다.

"고흐도 생전에 그림 단 한 점 팔렸잖아요? 그런데 지금은 인류가 고흐의 그림들에서 영감을 얻고 있지요. 돈은 자신을 위해 벌지만, 예술 작품은 인류에게 남기려는 거지요."

"부러워요."

여자가 말했다. 나라고 좋은 여자를 보면 왜 감흥이 없겠는가. 밖에는 그 남녀의 하얀 독일제 고급 스포츠 유틸리티 차가 서 있었다. 나는 진열장 안의 내가 다 쓴 펜들에 빗대어 명품 펜이 좋은 글쓰기를 담보할 수 없듯 고급 차를 몬다고 훌륭한 인생은 아닌 것 같은 경우를 여러 번 겪어왔지만, 그녀는 이상하게 교양미를 풍겼다. 물론 내가 평소 그런 긍정적인 이용객들을 바라고 있는 것은 아니었다. 그런데 나는 왜 여기 서 있나. 나는 왜 이 땅에 있는가. 그리워하고 싶은 것을 그리워하기 위해서인가. 나는 소설가이기나 한 것인가. 소설을 써야 소설가 아닌가.

나는 왜 카페로 가는 것인가. 돈 때문에 가는 것이다. 돈을 벌어야 한다. 돈은 생활의 원천이다. 돈만 있으면 차도 고칠 수 있고 밀린 세금도, 빚도 다 청산할 수 있다. 고맙게도 내게는 생산수단이 있었다. 나는 카운터 테이블 너머로 이용객들이 자리들을 꽉 채운 채 즐기는 모습을 보면서 참 많이 만들어놓았구나, 생각했다. 무에서 유를 창출한 것이었다. '문학적인 숲' 역시 내가 써낸 작품이었다. 장사라는 것은 재미있었다. 그렇지 않았다면 나는 여태까지 해 오지 않았을 것이었다. 아주 바쁜 날은 앉을 시간이 없어 예전에 돌아갔었던 왼 발목의 예리한 통증이 치고 올라왔다. 내 카페는 명소가 되었는가? 30대 중반쯤 여자의 말이었다.

"저이가 여길 그렇게 와보고 싶다고……."

어떤 남자가 주문하면서 말했다.

"여기 그렇게 좋다고 그래서 왔어요."

이용객들은 가면서 이런 말을 자주 했다.

"잘 쉬었다 갑니다."

다른 카페에서 이용객이 이렇게 말하고 가는 경우는 거의 없다. 식당이 많고 많지만, 막상 맛있는 집을 찾기가 어렵듯이 갈만한 카페가 드문 것이다. 그렇다. 어느 정도 명소가 되었다. 아니라면 이처럼 이용객 수가 계속 늘 수가 없다. 평일에는 골퍼들로 내 카페 이용객들이 더 많다고 보는 것이 옳았다. 나날의 그 승리감이라니! 나는 위편 카페 쪽으로 쓴웃음을 지었다. 너는 무엇을 하고 있는가. 왜 거기서 삶을 낭비하고 있는가. 주말은 시내에서 젊은 층이나 가족 단위가 움직이는데도 위쪽 카페와 반반쯤인 것 같았다. 그 정도로 만족해야 할 것인가. 아니었다. 나는 만족할 수 없었다.

이제 시간은 내 편이었다. 이용객들이 다 빠지는 시간이 되고 나는 무슨 일을 해야 하든 커피를 마시든가 하면서 조금 쉬어야 했다. 무엇이든 급하면 안 되는 것이다. 이제 나는 책장의 단어와 문장들이 눈에 들어오고 머릿속에서 문맥이 이어지며, 이용객이 더 오지 않아도 안정감 속에서 흔들의자에 앉아 편안히 등을 파묻고 있을 수 있게끔 되었다. 그 같은 휴식과 평안과 즐거움을 나는 돌고 돌아서 다시 찾은 터였다. 책을 떨치고 일어나 인생을 살았었고, 이제는 중늙은이가 되어 다시 책으로 돌아와 앉은 것이었다. 이전에 이 의자에 앉아 몇 권의 책을 읽었건가. 승마장에서는 편안히 앉아 책이라도 읽을 수 있었던가. 나는 《월든》처럼 자족하며 화목난로 옆에 앉아 자립의 삶을 살게 되었다. 이용객들은 고맙게도 들러 음료값을 지불했다. 그즈음 나는 1914년에 남극 탐험에 나섰다가 배가 난파되어 유빙 위에서 생존 투쟁을 이어가다 634일째만에야 전 대원이 구조된 이야기의, 사진이 많이 들어간 커다란 책을 읽고 읽었다. 지금껏 나는 잘 항해해 온 것 같았다. 하루는 정말 짧았다. 그리고 인생도 짧은 것이다. 느른해진 나는 결제 단말기를 끄며 속으로 말했다.

'오늘도 내가 이겼구나!'

이제 된 것이었다. 카페 하나만 이렇게 만들기도 힘든 일이었다. 하지만 하나의 직업을 가지고 살 때, 다른 마음을 먹고 있어야지 짐짓 정신적 수렁에서 자신을 건져 낼 수가 있는 것이다. 한 가지 일만 생각하면서 열심히 살았던 세월이 얼마나 아까웠나. 내가 겨우 그 한 가지만 해야 할 만큼 능력 없는 존재였던가.

내가 커피 일 하는 것을 이용객들이 보면, 커피를 맛있게 내리거나 라테아트를 잘 치면 나름대로 그 분야에서 수준이 있다는 것을 알고 어느 정도 감흥이야 있겠지만, 그러나 그것이 무엇이 중요한가. 카페? 의미 없다. 커피 내리는 따위, 아무나 할 수 있는 일이다.

돈도 좋으나 혼자 바빠서 힘들 때는, 이제는 위쪽 카페가 문을 닫으면 어쩌나 걱정이 되었다. 나의 3분의 1쯤이라도 벌면서 버티면 어떻겠나. 이 산골짜기에서 그래도 나 혼자면 적적하지 않나. 하루 쉰 다음 날 카페를 가려는데 다시 귀찮은 마음이 들었다. 나는 시간을 죽이고 있는 것이 아닐까? 장사도 돈은 벌지언정 시간을 죽이기는 마찬가지 아닌가. 역시 인생에 남는 길이 아닌데, 이렇게 살다가 죽을 것인가. 카페에서 하루를 보내다 보면 어김없이 그 실존주의 시간이 되었다. 내 실존은 무엇인가? 나는 누구인가? 내일모레면 나이 60인데, 소설 작가가 아니라면 나는 아무것도 아니다. 그렇다! 행복은 정리해서 적는 데 있다. 고치고 다시 고치는 작업의 연속일 테지만 무엇으로도 대신할 수 없는 벅찬 그 충일감. 돈으로는 안 되는 것이다.

'이제 참 일을 해야지!'

나는 이상하게 휴식이 좋았다. 사람들은 커피 등을 마시면서 쉬려고 카페로 간다. 나도 커피를 마시면서 쉬려고 내 카페로 간다. 그리고 이제 나날의 그 실존주의 시간에 화목 난롯가에서—그 소설을 잇기에 앞서서—자신감을 가지고 당장 길어 올릴 수 있는 이야기부터 쓰기로 했다. 승마장에서라면 불가능할 것이었다. 소설가가 직접 겪고 그 체험을 남길 수 있어야지 허구만 쓰다가 죽을 수는 없는 노릇 아닌가. 그 얼마나 허무한가. 나는, 읽다가 가슴에 올려놓고 자고 싶은, 밑줄을 많이 칠 수 있는 책을 쓰고 싶었다. 결국, 카페가 남지 않고 카페를 쓴 내 작품이 남을 것이었다.

젊었을 적까지는 나는 내가 신이거나 적어도 신과 같다고 여겼다. 언젠가는 늙고 약해져 죽으리라고는 일체 생각해 본 적이 없었다. 심장은 계속 들끓었고 온몸에 기운이 뻗쳐 어떨 때는 견디기 어려울 정도였다. 진종일 중노동을 해야 하는 날에도 나는 신처럼 몸을 움직였고, 그렇게 몸을 혹사한 날도 새벽녘까지 좀체 잠이 오지 않았다. 어떻게 조금 눈을 붙였다가 뜨면 다시 몸에 기력이 충만해졌다.

소설가가 소설로서 돈을 벌기는 어렵다. 따라서 카페를 이만큼 만들어놓은 것은 잘한 일이었다. 이제 카페에 더 좋게 해놓을 것이 없었다. 카페 시설물 중에 앞으로 무엇이 고장 나거나 파손되더라도 혼자서 만들어 보았으니 걱정되지 않았고, 큰돈 나갈 염려를 안 해도 되는 것이었다.

비수기라 장사는 덜 될 터였다. 관계없었다. 그만큼 글을 많이 생산하면 되는 것이다. 모르기는 몰라도 소설을 써가다 보면 그날 얼마만큼의 글을 생산한 뒤에는 예전에 한 잔이라도 팔고 나서 안도하며 점심을 먹었듯이 이용객이 없으면 인생을 버릴까 봐, 돈이 있으면 돈을 빼앗기면서 아무것도 못 할까 봐 또한 무섭지 않을 것이었다.

세월은 흘렀다. 나이 스물여섯에 어쩌다가 다친 다음 허리 왼쪽으로 통증이 오기 시작했는데 그 다리에 힘이 가지를 않았다. 40세가 되었나 싶더니 마흔다섯 살도 넘어버렸다. 내일모레면 쉰 살인데 무슨 일로 급격한 동작 중에 왼 발목이 돌아갔고—그것도 난생처음 겪는 일이었다—통증이 끔찍했다. 반깁스하고 난 다음부터는 오래 걷거나 계속 서 있기 힘들게끔 되었다. 발목은 아직 부은 채로 승마장에 일하러 다닐 때였다. 아침 7시 30분, 늦어도 40분에는 집을 나서야 했다. 내 집은 유럽의 성을 닮은 4층 건물인데도 그 시절은 그 성을 누려볼 수가 없었다.

전날 장사가 어이없게 안 되었었거나 아침부터 굵은 비가 내리는데 종일 비가 예보된 날처럼 카페에 가기 싫을 때도 있을 것이었다. 그러나 내일도 글을 쓸 수 있다는 희망으로 나는 카페로 가게 될 것이다. 아니다. 글을 쓰는 것은 오롯이 내 힘으로 할 수 있는 일이라 희망이 아니다. 그렇다. 자기 힘으로 할 수 있는 것이야말로 '희망'이라고 할 수 있다. 다 쓴 다음에는, 내 사업은 소설을 쓰는 것이었으니 카페야 망해도 그만이다.

승마장 가는 길에 나는 때때로 불행했다. 그쪽에서 '말 일'이라고 하는 승마장 노역은 과도하게 피로했다. 나는 승마 교관—다른 호칭으로는 코치—이었으나 마필관리사를 두지 않아 내가 마방도 매일같이 열두 개에서 열여섯 개까지를 치워야 했다. 헤라클레스의 12가지 고역 중 다섯 번째 난사가 30년간 3,000마리의 가축이 싸놓은 아우게아스 왕의 마구간을 치우는 일이었다.
제 월급을 받는 노동력의 마지막 땀 한 방울까지 다 쥐어짜 내겠다는 심보의 승마장 대표가 패악질을 벌일 때마다 나는 속으로 이렇게 되뇌었다.
 '내 이름은 막시무스 데시무스 메리디우스. 북부군 총사령관이자 펠릭스 군단의 군단장이었으며…….'

감사의 인사

(무 순)

문용수님	전원수님	서복순님	김주동님	이수근님	이만수님	김채옥님
박동찬님	윤태승님	배은서님	조대식님	사재철님	손상현님	안규진님
성한경님	한상일님	황재찬님	김원태님	김초희님	권순민님	김선원님
김혜원님	신지혜님	한희경님	김한수님	박종익님	강성하님	정은선님
김혜은님	김상희님	황충현님	이상현님	박재철님	김주현님	김경은님
조정봉님	권은실님	이종호님	최유일님	김연주님	오 프 님	강선영님

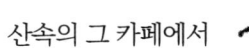 출판 프로젝트

펀딩 기간 : 2025년 2월 3일 ~ 3월 15일

이 책은 위처럼 많은 분의 후원으로 세상에 나올 수 있었습니다.
그 덕혜를 마음에 새기고 앞으로 더 좋은 작품을 써가겠습니다.

산속의 그 카페에서